전설의 보스 3

전설의 보스 3

초판1쇄 인쇄 | 2021년 4월 22일
초판1쇄 발행 | 2021년 4월 27일

지은이 | 이원호
펴낸이 | 박연
펴낸곳 | 한결미디어

등록 | 2006년 7월 24일(제313-2006-000152호)
주소 | 서울시 마포구 모래내로 83 한올빌딩 6층
전화 | 02-704-3331
팩스 | 02-704-3360
이메일 | okpk@hanmail.net

ISBN 979-11-5916-151-3 979-11-5916-148-3(set) 04810

ⓒ한결미디어

전설의 보스 3

대연합

이원호 지음

한결미디어
HANGYEOL
MEDIA

차례

1장
주고받는다

그 시간에 진성은 박충식의 보고를 받는다.

이곳은 가든클럽 최상층 펜트하우스 안. 딱 1채밖에 없는 VIP 전용 펜트하우스를 진성이 사용하기로 했다.

"지금 김 사장은 장안평파 남은 애들을 수습 중입니다."

박충식이 말을 이었다.

"장안평파 영업담당 부사장 고정만과 함께 있습니다."

진성이 고개를 끄덕였다.

박충식의 'OK 목장의 결투' 같은 최경태와의 단판승부는 따라갔던 김기백한테서 들은 것이다. 박충식이 제 입으로 제 전공(戰功)을 말할 필요가 없어졌다.

"잘했다. 네가 막시무스다."

진성의 입에서도 저절로 그 말이 나왔다.

그 아가씨하고 텔레파시가 통했나?

"뭐? 경동호텔을 샀어?"

놀란 나머지 오태곤이 버럭 소리쳐 되물었다.

오성건설의 회장실 안, 오전 9시.

오태곤의 앞에 선 한우진은 정보보좌관이다.

"예, 어제 명의 이전을 끝냈습니다."

한우진이 오태곤의 기세에 눌려 얼떨떨한 표정으로 대답했다.

"230억짜리인데 시가보다 20억을 더 주고 250억을, 더구나 현찰 일시불로 지급해버렸습니다."

한우진이 분하다는 표정을 지었지만 오태곤의 분위기에 맞추려는 것이다.

방 안이 갑자기 조용해졌다. 소파에 둘러앉은 고문 배창수, 지역장 중 하나인 전동천은 눈동자만 굴리고 있다.

도지무역의 진성이 다시 장안평파의 거성이나 마찬가지였던 경동호텔을 인수해버린 것이다. 따라서 지하의 경동클럽 소유권도 자연스럽게 진성에게 이전되었다.

그때 오태곤의 말이 잇새로 갈라지는 것처럼 나왔다.

"경동클럽은 어떻게 된 거야?"

"예, 그대로 운영하도록 했다는 겁니다."

전동천이 외면한 채 말을 이었다.

"지배인까지 그대로 뒀다고 합니다."

"뭐? 지배인까지?"

지배인이면 장안평파의 고급간부 중 하나다. 가게를 먹었다면 당연히 새 조직의 멤버로 채워야 하는 것이다.

그때 한우진이 말을 이었다.

"종업원까지 하나도 바꾸지 않고 그대로 일하게 했습니다."

"……."

"그저 주인만 바꾼 셈이지요."

방 안이 다시 조용해졌다.

이것은 싹 바꾼 것보다 더 완전한 정복이며 흡수다.

지금까지 조폭 100년 역사상 이런 정복은 없었던 것이다. 상대방 조직을 무너뜨리면 엄청난 함성, 논공행상, 축하연이 일어났고 그 반대편은 시체의 산, 비탄에 빠진 드라마가 펼쳐졌다.

그런데 이것은? 흡수다. 축하도, 함성도 없었지만 완벽한 정복이다. 그것을 오태곤도 느낀 것이겠지, 처음으로. 방 안에 모인 모두 다.

오태곤이 더 이상 입을 열지 않았기 때문에 회의가 끝나버렸다.

오늘도 강용규는 회장 주최 회의에 참석하지 못하고 아래층 커피숍에서 대기 중이다, 오태곤이 부를 줄 모르니까. 그때 바로 달려가지 않으면 의심받는다.

강용규가 앉아 있는 자리에서 5미터쯤 떨어진 입구 쪽 테이블에 장기수, 오병한 둘이 마주 보고 앉아 있다.

강용규의 똘마니, 즉 경호원. 점잖게 말하면 보디가드, 줄여서 가드라고도 한다. 강용규가 5년째 데리고 다니는 막냇동생 같은 심복이지만 요즘 세상은 그런 게 통하지 않는다.

둘은 강용규의 행동을 번갈아서 오태곤에게 보고하고 있다. 보고자는 오태곤의 경호 3인방 중 하나인 조병욱, 오태곤파의 고위간부 6명은 모두 정보원이 붙여졌고 행적을 보고 받는다.

그때 카운터에 앉아 있던 마담이 자리에서 일어나 강용규를 보았다. 그러고는 전화 왔다는 시늉을 했다.

장기수, 오병한이 시선을 주었지만 어쩌겠는가?

"누구야?"

카운터로 다가간 강용규가 묻자 송화구를 손바닥으로 막은 마담이 말했다.

"사장실이라네요. 남자분이에요."

위층의 사장은 전문 경영인이라기보다 바지사장 유영수다. 그저 시키는 대로 하는 인물. 45세. 세무사 출신. 오태곤의 고향 후배라고 했다.

강용규가 의아했지만 전화기를 귀에 붙였다.

"여보세요, 강용규요."

"강용규 씨, 나, 박충식인데."

불쑥 울리는 목소리에 강용규는 숨을 들이켰다.

앞쪽에 앉은 마담의 머리통을 보면서 강용규가 숨을 골랐다. 여기서 그냥 전화기를 내려놓고 자리를 뜬다면 이 상황에서는 벗어난다. 이야기를 나눈다면 끌려들 가능성이 있다.

순간적으로 강용규의 머릿속에서 떠오른 생각. 이 순간을 기점으로 인생이 변할 수도 있다는 생각이 들었다.

강용규는 룸살롱 담당 부사장으로 5명 부사장 중 1인이다. 이제는 전기철이 죽어서 4인방 중 하나지만 코너에 몰린 상태고.

그때 강용규가 대답했다.

"아, 말씀하시오."

오후 12시 반.

서울경찰청 정보국장 오정호가 소공동의 조선호텔 2층의 일식당 후쿠오카에 들어섰다.

사복 차림이어서 중소기업 전무쯤으로 보이는 외관. 사장으로 봐 주기에는 옷차림이 수수했기 때문이다. 기성복을 사서 소매가 길고 어깨는 딱 맞았다. 조금 팔이 짧은 체형인가 보다. 그래서 매니저가 주춤거리며 위아래를 훑어보았는데 오정호가 후려치듯 말했다.

"진성 사장."

"아, 예. 제가 안내해드리지요."

놀란 매니저가 몸을 돌리더니 앞장을 섰다.

이곳은 방이 모두 밀실로 예약제다. 붉은색 양탄자가 깔린 복도 끝 쪽으로 다가간 매니저가 노크를 하더니 문을 열었다.

오정호가 들어서자 자리에 앉아 있던 진성이 일어나 맞는다. 웃음 띤 얼굴.

악수를 나눈 둘이 원탁에 마주 보고 앉았다.

이곳은 신발을 신고 들어가는 일식당 방이다.

회와 초밥까지 시키고 맥주와 소주를 각각 한 잔씩 마실 때까지 둘은 경제 이야기를 했다. 진성의 도지무역의 수출 물량 이야기, 리비아, 시리아 등 중동의 정세 이야기도 했다.

그러고 나서 술잔을 내려놓은 진성이 말을 이었다.

"내가 밤의 사업에 손을 댄 것은 밤이나 낮이나 사업에는 구분이 없다는 생각에서였지요."

오정호는 시선만 주었고 진성이 말을 이었다.

"폭력을 앞세운 불법적인 사업 형태로는 한계가 있을 것이라고 믿었기 때문입니다. 그리고 지금도 그 생각은 변함이 없습니다."

"내가 그래서 진 사장을 지원해드리는 겁니다."

소주잔을 든 오정호가 말을 이었다.

"지금까지 밤의 사업에서 축재를 한 몇 명이 회사를 세우고 그것으로 밤의 사업을 가림막으로 이용했을 뿐입니다."

오정호의 두 눈이 번들거렸다.

"진 사장은 그 반대지요. 즉, 양으로 음을 잠식해서 다 밝게 만든다는 구조로 이해합니다."

진성이 고개를 끄덕였다.

사업을 시작할 때는 명분이 분명해야 되는 것이다. 그것을 지금 오정호와 '입 밖으로' 표현하면서 교감하고 있다.

이제 오정호와는 분명하게 유대 관계를 형성했고 서로 적극적으로 도울 것이었다. 오늘이 그 약정식이다. 다만 문서가 없을 뿐이다.

그때 진성이 오정호 앞에 접힌 종이를 내려놓았다. 그러고는 시치미를 떼고 젓가락으로 회를 집어 입에 넣었다.

종이에는 30개의 차명 계좌번호와 비밀번호, 그리고 입금된 금액이 적혀 있다. 모두 50억이다.

종이를 펴서 훑어본 오정호가 놀란 듯 숨을 들이켜더니 진성을 보았다. 시선을 받은 진성이 천천히 고개만 끄덕였을 때 오정호가 종이를 접어 재킷 가슴주머니에 넣었다.

이것은 공작금이다.

'이에는 이'라는 법칙이 이것에서도 적용된다. '로마에서는 로마의 법을 따르라'는 말과도 맥락이 같다. 아무리 정의를 실행하는 업무를 한다고 해도 오염된 사회에서는 나도 몸에 똥칠을 해야만 한다.

이것이 오정호의 군자금인 것이다. 오염된 정치인, 관료, 또는 부하들에게 먹일 기름이다. 목표를 달성하기 위해서 진급을 하려는 데도 이 기름이 필요한 것이다.

오후 4시.

이곳은 도지무역 사장실 안.

회사로 돌아온 진성이 비서실장 민성희의 보고를 받는다.

"고경준 과장의 전화가 왔었습니다."

고경준은 지금 호치민시에 있다. 베트남 사무실에 파견한 지 석 달이 되었다.

민성희가 말을 이었다.

"1시간쯤 후에 다시 전화를 한다고 했으니까 곧 연락이 오겠네요."

진성이 고개를 끄덕였다.

호치민시에 3층 건물을 얻어 사무실을 세운 것은 소피아다. 소피아에게 건물 임대와 사무실 등록 등 절차를 맡긴 것이다.

지금 고경준은 그 사무실에서 소피아와 함께 근무하고 있다. 고경준에게 맡긴 임무는 시장조사. 후앙이 경영하는 아시아상사의 능력과 신뢰성, 그리고 전망 등이다.

후앙과 소피아의 적극적인 요청을 받았지만 고경준에게 더 체크를 시킨 것이다. 지난번에는 겉만 보았기 때문이다. 그리고 10여 년 전의 파병시절 감상에 젖어 주관에 빠졌을 가능성도 배제할 수 없다.

고개를 든 진성이 민성희를 보았다. 민성희에게도 베트남 진출 사업에 대한 조사를 시킨 것이다.

"민 차장 생각은 어떠냐?"

"생산 기지는 얼마든지 있습니다."

민성희가 기다렸다는 듯이 대답했다.

호치민시 연락사무소의 소피아가 자주 생산계획, 시장상황 등을 자료로 보내왔고 그것을 비서실 팀이 체크하고 있는 것이다.

"제가 조사팀에 소피아의 보고서를 따로 체크를 시켰는데 과장된 부분이 많습니다. 소피아는 객관적인 보고를 하지 않습니다."

베트남 시장을 과대평가하고 아시아상사의 능력과 신뢰도를 과장한다는 뜻이다.

진성이 고개를 끄덕였을 때 소피아가 말을 이었다.

"고 과장도 밖에서 전화를 했습니다."

사무실 전화는 도청 위험이 있다는 뜻이다.

진성의 얼굴에 쓴웃음이 번졌다. 진성 혼자서 베트남 생산 공장 설립을 밀어붙였다면 이런 상황은 되지 않았다. 벌써 아시아상사에 오더를 밀어 넣고 생산 중이겠지.

15분쯤 후에 고경준의 전화가 왔다.

비서실을 통한 전화여서 민성희가 받아서 진성에게 건네주었다. 민성희는 옆에 서 있고.

"그래, 나다."

진성이 대답했다.

고경준은 과장. '전과'가 있어서 아직도 과장이지만 고경준 동기인 정수연은 도지무역 수출1부장으로 기반을 굳혀가고 있다.

"사장님, 보고드릴 것이 있습니다."

고경준이 바로 본론을 꺼냈다.

과장급 중에서 사장과 직통 전화를 하는 것은 고경준뿐일걸?

고경준이 말을 이었다.

"제가 보고서에는 올리지 않았지만 그동안 은밀하게 아시아상사의 경쟁사인 오리엔트상사를 조사했습니다. 오리엔트상사는 현재 일본 오더를 받아서 하고 있는데 아시아상사보다 규모가 3배쯤 큽니다."

고경준의 열띤 목소리가 이어졌다.

"소피아는 아시아상사를 사장님이 선정하셨다고 하면서 제가 시장조사를 하는 데 상당히 비협조적입니다. 지금도 감시를 피해서 밖에 나와 연락을 드리는 겁니다."

"네가 고생이 많다."

스피커폰으로 해놓아서 민성희도 옆에서 듣고 있다.

힐끗 민성희에게 시선을 준 진성이 말을 이었다.

"내가 아시아상사에 매달릴 필요는 없어. 시간 여유도 있으니까 서둘 이유도 없고. 넌 잘하고 있는 거야."

"소피아가 저를 유혹하고 있습니다."

"무슨 말이냐?"

다시 진성과 민성희의 시선이 부딪쳤다.

"제 숙소에 자주 찾아옵니다. 저를 유혹해서 약점을 잡으려는 의도인 것 같습니다."

"거부감을 보이면 반작용이 올 텐데."

"제가 도지무역에서 문제를 일으켰다는 것도 알고 있는 것 같습니다."

그때는 진성의 이맛살이 찌푸려졌다. 민성희도 바짝 다가섰다.

"너, 지금 통화 어디서 하는 거야?"

"오리엔트상사 전무의 도움을 받아서 미행자를 따돌리고 개인 전화를

15

사용하고 있습니다, 사장님."

내용과는 다르게 고경준의 목소리에 웃음기가 띠어져 있다.

"마치 007 장면 같습니다, 사장님."

"너, 오리엔트상사와 가까워진 거냐?"

"아닙니다. 여긴 페어플레이 합니다."

"미행자가 있어?"

"프람이라고 아시지요? 그놈이 소피아하고 손발을 맞춰 제 일거수일투족을 감시하고 있습니다."

"조심해야 돼. 괜찮겠어?"

"예, 견딜 만합니다."

숨을 고른 고경준이 말을 이었다.

"반드시 성과를 내서 제 지난 실책을 조금이라도 만회하겠습니다."

"알았어. 조심하고."

"다시 연락드리겠습니다, 사장님."

그러더니 고경준이 덧붙였다.

"제가 사무실에서 보내는 서류는 무시하셔도 좋습니다, 사장님."

소피아를 의식한 보고서라는 말이다.

통화가 끝났을 때 진성의 시선을 받은 민성희가 먼저 말했다.

"심각합니다, 사장님. 조치를 취해야 되지 않겠습니까?"

오후 7시.

진성과 박충식이 들어서자 자리에 앉아 있던 김덕무와 고정만이 일어섰다.

이곳은 가든호텔 3층의 중식당 방 안.

16

방 안에는 원탁이 놓여 있다.

"사장님, 고정만입니다."

김덕무가 고정만을 인사시켰다. 고정만이 허리를 기억자로 꺾어서 절을 했다. 장안평파 영업담당 부사장으로 전에는 김덕무와 동급이었던 인물. 이번에 김덕무에 의해 전향했다.

진성이 잠자코 손을 내밀어 고정만과 악수를 했다.

넷이 자리 잡고 앉았을 때 고정만이 먼저 입을 열었다.

"받아들여주셔서 감사합니다. 열심히 일해서 사장님 기대에 어긋나지 않도록 노력하겠습니다."

인사말을 하라고 김덕무가 시켰겠지만 내용은 지가 지어냈겠지. 내용이 가슴에서 우러난 것처럼 느껴졌기 때문에 진성의 얼굴에 웃음이 떠올랐다.

"한 가지만 명심해. 지금부터 당신은 기업 경영자야."

진성이 똑바로 고정만을 보았다.

"당신을 경동호텔의 사장으로 발령을 내겠어. 그래서 장안평파 구역을 정리하도록 해."

이번에 매입한 경동호텔을 말한다.

박충식과 최경태의 대결은 하루도 안 되어서 전국에 퍼졌다.

조금 과장되었지만 서울 바닥에서는 모르는 사람이 없을 정도다. 그 사람은 조직원을 말한다.

따라서 박충식은 순식간에 영웅이 되었다.

시간이 지나면 더 과장되겠지만 그때의 장면이 입을 통해 번져나갔는데 박충식이 '옷깃을 잡는 순간 대검이 날아갔다'고 전해졌다. 며칠 지나면 어떻게 변할지 아무도 모른다.

그 박충식이 오늘, 영등포 당산동의 손바닥만 한 치킨 가게에서 강용규와 마주 보고 앉아 있다. 어떻게 이 가게를 정했는지 강용규는 알 수 없다. 초등학교 근처의 문방구점 사이에 낀 탁자 3개짜리 가게다.

주인 여자가 등을 돌리고 선 뒤쪽 탁자에 둘이 앉아 있다. 입구도 1미터 거리.

오후 8시 반.

박충식이 입을 열었다.

"바로 용건으로 들어갑시다. 거기서 털고 우리하고 일합시다."

강용규의 시선을 받은 박충식이 빙그레 웃었다.

"내 제의는 우리 보스의 허락을 받은 것이니까 그것을 염두에 두시고."

강용규의 얼굴에도 웃음이 떠올랐다.

"그 보스가 누군데?"

"당연히 도지무역."

"진성 씨군."

"그, '씨' 자가 거북한데."

박충식이 당장 눈썹을 모았다.

"제의를 거부하더라도 그렇게 부르면 안 되지. 내 보스이신데."

"좋아."

고개를 끄덕인 강용규가 물었다.

"회장님이 내 대우는 어떻게 해주신다고 했나?"

"아직 사장님이셔."

"사장님이 말야."

"오태곤파를 맡기신다고."

정색한 박충식이 말을 이었다.

"대신 조건이 있는데."

"말해."

"오태곤이 혼자서 먹고 있는 마약 수입, 판매 루트에 대한 정보."

"그건 나도 전혀 모르는데."

강용규가 고개를 비틀었다.

"죽은 전기철이도 가끔 잔심부름만 시켰고 경호조장 놈들도 수금 따위나 시켜서 이어지는 정보가 없어."

"나도 그건 들었어."

"너, 나한테 말 내릴 거냐?"

"아직 확실하게 된 게 아니어서. 확실해지면 내가 형님 대접을 하지."

"이 정도면 확실한 것 아니냐?"

"떠보고 등 찌를 수도 있으니까."

"내가 여기 온 것만으로도 배신한 거다. 오태곤이 알면 놔둘 것 같으냐?"

"알았습니다, 형님."

"회장님, 아니 사장님의 확실한 보증이 필요하다."

어깨를 부풀린 강용규가 박충식을 보았다.

"사장님의 눈 쳐다보고 악수라도 해야 내가 마음잡고 일하겠다."

"우리 사장님 눈을 똑바로 본다는 거요?"

"아니, 그런 의미가 아니라."

화가 난 강용규의 얼굴이 붉어졌다.

"정식으로 말씀을 듣고 싶다는 거야."

"좋습니다. 만들지요."

그때 강용규가 어깨를 늘어뜨렸다.

"난 목숨을 걸어야 한단 말이다."

"내가 그 심정 압니다."

"너, 최경태 보낸 소문이 쫙 깔렸더라."

분위기를 부드럽게 하려고 강용규가 화제를 바꿨다.

"너, 엄청 컸더라."

"형님하고 맞먹을 수준은 됩니까?"

"그럴수록 겸손해야 돼."

"앞으로 잘 부탁합니다, 형님."

박충식이 머리를 숙여 보이고는 자리에서 일어섰다.

"바로 날짜 잡지요."

정보국장실에 들어선 정필수의 눈동자가 흔들렸다.

"부르셨습니까?"

"응, 거기 앉아."

오정호는 무표정한 얼굴.

오전 9시. 어제 오후에 오라는 연락을 받고 잠도 못 잔 정필수다. 정필수가 앞쪽 자리에 앉았을 때 오정호가 입을 열었다.

"오태곤의 마약 루트를 알아봐."

"예?"

숨을 들이켠 정필수가 오정호를 보았다. 예상하지 못한 것 같다. 오정호가 말을 이었다.

"오태곤이 마약 사업하는 거 알고 있잖아?"

"예, 국장님."

"내가 널 살려준 것도 그것 때문이란 것도 알고 있지?"

"예, 국장님."

"오태곤이가 마약을 직접 받아서 배합한 후에 직접 도매상들한테 넘기고 있어. 아주 철저하게 비밀 유지를 하고 있지. 그래야 혼자 독식할 수가 있거든."

오정호가 지그시 정필수를 보았다.

"내가 지금까지 오태곤이를 살려두고 있는 이유를 말해줄까?"

"예, 국장님."

"그놈을 잡으면 마약을 가져오는 조선족이 다른 판매 루트를 잡을 것 아닌가? 최기동이나 상계동파, 부산의 해운대파라도 얼씨구나 하고 덤벼들겠지."

"……."

"돈벼락을 맞는 사업인데 누가 안 받는다고 할 건가?"

오정호가 길게 숨을 뱉었다.

"난 이걸 우리가 받아서 다른 용도로 쓰려는 거야. 그 마약 통로를 막아도 수단방법을 가리지 않고 그놈들이 뚫고 들어올 테니까 아예 우리가 받아서 관리를 하겠다는 것이지."

"……."

"이건 국가적인 사업이다. 알겠나?"

"이해가 갑니다, 국장님."

"넌 그 국가적인 사업의 선봉장이 되어 있는 거야, 졸지에."

오정호의 얼굴에 쓴웃음이 번졌다.

"부패한 서장 놈이 말야."

"……."

"네가 지금까지 지은 죄를 씻는 업무라고 생각해."

"그럴 각오로 일하겠습니다."

고개를 숙인 정필수가 잇새로 말했을 때 오정호가 말을 이었다.

"오태곤이가 철저하게 숨기고 있지만 빈틈이 있을 거다. 그래서……"

오정호가 목소리를 낮췄다.

"경찰 내부에도 오태곤 정보원이 있을 테니까 믿을 수가 없어. 그러니까 넌 진성 씨를 만나."

"예? 진성 씨라면……"

"도지무역 사장 말이다."

정필수의 시선을 받은 오정호가 말을 이었다.

"진성 씨하고 상의해서 오태곤의 루트를 캐도록 해, 내가 진성 씨한테 연락을 해놓을 테니까."

"알겠습니다."

그때 오정호가 못을 박듯이 말했다.

"명심해라. 이건 국가적인 작전이다. 내가 청와대에 직보한다는 것만 알아둬."

청와대. 이 한마디면 다 오줌 싼다.

사장실로 들어선 박충식이 옆에 선 강용규를 손으로 가리켰다.

"사장님, 강용규 씨입니다."

이곳은 도지무역 사장실이다. 오전 11시.

박충식이 강용규를 데려온 것이다. 강용규가 허리를 꺾어 절을 했다.

"뵙게 돼서 영광입니다."

"잘 오셨어요."

강용규와 악수를 나눈 진성이 앞쪽 자리를 권했다.

22

자리에 앉았을 때 진성이 말을 이었다.

"오태곤은 엄청난 부동산과 사업체를 보유하고 있지만 불법 사업이 많고 특히 마약사업을 독점해서 부를 축척하고 있더군요."

진성이 정색하고 강용규를 보았다.

"난 오태곤의 사업을 인수해서 모두 양성화할 겁니다. 종업원 모두를 정당하게 월급을 받는 회사 직원으로 만들 계획이오."

강용규가 숨만 쉬었고 진성이 말을 이었다.

"당분간은 오태곤파에 있으면서 하나씩 정리를 해나갑시다. 오태곤파가 갑자기 붕괴되면 후유증도 클 테니까."

"그렇습니다."

그때서야 강용규가 입을 열었다.

"오태곤은 장안평파 허기욱과 다릅니다. 오픈시키지 않은 사업이 많고 비밀조직도 많아서 언제 어디서 찌르고 들어올지 모릅니다."

입 안의 침을 삼킨 강용규가 말을 이었다.

"저도 경비원 둘을 달고 다니는데 그놈들은 오태곤의 정보원들입니다. 오태곤이 붙여줬기 때문에 떼면 의심받습니다."

그때 박충식이 거들었다.

"오늘도 두 놈을 본사에 떼어놓고 오는 데 힘들었습니다."

본사에 들어가면 경계심이 풀어지는 것이다. 둘은 지금 강용규가 회장실 옆쪽 대기실에 들어가 있는 줄 안다.

고개를 끄덕인 진성이 박충식을 보았다.

"우선 그 두 놈부터 떼어놓아야겠다."

"예, 회장님."

박충식이 대답했을 때 진성이 강용규를 보았다.

"강용규 씨가 오태곤파 조직을 이끌어 가야 될 거요."

이렇게 보스인 진성으로부터 직접 언질을 받게 된 것이다.

오태곤이 앞에 선 조병욱에게 말했다.

"내가 오늘은 일찍 들어갈 테니까 준비해."

"예, 회장님."

고개를 숙인 조병욱이 방을 나갔다.

오후 5시 반.

우성건설 회장실 안.

오태곤이 오늘은 성북동 본가로 들어가는 것이다. 성북동 본가는 2층 벽돌집으로 오태곤의 부인과 대학에 다니는 딸이 산다.

물론 3백 평짜리 저택이어서 집안일을 돕는 하녀가 셋, 별채에는 경호원 8명이 상주하고 있다. 거기에다 저택 주위에 CCTV 장치는 물론 담장 위의 철조망에는 고압 전류가 흐르고 있다.

같은 시간 오성빌딩 지하 2층 주차장 안.

엘리베이터 왼쪽의 공간은 건물주인 오성건설 회장인 오태곤의 전용 주차 구역이다.

승용차 3대가 주차할 수 있는 공간에 벤츠, 링컨, 캐딜락 3대가 주차되어 있다. 벤츠 옆에 서 있던 오태곤의 운전사 변경수가 다가오는 두 사내를 보았다.

사내 하나는 검정색 트렁크를 끌고 있다.

"어, 변 기사, 오랜만."

사내 하나가 말하자 변경수는 고개만 숙여 인사를 했다.

변경수가 벤츠 트렁크를 열자 가방이 실렸다. 문이 닫히는 것을 확인한 둘이 몸을 돌렸고 변경수는 운전석으로 들어가 앉았다.

"아니, 회장님 나가셨는데 이 양반이 어디 있지?"

대기실 앞에 선 장기수가 당황한 얼굴로 오병한을 보았다. 대기실 안은 비어 있었기 때문이다. 오병한이 발을 떼어 옆쪽 비서실로 들어섰다. 비서실 직원들의 시선을 받은 오병한이 입을 열었다.

"저기 말입니다."

"뭐야?"

낯익은 경호원이 오병한에게 물었다.

방금 오태곤이 퇴근했기 때문에 비서실은 술렁거리고 있다. 앉아 있는 놈, 서 있는 놈, 옷을 입는 놈. 7, 8명 중 여자는 둘, 셋은 경호원, 나머지는 행정직.

"우리 부사장 어디 계십니까?"

"그걸 내가 어떻게 알아?"

"옆쪽 대기실에 계신다고 했는데요."

"화장실이나 갔겠지."

그러고는 몸을 돌렸기 때문에 둘은 다시 복도로 나왔다.

복도 끝의 화장실을 갔다가 비서도 없는 아래층 부사장실에 가봤지만 없다.

"이런, 지기미."

장기수가 투덜거렸다. 오성건설 사무실을 다 뒤지려면 두 시간도 더 걸릴 것이다. 아래층의 카페, 식당, 커피숍, 지하의 클럽까지 뒤진다면 세 시간도 더 걸린다.

"야, 여기서 기다리자."

장기수가 마침내 부사장실 앞 복도에 서서 말했다.

여기 있으면 연락이 오겠지.

"반갑습니다."

나이차가 10여 년이나 되었지만 정필수가 정중하게 인사를 했다.

이곳은 법원 사거리 근처의 중식당 안.

오후 6시 반.

방에서 자리 잡고 기다리던 정필수가 진성을 맞는다. 진성은 박충식과 동행이었기 때문에 정필수는 그와도 인사를 했다.

셋이 자리 잡고 앉았을 때 진성이 먼저 입을 열었다.

"오 국장님한테서 이야기는 들으셨을 테니까 바로 본론을 말하지요."

진성이 정색하고 정필수를 보았다.

"1차 목표는 오태곤의 마약 루트를 우리가 가로채는 것이고, 그다음이 오태곤파를 무너뜨리는 것인데 현실적으로 첫 번째가 어려운 것 같습니다."

"예. 저도 들었습니다만 가로챘다고 해도 그 공급자 측에서 순순히 믿고 넘길지도 의문입니다."

정필수가 성실하게 대답했다. 고개를 끄덕인 진성이 말을 이었다.

"그래서 먼저 그 루트를 알고 나서 그놈들과 합의해야 될 겁니다. 우리가 오태곤파를 잇는 것으로 알도록 하는 거죠."

"진 사장님이 잇는다고 하실 겁니까?"

"강용규하고 합의를 했습니다."

"아, 강용규."

놀란 듯 정필수가 숨을 들이켰다가 고개를 끄덕였다.

"강용규라면 오태곤파를 이끌 만하지요. 다만 강용규 세력이 미미해서."

그때 박충식이 말했다.

"우리가 장안평파는 거의 흡수를 해서 인력이 충분해요. 강용규 기반을 만들어 줄 겁니다."

"아아."

"지금도 오태곤하고 자주 만납니까?"

이번에는 진성이 묻자 정필수가 똑바로 앉았다.

"가든클럽을 영업정지 해제시키고 나서 전화만 두어 번 왔을 뿐입니다. 나한테 실망한 것 같기도 하지만 아직도 내 이용 가치가 많을 테니까요……."

"만나서 이야기를 해요. 마약 단속이 심해질 텐데 보호료를 더 내야 도와주겠다고 해봐요."

"……."

"돈 욕심을 부릴수록 그놈의 의심이 풀릴 것이고 끌어드리려고 비밀을 말해줄 가능성이 많으니까."

말하면서도 진성의 가슴이 씁쓸해졌다, 부패 경찰에게 더 부패할 방법을 가르치는 셈이니까.

"제가 지방에서 현재까지 55명을 데려왔습니다."

박충식이 말을 이었다.

"인력 자원은 얼마든지 있습니다."

돌아가는 차 안이다.

박충식의 제안으로 진성은 대형 SUV를 구입해서 뒷자리에 앉아 있다. 짙게 선팅이 되었기 때문에 마치 장례식용 대형 리무진 같았지만 그것이 안

전하고 경호에 편리하단다.

진성이 고개를 돌려 박충식을 보았다.

"너 요즘 어떠냐?"

"예?"

진성의 시선을 받은 박충식이 몸을 굳혔다. 질문 내용의 범위가 넓었기 때문이다. 그러나 곧 말이 나왔다.

"보람을 느끼고 있습니다."

그냥 저절로 나온 말이다. 말이 한번 터지더니 술술 뱉어졌다.

"제가 얼마 안 살았지만 이렇게 일하는 보람을 느낀 건 처음입니다."

진성은 시선만 주었고 박충식의 입에서 말이 쏟아졌다.

"문득문득 이렇게 일하다가 죽어도 좋다는 생각이 듭니다. 밤낮으로 사장님께 은혜를 보답해야겠다는……."

"그만."

진성이 손을 들어 말을 막고는 지그시 박충식을 보았다.

"김덕무 사장도 마찬가지일까?"

"예, 사장님."

기다렸다는 듯이 박충식이 바로 대답했다.

"저하고 똑같을 것입니다. 눈만 봐도 압니다, 사장님."

SUV 운전은 윤정복이었고 옆자리에는 최광수가 타고 있다. 뒤쪽의 SUV에는 김기백과 경호원 넷이 타고 따른다. 모두 장안평파에서 김덕무가 골라준 경호원들이다.

박충식의 시선을 받은 진성이 고개를 끄덕였다.

"내가 곧 김 사장을 만나야겠다. 조직 문제를 결정해야겠어."

조직 결정은 보스인 진성의 몫이다.

28

오후 10시 반.

저택 별관 응접실에서 TV를 보던 오태곤에게 조병욱이 다가왔다. 조병욱은 지금 지하 공장에서 올라온 것이다.

"작업 끝났습니다."

조병욱이 말하자 오태곤이 자리에서 일어섰다.

별관은 본관 뒤 건물로 경호원의 거처다. 조병욱은 오태곤의 경호 3인방 중 하나로 행동대와는 별도 조직이다. 행동대장 겸 조직담당 부사장이었던 전기철이 피살된 후에 행동대는 조장 채시철이 대장 대리로 임명되어 있다.

조병욱의 뒤를 따라 계단을 내려간 오태곤은 육중한 철문을 통과하고 지하 1층으로 들어섰다. 철문 뒤에 서 있던 경호원이 잠자코 비켜섰다.

다시 나무문을 열었을 때 공장 내부가 드러났다.

30평쯤 되는 내부는 깨끗했다. 정연하게 배치된 작업대 위도 말끔히 치워졌다. 작업이 끝났기 때문에 처리하는 단계다.

안으로 들어간 오태곤은 테이블에 놓여 있는 가방 4개를 보았다. 알루미늄으로 만든 가방 4개는 뚜껑이 열려서 안의 내용물이 드러났다.

갈색 가루가 든 비닐봉지가 가득 차 있다. 100그램짜리 뭉치가 각각 40개씩 들어 있는 가방 4개. 16킬로그램이다.

헤로인 4킬로를 받아다가 4배로 늘린 작업을 한 것이다. 중국에서는 아편을 말려 모르핀, 헤로인 공정까지 거친 후에 순도 100퍼센트의 헤로인을 가져오는 것이다.

가격이 수시로 변하기 때문에 오태곤은 연간 계약을 해서 고정된 가격으로 받아오고 있다. 이번에 가져온 4킬로는 킬로당 3억 원씩 12억을 지급했다. 이것을 밀가루와 색소를 혼합해서 4배로 늘려놓은 것이 지금 탁자 위에 놓여 있다.

오태곤이 주의 깊게 가방에 든 헤로인을 보았다.

이번 헤로인은 색깔이 갈색이다. 받아와서 체크를 했지만 순도는 100퍼센트.

고개를 든 오태곤이 조병욱을 보았다.

"전화해."

조병욱이 고개만 숙였다.

이제 도매상 4명에게 가방 하나씩 나눠주면 되는 것이다.

도매상에게는 혼합된 헤로인을 킬로당 5억 원씩 받기 때문에 가방 1개는 20억 원이다. 가방 4개는 80억. 12억을 지급하고 80억을 받는다.

그러나 도매상은 이것을 다시 2배 정도로 혼합하여 소매상에게 넘기고 소매상은 다시 5배쯤의 가격으로 소비자에게 판매하는 것이다.

따라서 12억으로 구입한 헤로인이 유통되었을 때는 수백억대 물량이 된다.

2장
마약 루트

마약사업의 실무총책은 조병욱이었다.

오태곤의 경호 3인방 중 하나로 전혀 티를 내지 않고 그림자처럼 측근 경호를 맡았던 조병욱이다.

조병욱은 오성건설 비서실 차장 직급으로 38세. 인사부에 제출한 이력서에는 대졸, 미혼, 충남 대천이 고향으로만 적혀 있다.

회장 오태곤이 직접 채용한 경우여서 누가 확인할 염두도 내지 못했다. 조병욱의 휘하에 회장 전속 운전사와 3인방으로 불리는 김동표, 강혁이 있다.

이 4명이 마약사업을 관리한다.

중국에서 가져온 헤로인을 받고, 혼합해서 도매상에 넘기는 작업이다.

그 시간.

역삼동의 루비클럽 방 안에 앉아 있던 강용규가 문 열리는 기척에 고개를 들었다.

경호원 겸 감시병 장기수와 오병한이 들어서고 있다.

"부르셨습니까?"

허리를 꺾어 절을 한 장기수가 물었다. 장기수가 둘 중 선임이다.

고개를 끄덕인 강용규가 턱으로 앞쪽을 가리켰다.

"거기 앉아라."

"예, 부사장님."

둘이 앞자리에 나란히 앉는다.

오후에 강용규를 찾느라고 법석을 떨었다가 결국 이곳 루비클럽에 와 있다는 것을 알고 허겁지겁 달려왔다.

이런 일이 가끔 있었기 때문에 특별하지는 않다. 그렇다고 시차를 따지고 공백 시간을 체크하기도 민망하다. 오태곤의 특별지시가 있다면 모르지만.

그때 강용규가 술잔을 들면서 물었다.

"나 찾아 댕겼냐?"

"아닙니다, 그냥."

대답은 장기수가 했다.

"밥은 먹었냐?"

"예."

"어디서?"

"옆쪽 골목 안 순댓국집에서 먹었습니다."

"너희들이 고생이 많다."

"아닙니다."

"사흘에 한 번씩 보고하나?"

"예?"

장기수의 얼굴이 굳어졌다.

28세. 폭력전과 2범. 1년 반 학교 갔다 왔고 고졸. 오태곤파 경력 4년 반. 미혼. 특기 없고 '깡'이 있다고 알려졌지만 자랑도 아니다. 그런 놈은 천지에 깔렸다.

강용규가 지그시 장기수를, 오병까지 쳐다보았다.

두 놈 다 비슷하다. 사회에서 떳떳하고 변변한 직장생활을 할 수 없는 놈. 그러니 이렇게 살지. 두 놈의 생활을 다 겪어봤기 때문에 미래도 점쟁이처럼 말해줄 수 있다.

강용규의 시선을 받은 장기수가 마침내 견디지 못하고 대답했다.

"예, 부사장님."

"누구한테? 조병욱이한테?"

"예, 부사장님."

강용규에 대한 행동보고서를 말한다. 마치 기무사에서 군 지휘관들의 동태를 수시로 감시하는 것과 같다.

그때 한 모금 위스키를 삼킨 강용규가 둘을 번갈아 보았다.

"너희들 이렇게 살래?"

둘은 숨만 죽였고 강용규가 다시 물었다.

"전기철이가 죽었는데 회장은 입을 싹 씻고 모른 척하더구먼. 알지?"

"……."

"5살짜리 아들이 있어."

"……."

"너희들 한 달에 30만 원 받지? 어디서 돈 나올 데는 있냐? 누가 차비하라고 주는 데 있냐?"

"없습니다."

대답은 오병한이 했다.

그때 어깨를 편 강용규가 둘을 쏘아보았다.

"어쩔래? 나하고 같이 뛰지 않을래?"

둘의 시선을 받은 강용규가 빙그레 웃었다.

"나하고 같이 크잔 말이다. 너희들이 내 감사나 하면서 여기서 클 것 같냐?"

"……"

"일단 대가를 주마."

강용규가 탁자 밑에서 헝겊가방 2개를 꺼내 둘 앞에 내려놓았다.

"여기 1천만 원씩 들었다."

놀란 둘이 눈동자만 굴렸을 때 강용규가 말을 이었다.

"그거 고향 부모한테 보내드려라. 그동안 모은 돈이라고 하고."

"……"

"부모가 아주 요긴하게 쓰실 거다."

"……"

"돈 받고 나서 달라질 건 없어. 당분간 우리 셋이 함께 호흡을 맞춰 일하는 것이니까."

"……"

"같이 죽고 같이 사는 거지. 오태곤이 밑에서 떠나 남자답게 한번 커보잔 말이다."

그때 둘의 눈빛이 강해졌다.

남자답게란 말이 가장 위력적이다. 그다음이 돈과 부모다, 둘 다 곡성과 울진에서 지지리도 못사는 집안에서 태어났으니까.

눈앞에 놓인 1천만 원이면 시골에서 집 한 채를 산다. 5년쯤 그냥 놀고먹을 수 있는 돈이다. 1백만 원쯤이라면 '이거 받았습니다.' 하고 고발할 수 있 겠지.

그러나 1천만 원이면 달라진다.

대부분 오태곤이 정필수를 불러냈는데 오늘은 그 반대다. 정필수가 만 나자고 아침부터 연락을 했다.

그래서 오전 11시.

서초서 근처의 중식당 밀실에서 둘이 마주 앉았다. 정필수는 웃음 띤 얼굴.

종업원을 내보내고 둘이 남았을 때 정필수가 말했다.

"마약부가 조사를 시작했습니다."

눈을 치켜떴지만 정필수가 목소리를 낮췄다.

"우리한테는 자료 요청도, 상황 보고도 하지 않고 독자적으로 뜁니다."

"……."

"최소한 서장한테는 돌아가는 상황은 알려주는 것이 원칙인데 말요."

"……."

"어떻게 되고 있는 겁니까?"

"뭐가?"

"지금 마약 상황이 말입니다."

"그건 알아서 뭐하게?"

"좋습니다."

쓴웃음을 지은 정필수가 의자에 등을 붙였다.

"그럼 나도 손 떼지요. 내일 당장 전출 신청을 하고 본청에 들어가 대기 할 테니까 알아서 하시죠."

"……."

"새 서장 대리가 내일 당장 올 겁니다. 그러고 나서 마약부가 요구하는 대로 움직이겠지요. 내가 이리저리 비틀어서 방해한 것도 다 풀릴 겁니다."

"……."

"그럼 끝냅시다."

정필수가 자리에서 일어서자 그때서야 오태곤이 손을 들어 제지했다.

"아, 잠깐. 왜 그렇게 갑자기 성질을 내는 거야?"

"성질을 내다니? 무슨 말이오?"

"자리에 앉아, 이 사람아. 급하게 다그치지 말고."

"내가 다그쳤단 말요? 지금 어떤 상황인데 이러시오?"

"글쎄, 앉으라니까 그러네. 앉아서 이야기하자고."

정필수가 마지못한 표정으로 자리에 앉았을 때 오태곤이 외면하고 말했다.

"곧 헤로인이 풀릴 거야."

"들어왔습니까?"

"응. 1킬로 정도."

물량을 4킬로에서 1킬로로 줄였다. 눈썹을 모은 정필수가 다시 물었다.

"만약의 경우를 대비해서 묻는 겁니다. 어디다 먹일 겁니까?"

"서울 강남, 강북."

"두 지역이오?"

"맞아."

"도매상이 둘입니까?"

"그건 알 것 없고."

"말하는 도중이지만 나도 보험에 들어둬야겠습니다."

"무슨 말이야?"

"내가 어떻게 되더라도 내 식구는 먹고 살아야 될 것 아니오? 30억만 받아야겠습니다."

"뭐? 삼, 삼십억?"

놀란 오태곤이 말까지 더듬었다.

"30억이 아이 이름이야? 말도 안 되는 소리하고 있어."

"경찰간부가 마약상하고 합의하는 것부터가 말도 안 되는 상황이지."

"이봐."

"나도 이미 깊숙이 빠져버린 상황이오. 형님이 내 목을 쥐고 있는 상황 아닙니까?"

"내가 언제?"

"아니오?"

"서로 상부상조 하는 거지."

"그러니까 30억 내시라니깐. 그 돈은 못주겠다는 말입니까?"

"이 사람이 갑자기 돈독이 올랐나?"

"내가 병신노릇은 그만하겠다는 말입니다."

그때 정필수를 노려보면서 심호흡을 세 번 하고 난 오태곤이 입을 열었다.

"좋아. 10억을 내지."

"30억."

"아니, 이 사람이……."

다시 호흡을 고른 오태곤이 말을 이었다.

"좋아. 그러면 나하고 같이 조선족한테서부터 헤로인을 받자구. 동생이 받아주기만 해, 나머지는 내가 다 할 테니까."

"흥. 가장 위험한 일을 맡기시는군."

"동생 위치에서는 가장 쉬운 일이지."

"주범이 되는 일인데."

"그럼 건마다 5억을 내지. 한 달에 한 번 정도 받으니까 한 달에 5억이 돼."

"10억."

"이 사람이 정말."

"난 이제 마약사건 주범이 된 거요."

"걱정 마, 동생. 우리가 손잡으면 절대로 안 걸려."

오태곤이 얼굴을 펴고 웃었다.

"좋아. 한 건에 10억으로 하지."

그러고는 덧붙였다.

"중국에서 오는 놈들은 철저해. 그러니까 들통날 염려는 없다고."

김덕무가 쭈뼛거리면서 앞쪽에 앉았을 때 진성이 말했다.

"사업 이야기는 이렇게 회사에서 하는 것이 낫지."

진성의 얼굴에 웃음이 떠올라 있다.

"예, 그렇습니다."

당연한 말이지만 김덕무는 여전히 긴장하고 있다.

진성은 자신을 진창에서 꺼내준 은인이다. 새 세상을 살게 해준 구세주나 같다.

시간이 지날수록 그 고마움이 무겁게 느껴지고 있다. 아침에 눈을 뜨면 해야 할 일을 떠올리면서 의욕이 솟는다. 이렇게 살아본 적이 없는 것이다.

가족은 어떤가? 처자식의 웃음소리를 듣는 기쁨이 이렇게 큰 줄 몰랐다. 전에는 이런 웃음을 들은 적이 없다. 그것이 모두 누구의 덕분인가?

그때 진성의 목소리가 울렸다.

"조직 이야기야."

"예, 사장님."

사장실 안에는 진성과 이동철, 김덕무와 박충식까지 넷이 둘러앉아 있다.

진성이 말을 이었다.

"김 사장이 유통 사업장을 총괄하도록 해."

둘러앉은 셋은 숨을 죽였다.

유통 사업장은 곧 '밤의 사업'을 말한다.

진성이 셋을 둘러보았다.

"회사명을 '도지유통'으로 하고 사무실도 이번에 내가 구입한 역삼동 10층 빌딩에 두도록, 그 빌딩을 '도지유통' 빌딩으로 개명할 테니까."

"……"

"도지유통은 유통의 구역별 사업을 관리하는데, 오태곤 지역을 강남사업장으로, 장안평파 지역을 강북사업장으로 구분해서 각각 사장으로 강용규와 고정만을 임명하겠어."

고개를 든 진성이 김덕무를 보았다.

"김 사장이 유통 사장으로 전 지역을 관리하는 거야."

"과분합니다."

얼굴을 붉힌 김덕무가 고개까지 저었다.

"제 능력이 모자랍니다."

"능력은 개발시키는 거야. 처음부터 능력 갖고 태어난 인간은 없어."

간단하게 말을 자른 진성이 옆쪽에 앉은 이동철을 눈으로 가리켰다.

"도지유통의 관리에 대해서는 이 부장과 상의해서 결정하도록. 이 부장이 김 사장과 나를 연결시키는 역할이야. 알겠지?"

"알고 있습니다."

"그 외의 사항은 박충식을 통해서 연결이 될 테니까."

행정, 자금 등 관리업무는 이동철과 조직 운용 업무는 박충식을 통해서 진성과 연결되는 것이다. 업무 분담이 명확해야 책임 의식이 확실해지고 의욕과 능력이 증대된다.

진성의 장점 중 하나가 관리다. 지도자는 관리를 잘해야 된다.

두 번째로 분담이다.

지도자가 업무를 다 쥐고 있으면 망한다. 회사가 클수록 빨리 망한다.

업무를 떼어 주는 것이 자식을 잃는 것보다 더 아까운 것이 인지상정이다. 피땀 흘려서 만들고 익혀놓은 일인 것이다. 그것을 내놓고 새로운 일을 찾는 것이 지도자고 그 회사가 커가게 된다.

진성이 고개를 끄덕였다.

"그럼 그렇게 알고 구체적인 사항은 상의하도록."

이것으로 유통 사업 부분이 정리되었다.

"잘했어."

녹음기의 정지 버튼을 누른 정필수에게 오정호가 말했다. 얼굴에 쓴웃음이 떠올라 있다.

이곳은 서울경찰청 정보국장실 안.

오정호와 정필수가 독대하고 있다.

오전 10시 반.

요즘 서울경찰청에서 정필수의 주가가 상승하고 있다. 정필수가 서울경찰청의 실세인 오정호와 자주 독대하기 때문이다.

고개를 든 오정호가 정필수를 보았다.

여전히 웃음 띤 얼굴.

"한 건에 10억이면 너 금세 부자 되겠다."

"국고에 반납하겠습니다."

"쓸데없는 소리 말고."

정색한 오정호가 정필수를 보았다.

"이봐, 정필수. 우리가 '밤의 세상' 지도를 다시 그린다는 각오를 해야 돼."

정필수가 고개를 들었는데 '이게 무슨 소리?' 하는 표정이다.

오정호가 말을 이었다.

"오태곤이는 암세포야. 놔두면 그 암세포가 순식간에 번져 나갈 거야."

"맞는 말씀입니다."

"하지만 금방 제거할 수가 없어. 중국에서 들여오는 헤로인이 다른 곳으로 뚫고 들어갈 테니까 말야."

그렇다. 그래서 이렇게 정필수가 그 헤로인을 직접 받도록 공작이 진행되지 않았는가?

이제는 정필수가 물었다.

"제가 헤로인을 받는 단계까지는 되었습니다. 그다음은 뭡니까?"

"일단 이번은 받도록 해."

오정호가 정색하고 정필수를 보았다.

"그다음 단계는 진 사장하고 상의하도록."

"알겠습니다."

"진 사장이 강남에 도지유통을 설립했어. 그 도지유통의 사장이 김덕무야."

"오태곤이 바짝 긴장하겠습니다."

"예상을 하고 있었겠지."

"아직도 오태곤의 전력은 막강합니다."

정필수가 오태곤파 실상을 가장 잘 아는 인간일 것이다.

"오태곤은 숨겨놓은 조직이 많습니다. 경호 3인방 같은 놈들은 거의 외부에 나타나지 않거든요."

"마약 조직들이 대개 그렇지."

오정호가 말을 이었다.

"잘 들어. 마약부도 내가 지휘하고 있어. 이건 청와대 지시야."

또 청와대를 내세웠지만 이건 위세 부리는 것이 아니다. 국가 차원에서 진행한다는 뜻이나 같다.

정필수의 몸이 저절로 굳어졌다.

"알겠습니다. 진 사장하고 상의하겠습니다, 국장님."

"입금시켰습니다."

조병욱이 탁자 위에 쪽지를 내려놓으면서 말했다.

오후 1시 반, 오성건설 회장실 안.

"확인 해보시지요."

"알았다."

고개를 끄덕인 오태곤이 물었다.

"그놈들한테 조심했지?"

"예, 제가 조선족인 줄 압니다."

"수고했다."

오태곤이 탁자 밑에서 봉투 하나를 꺼내 내밀었다.

"이거 써라."

42

"감사합니다, 회장님."

두 손으로 봉투를 받은 조병욱이 양복 가슴 주머니에 넣더니 허리를 꺾어 절을 했다. 1천만 원짜리 수표다.

조병욱은 조금 전에 도매상에게 헤로인을 건네주고 대금을 받은 후에 바로 미국계 타운은행 지점 지점장을 만나 입금한 것이다. 20억이다.

이것으로 이번 달에 가져온 헤로인 4킬로의 재작업, 전달, 수금과 입금 절차가 끝났다. 일사불란하게 처리된 것이다.

12억을 주고 산 헤로인 4킬로를 도매상에게 80억을 주고 팔았다.

총괄 작업자인 조병욱이 받는 수당은 1천만 원이다.

제조에 참가한 김동표, 강혁은 각각 5백만 원, 3인방 소속 요원으로 마약 업무에 참가한 부하들 넷은 각각 1백만 원의 수당을 받는다.

조병욱 이하 마약 업무에 관련된 부하가 모두 7명인 것이다. 오태곤의 운전사까지 포함해서 그렇다.

오태곤이 직접 헤로인을 받아왔기 때문에 가장 중요하고 위험한 일은 자신이 처리한 셈이다.

조병욱이 방을 나간 지 10분쯤 되었을 때 노크 소리가 들리더니 자재부장 백기섭이 들어섰다. 잠자코 조금 전에 조병욱이 앉았던 자리에 앉은 백기섭이 오태곤을 보았다.

"이상 없습니다."

백기섭이 말을 이었다.

"부산의 윤명호는 조병욱이한테서 물건 받자마자 바로 내려갔습니다. 경호원 셋을 데리고 왔더군요."

"다른 애들은 어때?"

"역시 이상 없습니다."

"걔들이 감시받고 있다는 것을 눈치채지 못하게 해야 돼."

"모두 전문가들이라 염려하지 않으셔도 됩니다."

오태곤이 고개를 끄덕였다.

백기섭은 자재부장으로 감사팀을 운영하고 있다. 자재부 감사팀을 이용해서 조병욱과 마약 업무를 진행하는 7명의 감시를 맡긴 것이다.

그래서 그들의 일거수일투족을 보고받고 있다. 이 백기섭 팀이 오태곤의 최측근인 셈이다.

"다음 번부터 정필수가 내 대신 헤로인을 받아올 텐데 그놈 감시도 미리 정해놔야 될 거다."

"예, 자재부 감사팀 중에서 이태용이가 가장 노련합니다. 그놈한테 맡기지요."

"믿을 만하지?"

"예, 그리고 서로 감시를 하고 있으니까요. 배신은 꿈도 못 꿉니다."

감사팀은 내부 감사를 목적으로 편성되었지만 90퍼센트가 '마약사업 감시'다. 그 마약사업 중에서 90퍼센트 업무가 '마약사업 종사자' 감시인 것이다.

그때 백기섭이 고개를 들었다.

"강용규 씨가 요즘 회장님이 부르시지 않아서 겉돌고 있는데 어떻게 하실 겁니까?"

"놔 둬."

자르듯 말한 오태곤이 쓴웃음을 지었다.

"그 새끼, 별로 쓸모가 없어졌다."

백기섭이 자리에서 일어서더니 고개를 숙여 보이고는 방을 나갔다.

백기섭은 44세. 오태곤이 명동에 있을 때부터 '회계'로 데리고 다니던 측근이다. 그 후로 20년 가깝게 자금과 관리 업무를 맡겨온 관리 전문가다.

그 백기섭도 강용규의 경호원 둘이 오태곤에게 직보를 하고 있다는 사실도 모르고 있는 것이다. 그리고 또 있다.

백기섭의 최측근인 이태용도 오태곤에게 직보를 하고 있다. 이태용은 백기섭을 감시하고 있는 것이다.

이렇게 뱀들이 상대 뱀의 꼬리를 삼켜 원을 만들게 하는 것이 오태곤의 관리 기법이다. 지금까지 아주 효율적으로 잘 운영되어 왔다.

"보고 끝내고 나서 지금 왔습니다."

점심을 먹고 나서 역삼동의 커피숍에 들어가 앉았을 때 장기수가 불쑥 말했다.

앞쪽에 앉은 장기수가 말을 이었다.

"구내전화로 회장실 직통 번호를 누르면 되니까요. 회장이 직접 받습니다."

강용규의 얼굴에 쓴웃음이 떠올랐다.

오태곤은 장기수가 보고하고 와서 자신한테 다시 보고한다는 것을 상상도 못할 것이다.

이것이 부하를 믿지 못하는 놈의 업보다. 곧 엄청난 배신을 당하게 될 것이다. 이제 정나미가 천리만리 떨어진 것은 물론 배신에 치가 떨린다.

그때 장기수가 말을 이었다.

"요즘 특별한 일 없다고 했더니 철저히 감시하라고 하더군요."

"너희들이 감시비로 한 달에 20만 원씩 받는다고 했지?"

"예, 월급은 총무부에서 나오지만 감시비는 조병욱이가 보냅니다."

"그렇군. 조병욱이가 너 같은 감시병들의 관리자인 모양이다."

"그놈이 3년 전부터 확 컸지요. 그때까지만 해도 똑같은 행동대원이었는데 말입니다."

"그러다가 조병욱이는 오태곤이 경호로 갔고 너는 내 경호원이 되어서 팔자가 바뀌었구나."

"아닙니다."

장기수가 넓은 얼굴을 붉혔다.

"이제 다시 역전되었습니다, 부사장님."

"이 새끼 같이 역전시키자."

"예, 부사장님."

다시 웃는 얼굴이 된 장기수가 일어나 멀찍이 떨어진 자리로 옮겨갔다.

이제는 장기수와 오병한이 진짜 심복이 되었다. 둘은 강용규한테서 받은 돈을 고향 부모한테 각각 전달해주고 돌아와서 이제는 목숨을 내놓을 듯이 충성하고 있다.

돈은 그 쓰임의 용도에 따라 이런 위력도 발휘하게 된다. 물론 그 돈은 진성한테서 나온 것이니까 그 충성의 근원은 진성이다.

손목시계를 본 강용규가 자리에서 일어섰다.

커피숍을 나온 강용규가 뒤에 붙어선 장기수에게 이층 계단을 눈으로 가리키며 말했다.

"사우나에서 한 시간만 있다가 나올게."

"예, 저는 커피숍에서 기다리겠습니다."

장기수가 2층 사우나 입구를 바라보면서 말했다.

오병한은 길 건너편 주차장에서 대기하고 있다.

사우나로 들어간 강용규가 안쪽에서 가쁜 숨을 몰아쉬고 있는 김덕무를 보았다.

강용규가 웃음 띤 얼굴로 다가가 옆에 앉는다.

"사우나에 들어가면 전기철이가 떠올라서 말야."

"거, 재수 없는 소리 마."

눈을 흘긴 김덕무가 손바닥으로 얼굴의 땀을 씻듯이 닦았다.

그때 강용규가 김덕무의 어깨를 눈으로 가리켰다.

"그거, 찔린 거야?"

"그럼. 50 바늘 꿰맸는데."

어깨의 상처는 흉측했다. 움푹 들어갔고 길이가 5센티쯤 되었다.

"난 여기."

강용규가 허벅지를 손으로 가리켰다.

그곳은 길이가 7센티쯤 되었고 붉은 데다 울퉁불퉁했다.

"식칼로 찔렸어. 70바늘."

"난 여기."

김덕무가 몸을 비틀어 등짝을 보였을 때 강용규가 입맛을 다시면서 떨어져 앉았다.

"야, 그만하자. 나도 또 있다."

김덕무의 등에 난 상처는 10센트쯤 되었던 것이다.

그때 바로 앉은 김덕무가 정색하고 강용규를 보았다.

"내가 역삼동의 도지유통을 맡게 되었고 넌 강남지역 사장, 고정만이 강북지역 사장을 맡아줘야겠어."

"내가 네 밑의 사장이야?"

"아니. 난 관리사장이고 너희들 둘은 오태곤파, 장안평파를 총괄하는 사장이 되는 거지."

김덕무가 눈을 흘기면서 말을 이었다.

"왜? 내 밑에서 사장 못 하겠다는 말이냐?"

"그런 말은 아냐."

정색한 강용규가 김덕무를 보았다.

"업무 분담이 확실해서 좋다."

"우리 사장님 결정이야."

"서울을 강남, 강북으로만 나눴군. 그럼 강남의 최기동파도 내 구역인 가?"

"그런 셈이지."

"젠장. 오태곤이도 멀쩡하게 살아있는 상황에. 오태곤이가 알면 펄펄 뛰 겠군."

"그놈부터 없애야 돼."

김덕무가 다시 손바닥으로 땀을 씻었다.

"참. 지난번에 내가 로비자금으로 1억 줬지?"

사우나에서 나와 옷을 갈아입던 김덕무가 불쑥 물었다.

"응, 왜?"

그 돈으로 일단 장기수와 오병한의 용돈을 주었던 강용규가 되물었다.

"남은 돈 달라고?"

"미쳤냐?"

탈의실 안에는 둘뿐이다.

쓴웃음을 지은 김덕무가 주머니에서 쪽지를 꺼내 내밀었다.

"받아."

"뭔데?"

쪽지를 받으면서 강용규가 묻자 김덕무는 빙그레 웃었다.

"19억이야."

"응? 얼마라고?"

"거기 19억을 입금한 계좌번호하고 비밀번호가 적혀 있어. 찾아서 요긴하게 써."

숨을 들이켠 강용규가 쪽지를 들여다보았다가 고개를 들었다.

눈이 흐려져 있다. 그러다가 입 안에 고인 침을 삼킨다.

"아니, 이게……."

"나도 운용자금 20억 받았어. 고정만이도 20억을 받았고."

옆쪽 나무 의자에 앉은 김덕무가 말을 이었다.

"애들 포섭비, 생활비, 그리고 일단 내 가족의 안정자금으로 쓰라는 사장님 지시인 거다. 쓰고 계산서도 필요 없고 내역서만 내면 돼."

강용규가 잠자코 옆에 앉았고 김덕무의 말이 이어졌다.

"처음에는 황당해서 사장이 돈으로 날 사려는가 보다는 생각부터 들었지."

"……."

"그런데 일단 돈을 풀다 보니까 돈 쓸 데가 엄청 많은 거야. 너도 지금부터 한번 써봐라."

"……."

"돈이 이렇게 잘 나가는구나, 하다가 잠깐 시간이 지나니까 아, 돈 가치가 이렇게 크구나, 하더니 곧……."

김덕무가 고개를 들어 강용규를 보았다.

"사장님이 거금을 준 이유를 깨닫게 되더라고. 돈은 쓰기 위해 버는 것이다."

"······."

"돈 받고 좋아하는 애들을 보니까 열심히 벌어야겠다는 생각도 들고······."

"그만."

강용규가 말을 자르더니 그때까지 들고 있던 쪽지를 주머니에 넣었다.

"나도 써보고 나서 말할 테니까 그만 읊어라. 난 아직 시작도 안 했다."

소피아의 전화가 왔다.

비서실장 민성희가 받아서 넘겨준 것이다.

"아, 소피아."

민성희가 옆에 서 있는 상황에서 진성이 응답하고는 스피커 버튼을 눌렀다. 사장실에 소피아의 목소리가 울렸다.

"사장님, 그동안 안녕하셨어요?"

여기서 사장님이라고 썼지만 실제로는 영어로 '써'라고 했다. '미스터 프레지던트'라고 한 것은 아니다.

"오, 그래. 소피아, 별일 없지?"

진성의 목소리는 담담하다.

와락 반기는 것도, 귀찮은 기색도 보이지 않는다.

"네, 별일 없습니다. 호치민 사무소는 정상 가동됩니다. 미스터 고도 적극적으로 협조를 해주고 있어서요."

"아, 그래?"

진성의 얼굴에 웃음기가 떠올랐다.

민성희와 시선을 마주친 진성이 말을 이었다.

"다행이군. 그런데 무슨 일이야?"

"네, 법인등록 때문인데요, 정부 당국에 법인등록을 해야 작업이 원활하게 진행될 것 같습니다."

"물론이지."

"법인장만 등록하면 바로 사업허가가 날 예정입니다."

"알고 있어."

다시 민성희와 시선이 마주친 진성이 말을 이었다.

"법인장은 거기 가 있는 고경준 과장이야, 소피아."

소피아는 대답하지 않았고 진성이 말을 이었다.

"등록 문제는 소피아가 도와주도록 해. 알겠지?"

"예."

'예'라고만 했지 뒤에 '써'도 붙이지 않는다.

그때 민성희가 스피커에 대고 말했다.

"이만 전화 끊겠습니다."

그러고는 손을 뻗어 통화를 끝내더니 다시 버튼을 눌렀다. 버튼 숫자가 긴 것을 보니 국제전화다.

곧 신호음이 울리고 나서 사내의 목소리가 울렸다.

"헬로우."

고경준의 목소리다.

그때 민성희가 말했다.

"고 과장님, 사장님 전화 받으시지요."

지금 고경준은 소피아와 같은 사무실에 앉아 있다. 진성이 그쪽 좌석배치는 알 수 없지만 나란히 앉아 있을 가능성이 많다.

왜냐하면 소피아는 도지무역 베트남 법인장을 노리고 있기 때문이다. 고경준을 시장조사차 파견된 직원 취급을 하고 있을 것이다.

그때 전화기의 스피커 버튼을 누른 진성이 말했다.

"고 과장, 잘 들어라."

"예, 사장님."

고경준의 바짝 긴장한 목소리가 방을 울렸다.

"널 내일 자로 베트남 법인장으로 임명하고 부장 진급을 시키겠다."

진성이 말을 이었다.

"방금 소피아한테도 통보를 했는데 충격을 받은 것 같군."

"……."

"소피아가 이것저것 일을 도와주었지만 법인장은 한국인이 해야 돼. 네
가 소피아한테 도지무역 법인에서 근무하고 싶다면 과장대리급으로 정식
채용해주겠다고 전해라. 그 이상은 안 돼."

"예, 사장님."

"한국과 베트남은 급이 다르니까 이해해야 되겠지."

"알겠습니다."

"만일 법인 설립에 어떤 장애가 있거나 그럴 경우에는 가차 없이 폐쇄한
다고 전해. 지금까지 사무실 임대 선금으로 낸 금액이나 시설물에 든 경비
가 몇만 불 되지만 다 버리고 철수할 수도 있으니까 그럴 각오로 일해."

"예, 사장님."

소피아가 이 통화를 녹음한다면 듣고 나서 식겁을 하게 될 것이다.

"그리고."

진성이 덧붙였다.

"오리엔트상사는 즉시 적극적으로 접촉해보도록."

이것이 히든카드다.

버튼을 눌러 통화를 끝냈을 때 민성희가 물었다.

"2부장을 부를까요?"

진성이 고개만 끄덕였다.

민성희는 이제 눈빛만 봐도 진성의 머릿속에 든 생각 2개쯤은 읽을 수 있는 경지에 닿은 것 같다.

맨 위쪽의 2개다.

수출2부장 전경문은 전문가이며 경력도 많다. 더구나 재계 2위인 우신그룹 수출부 출신이니 진성을 하수로 볼 수도 있다. 그러나 전경문은 과감히 우신을 떠나 도지무역으로 옮겨왔다. 물론 자신의 야망을 숨기지 않았다. 급성장하는 도지무역에서 함께 성장하겠다는 것이다.

우신에서 겪은 대기업의 장점을 기반으로 하고 단점을 반면교사로 삼아 발전시키겠다고 당당하게 말했다.

그 전경문이 진성과 독대하고 있다. 비서실장 민성희까지 셋이다.

진성이 입을 열었다.

"전 부장이 베트남 오리엔트상사 사장한테 연락을 해."

"예, 사장님."

대번에 상황을 파악한 전경문이 대답했다.

지금까지의 진행상황을 들은 것이다. 해외법인 관리는 전경문이 맡는다.

"내일 자로 고경준을 부장 진급시켜서 베트남 법인장으로 발령 낼 거야. 전 부장이 고 부장하고 손발을 맞추도록 해."

"알겠습니다."

"고경준이 오리엔트상사하고 접촉해왔으니까 본사에서 연락이 오면 반기겠지?"

"당연합니다. 회사가 일어나는 기회 아닙니까? 오리엔트는 적극 협력할 겁니다."

"오리엔트 사장한테 아시아상사와의 관계도 말해주도록. 소피아가 이것저것 도와줬다는 말도 해주는 게 낫겠지?"

"알겠습니다."

"아시아상사가 방해를 하는 경우에도 대비하도록."

"예, 사장님."

기운차게 일어선 전경문이 방을 나갔을 때 민성희가 진성을 보았다.

"총무부장한테 고경준 씨 발령을 내도록 하겠습니다."

진성이 고개만 끄덕였다.

박충식이 사장실로 들어섰을 때는 오후 5시가 되어갈 무렵이다.

"보고드릴 일이 있습니다."

부동자세로 선 박충식이 말했을 때 진성이 빙그레 웃었다.

"너 보고서 써봤나?"

"예?"

고개를 들었던 박충식의 눈 둘레가 붉어졌다. 눈 둘레만 붉어진 인간은 처음 본다.

진성의 시선을 받은 박충식이 대답했다.

"아닙니다. 안 써봤습니다."

정색한 진성이 고개를 끄덕였다.

"너보고 쓰라는 게 아니야, 네 일은 보고서로 쓸 일이 아니니까."

진성이 박충식을 보았다.

"자, 말해."

"예, 강 사장의 경호원 장기수가 오태곤의 경호 3인방 중 하나인 조병욱을 잘 안다고 합니다.”

고개만 끄덕인 진성에게 박충식이 말을 이었다.

“그런데 조병욱이 만나는 부산 놈을 안다는 것입니다. 전에 만나는 걸 보았다는군요.”

“……”

“그놈은 포르쉐를 타고 다니는데 하도 유세를 떨기 때문에 차 번호를 외우고 있었답니다.”

“……”

“그놈이 부산의 마약 도매상 같다고 합니다.”

그러고는 박충식이 접힌 쪽지를 진성 앞의 탁자에 내려놓았다.

어느덧 박충식의 이마에 땀방울이 솟아나 있다. 보고서 이야기를 듣고 잔뜩 긴장한 것이다.

진성이 고개를 끄덕였다.

“정 서장한테 연락해서 오늘 저녁 때 만나자고 해.”

서초서 근처의 중식당 방 안에서 셋이 둘러앉았다.

진성과 박충식, 정필수다.

오후 7시.

종업원에게 주문은 부를 때까지 기다리라고 한 진성이 정필수에게 말했다.

“우리가 부산의 도매상으로 보이는 놈의 차를 알아낸 것 같습니다.”

진성의 눈짓을 받은 박충식이 정필수 앞에 쪽지를 내려놓았다.

“그놈의 차 번호요.”

“오오.”

정필수가 고개를 끄덕였다.

들뜬 표정이다.

"실마리가 풀리기 시작하는군요. 사건은 대개 실마리 한 가닥을 딱 잡으면 그때부터 속도가 붙지요."

"오태곤의 경호 3인방 중 하나가 그놈하고 접촉하는 것 같습니다."

"조병욱이 말씀이죠? 그놈한테 미행을 붙였는데 영 흔적이 잡히지 않더니만……."

"믿을 만합니까? 그 미행자 말입니다."

그러자 정필수가 쓴웃음을 지었다.

"그런 말씀 들으니까 부끄럽죠. 그래서 서초서하고는 관계가 없는 마약부를 시키고 있습니다."

"기밀 유지가 가장 중요합니다."

"그래서 말인데요."

정필수가 굳어진 얼굴로 진성을 보았다.

"내가 곧 오태곤이 대신 조선족 놈들한테서 마약을 받게 됩니다."

알고 있었기 때문에 진성과 박충식은 듣기만 했다.

"그런데 그때 그 조선족 놈들을 미행하고 도청해서 뿌리를 찾아야 하는데 경찰력을 동원하기에는 파장이 클 것 같단 말입니다."

"이해가 갑니다."

그러면 공개수사가 되고 단박에 오태곤은 물론이고 마약 반입자들에게도 알려질 것이다.

정필수가 말을 이었다.

"그놈, 도매상 잡는 것은 마약팀을 시키더라도 반입자 놈들을 만날 때는 도움을 받아야 될 것 같습니다."

그때 진성이 박충식에게 말했다.

"네가 도와드려야겠다."

"예, 사장님."

박충식이 바로 대답했다.

"철저하게 계획을 세워야지요."

이것이 관민 합동작전인가?

민성희와 김선아는 리비아에 다녀온 후에 친해졌다.

비서실 업무가 확장되면서 민성희가 차장으로 진급이 되었지만 김선아는 시기하지 않았다. 그래서 오늘은 회사에서 퇴근하다가 만나 둘이 카페에서 한잔하는 중이다.

맥주잔을 든 김선아가 민성희에게 물었다.

"넌 잘 알 거 아냐? 우리 회사 상황."

"무슨 말야?"

"도지무역과 도지유통 관계 말야."

"그게 어때서?"

"좀 불안하잖아?"

"아니? 뭐가 불안해?"

한 모금 술을 삼킨 민성희가 김선아를 보았다.

"너, 알아? 사장님은 지금 엄청난 투자를 하고 계신 거야. 도지유통을 양성화시키려고 말야."

민성희가 말을 이었다.

"처음에는 나도 찜찜했는데 금방 이해가 갔어. 그리고 그쪽 유통 사람들 좀 봐."

민성희의 목소리에 열기가 띠어졌다.

"모두 신바람을 내고 있어. 우리 무역 쪽보다 더 열성적이야."

그러나 김선아는 아직 겪어보지 않아서 모른다.

어쨌든 무역과 유통, 이 2개 사업부가 뒤섞인 도지 그룹 전체가 활기에 싸여 있는 것은 분명하다.

"아니, 여긴 무슨 일로?"

문창명의 얼굴이 누렇게 굳어졌다.

말은 저절로 그렇게 나왔어도 앞에 선 고정만이 나타난 이유가 뻔했기 때문.

오후 9시 반.

오리온클럽 주차장 안. 문창명은 막 차에서 내린 상황. 뒤에 부하 셋.

앞에 선 고정만의 뒤에도 부하 셋이 서 있었으니까 4 대 4.

주차장에는 그들 여덟 명뿐이고 1백 평쯤 되는 주차장 뒤쪽에 보안등 2개가 나란히 세워져서 환하다.

눈앞에 나타난 고정만은 주차장에서 기다리고 있었을 것이다.

이곳은 장안평파 외곽 구역인 중계동의 문창명 지역.

문창명은 장안평파 외곽 영주 중에서 가장 강력한 세력으로 휘하에 1백여 명의 행동대를 보유하고 있다. 장안평파의 무력(武力)이 6백여 명이었는데 1백여 명이라니?

그것은 허기욱 시대에는 30여 명이었던 문창명이 주위 세력을 쓸어 모았기 때문.

한 달이 지나고 나서 장안평파는 김덕무, 박충식, 그리고 고정만에 의해서 접수되었다. 물론 박충식과 최경태의 최후의 결전이 결정적인 역할을 했다.

그러나 다 접수된 것이 아니다.

여기, 문창명이 그사이에 불만세력, 방황세력, 거기에다 혼란기를 틈타 한탕 하려는 기회주의 세력까지 끌어안고 '문창명 구역'을 오히려 확장시켜 온 것이다.

그런 상황에서 고정만이 '짱' 하고 나타났으니 이유는 뻔하다.

"너 많이 컸다."

이것이 고정만의 일성.

그러자 그때는 평정을 찾은 문창명이 빙그레 웃었다.

"뭐, 같이 살아야지. 안 그래?"

"이 새끼가 말 놓는데?"

"너나 나나 이젠 혼자 뛰는 거 아냐?"

문창명의 말에도 날이 섰다.

문창명. 39세. 고정만보다 3살 연하. 그러나 폭력전과는 더 많다. 장안평 파 안에서 가장 독종일 것이다. 180의 키에 90킬로. 항상 회칼 2자루를 양쪽 가슴에다 차고 다녀서 한 번도 재킷을 벗은 적이 없다.

고정만이 한 걸음 다가섰기 때문에 문창명이 두 팔을 늘어뜨렸다. 재킷 은 단추가 잠기지 않고 벌어져 있다.

그때 고정만이 물었다.

"얀마, 너 지금이 어떤 세상이라고 애들을 끌고 다녀?"

"욕하지 마, 새꺄."

문창명의 두 눈이 어둠 속에서 번들거렸다.

고정만이 병사를 끌고 왔다고 해도 이곳 주차장 안에서는 4 대 4.

뒤에 선 부하 셋은 심복으로 최정예다. 김치곤, 오팔만, 강익수, 셋 다 10

년 가깝게 데리고 있는 놈들.

그때 고정만의 얼굴에 웃음이 떠올랐다.

"너, 이렇게 살아갈 수 있다고 생각한 거냐? 불쌍한 놈 같으니."

"시발 놈아, 주둥이 나불대려고 온 거냐?"

문창명은 빨리 끝내야겠다고 작정했다. 시간 끌어봐야 찜찜하다.

숨을 고른 문창명의 두 손이 건들거렸다. 이제 회칼을 뽑고 뛰면 된다.

그 순간 고정만이 말했다.

"이 새끼 끝내."

그 말과 동시에 문창명의 오른손이 왼쪽 가슴에 들어가더니 회칼 2자루를 꺼냈다.

고정만은 문창명이 회칼을 꺼내는 장면을 처음 보았다.

아, 왼쪽 가슴에 2자루를 차고 있었구나. 양쪽 가슴이 아니네.

어둠 속에서 흰 칼날이 번쩍였다. 길이는 30센티 정도.

문창명이 눈 깜짝할 사이에 오른손에 쥔 회칼을 왼손으로 하나씩 나눠 쥐었다.

그렇다. 저 칼은 회를 뜰 때 쓰는 칼이다, 볼이 밑쪽은 넓고 위쪽이 송곳처럼 날카로운.

저 칼 위에 머리카락을 놓으면 저절로 잘라진다.

그때 문창명이 두 손에 회칼을 쥐고 와락 달려들었다. 치켜뜬 눈. 굳게 다문 입.

밤에 나오는 야차가 따로 없다.

고정만은 눈 깜빡하는 사이에 문창명이 가슴에서 회칼을 뽑고, 두 손으로 나눠 쥔 다음에 이쪽으로 발을 뻗는 장면을 보았다. 두 손을 늘어뜨린 채 쳐다보기만 했다.

그럴 것이, 그 순간이 1초에서 2초 사이밖에 안 되었기 때문.

절체절명의 순간, 그 순간이다.

문창명의 뒤에서 와락 사람 얼굴 하나가 드러나더니 뭔가를 내려쳤다.

"퍽석!"

플라스틱 바가지는 이런 소리가 안 난다. 그렇지, 수박이 깨지는 소리가 맞다.

동시에 문창명이 앞으로 넘어졌다. 두 손은 아직도 회칼을 꼭 쥐고 있다.

머리가 반쯤 부서진 문창명이 땅바닥에 누운 채 사지를 떨고 있다. 아마 죽은 것 같다.

문창명을 내려다보던 고정만이 고개를 들고 김치곤을 보았다. 김치곤의 손에는 아직도 쇠뭉치가 쥐어져 있다, 길이가 30센티, 두께는 3센티 정도.

완전 쇠뭉치다. 공사장에서 철근을 잘라온 것이어서 철근 덩어리다.

그래서 회칼보다 더 끔찍하게 보인다.

"야, 치워."

"알겠습니다."

고개를 끄덕인 김치곤이 뒤에 선 오팔만과 강익수를 보았다.

"야, 비닐 가져와. 감싸서 옥상으로 갖고 가자."

미리 준비를 해놓고 있었던 것이다.

고정만이 다시 김치곤에게 말했다.

"끝내고 나한테 와라."

"나야."

오태곤의 목소리가 울렸다.

오전 10시 반.

정필수는 서장실에서 오태곤의 전화를 받는다.

"아, 웬일입니까?"

가볍게 물었지만 정필수의 심장박동이 빨라졌다, 수상한 예감이 들었기 때문.

그때 오태곤이 말했다.

"물건이 왔어."

"……."

"수시로 장소를 바꿔서 전달하는데 이번에는 인천에서 건네주겠다는군."

"언제 말요?"

"내일 오후에."

"양은 얼마나 되는데요?"

"이번에는 5킬로."

"지난번은 1킬로라고 했지요?"

"그랬나? 어쨌든."

"받기만 하면 됩니까?"

"그렇게 쉬운 일이라면 내가 동생한테 부탁하겠나?"

오태곤의 목소리에 웃음기가 섞여졌다.

"동생 관용차 있지?"

"내 차요?"

"그래. 경찰서장 관용차."

"그거야 관용으로……."

"그 차를 가져오게."

예상하고 있었지만 정필수가 소리 죽여 숨을 뱉었다.

그때 오태곤이 말을 이었다.

"그 차에 내 부하 둘이 경찰로 위장하고 같이 가는 거지. 그럼 누가 검문을 하겠어?"

"장소가 어디요?"

"그건 내일 출발하기 전에 알려주겠네. 시간은 7시니까 5시쯤 준비하고 기다리게."

녹음기의 내용을 전화로 들은 오정호가 말했다.

"하긴 경찰서장 관용차를 검문할 경찰은 없지. 내일 준비해."

"둘을 붙인다니까 그놈들이 마약 거래에 직접 관련된 놈들이 되겠습니다."

"그렇게 하나씩 드러나는 거지."

오정호가 말을 이었다.

"중요한 건 전달해주는 놈들이야. 그놈들을 추적해야 되는데 출발 직전에 장소를 알려준다니 시간이 촉박하다."

"미행차가 따른다면 금방 발각될 겁니다."

"네 차에 추적기를 붙여놓겠지만 시간이 없어. 인력도 부족하고."

"진 사장한테 말하겠습니다."

"그래야지."

오정호의 목소리에 안도감이 느껴졌다.

"지금 당장 연락하고 방법을 찾아."

20분쯤 후.

박충식의 보고를 받은 진성이 말했다.

"네 부하 중에서 정 서장 부하 경찰로 위장시킬 놈이 없냐?"

박충식이 고개를 번쩍 드는 것이 생각을 하는 것 같다.

진성이 말을 이었다.

"눈치 빠르고 경찰 행세를 잘하고 믿을 만한 놈이면 좋겠는데. 거기에다 오태곤파가 모르는 놈으로 말이다."

그때 박충식이 대답했다.

"있습니다."

"있어?"

놀란 진성이 눈을 크게 떴다.

"네 부하가?"

"아닙니다. 이곳 도지무역에요."

"무슨 말이냐?"

"제가 총무부와 자주 접촉하지 않습니까?"

"그렇지."

이동철이 관리하는 총무부는 도지유통의 관리도 맡는다.

밤의 조직에서 체계적인 정보관리를 하고 있는 조직은 도지유통뿐일 것이다. 도지무역의 총무부에서 일괄 관리를 하고 있기 때문이다.

그때 박충식이 말을 이었다.

"총무부 하석기 과장이 적격 같습니다. 전에 저하고 이야기 하던 중에 경찰에도 2년쯤 근무했다는 말을 들었거든요."

"옳지."

고개를 끄덕인 진성이 박충식을 보았다.

"낮 사업과 이렇게 연결이 되는구나. 이렇게 해서 밤낮이 연합하는 거다."

30분 후, 도지무역 회의실 안.

총무부장 이동철과 비서실 차장 박충식. 총무부 과장 하석기 셋이 둘러앉아 있다. 테이블이 길어서 장방형 안쪽에 이동철과 하석기, 바깥쪽에 박충식 이렇게.

박충식의 이야기, 이동철의 질문. 다시 보충 질문과 대답이 왔다 갔다 했지만 10분도 안 걸렸다. 그러자 이동철이 고개를 돌려 하석기를 보았다.

"너, 가야겠다."

"가야겠군요."

"일단 널 차장 진급시켜줄게."

"고맙습니다. 이렇게 진급이 되네요."

"정필수 밑으로 가서 경찰 행세를 하려면 뭐, 준비할 게 있을 텐데. 수갑이나 신분증, 참 네 계급을 뭐로 하지?"

"그것도 내가 정하는가요?"

"정필수한테 정하라고 할 필요는 없잖아? 그 새끼가 뭐라고."

"그럼 경감쯤이 어떨까요?"

"지랄하고 있네."

"경위는 돼야지요."

"얀마, 넌 서장 운전사 겸 경호원 행세하는 거여. 도지무역에서는 차장이지만."

"나뭇잎은 싫은데."

"경장으로 해."

그래서 이쪽에서는 나뭇잎 3개짜리 경장으로 결정되었다.

둘이 계급 갖고 티격태격하는 동안 멍한 표정으로 쳐다만 보던 박충식이 입을 열었다.

"그럼 사장님한테 보고하고 나서 정필수한테 통보하지요."

정필수가 오태곤의 전화를 받고 나서 딱 한 시간 후다.

오후 3시 반.

이번에는 오태곤이 정필수의 전화를 받는다.

"내일 내 운전기사하고 같이 가지요. 내 차를 내가 몰고 가면 다 이상하게 볼 테니까."

"그렇지."

오태곤이 당장 동의했다.

"헌데, 그 기사는 믿을 만한가?"

"순경 때부터 데리고 있던 애인데 가족이나 같습니다."

"알았어, 내일 봐."

그렇게 결정이 되었다.

"장안평파가 평정되었습니다."

고문 배창수가 조심스럽게 말했다.

오후 6시, 오성건설의 회장실 안.

오태곤이 배창수와 독대하고 있다. 방금 배창수는 어젯밤에 일어난 문창명의 추락사 사건을 보고한 것이다.

문창명은 오리온클럽이 위치한 선경빌딩 5층 옥상에 담배를 피러 갔다가 베란다에서 미끄러져 아래쪽 시멘트 바닥에 떨어진 것이다.

추락사 증인으로는 그림자처럼 붙어 다니던 경호원 셋이 삼구동성으로 증언했다.

"그, 경호원 놈들이 배신한 것이지?"

오태곤이 묻자 배창수가 고개를 들었다.

"예, 회장님, 하지만 입을 딱 맞춰서요."

"김덕무가 매수했을까?"

"그랬을 가능성이 많습니다."

"그, 문창명이란 놈은 소문이 안 좋았어."

오태곤이 고개를 절레절레 흔들었다.

"지금이 어느 때라고 회칼을 들고 나대."

그때 배창수가 고개를 들었다.

"회장님, 강용규를 만나주시지요."

배창수의 시선을 받은 오태곤이 이맛살을 찌푸렸다.

"왜? 강용규가 부탁하더냐?"

"아닙니다. 이젠 화가 풀리실 때도 되지 않았나 싶어서요."

"강용규 그 새끼는 떼어놓고 보니까 별로 쓸모가 없는 놈이었어."

오태곤이 번들거리는 눈으로 배창수를 보았다.

"내가 지금 말하지만 그놈이 영업부 사장하면서 업소에서 뜯어가는 돈이 한 달에 1,500이 넘는다."

오태곤의 목소리가 높아졌다.

"공식적인 돈이 1천만 원 정도고 최소한 월 5백씩 챙겨온 거야!"

배창수는 소리죽여 숨을 뱉었다. 이것은 관행이다.

나머지 5백은 강용규의 부하들 회식비, 외부인사 접대비, 경조사비로 다 썼을 것이다.

오태곤은 마약사업을 제외해도 한 달에 수억의 순수익을 챙긴다. 그 자금을 현금으로 숨기거나 외국 계좌에 숨긴다는 것을 배창수도 알고 있는 것이다.

배창수 본인도 고문 역할이지만 한 달에 180만 원을 받는 것이 고작이다.

그때 오태곤이 결론을 내렸다.

"배 고문, 네가 강용규 업무를 맡아, 그놈 일은 누구든 하니까."

"회장님, 저는……."

"강용규 그놈은 고문으로 발령 내겠어. 당분간 쉬도록 해야지."

고문 직함은 회장이 부르지 않으면 회사에 못 나온다.

고문이 회장 면담을 신청해도 안 만나면 끝이다. 오늘은 배창수가 오태곤에게 정보 보고를 하려고 만난 것이다.

그때 배창수가 굳어진 얼굴로 물었다.

"회장님, 강용규에게 그러시는 특별한 이유라도 있습니까? 저만 알고 싶습니다만."

"이유?"

오태곤이 시선을 주었다가 씩 웃었다.

그러나 눈빛이 날카롭다.

"그놈이 리츠클럽 화재보험을 들지 않았기 때문이 아냐."

오태곤의 목소리가 낮아졌지만 다 들렸다.

"그놈이 애들한테 인심을 얻으려고 해왔어."

바로 이것이다.

3장
오염된 세상

"오리엔트상사 사장 디엠 씨가 적극 협조하겠답니다."

전경문이 보고했다.

"그래서 오늘 고 부장이 디엠 사장을 만나기로 했습니다. 법인 등록도 조건 없이 도와주겠다고 했습니다."

"잘했어, 그런데."

진성이 정색하고 전경문을 보았다.

"아시아상사가 순순히 물러날 것 같지가 않아. 우리가 오리엔트하고 계약을 한다면 가만있지 않을 거야."

전경문이 고개를 끄덕였다.

"예, 그래서 고 부장한테 경호원도 두 명쯤 고용하라고 했습니다만……."

"아직 업무도 시작하기 전부터 날카롭게 나서는군."

"베트남이 그렇습니다."

"무슨 말이야?"

사장실에는 비서실장 민성희까지 셋이 앉아 있다. 베트남 사업에 대한 회의다.

전경문이 말을 이었다.

"우신에서도 베트남 진출을 적극 고려했습니다. 일단 노동력이 넘쳐나고, 국민 품성이 부지런한 데다 의욕적이며, 임금이 한국보다 10분의 1 이하로 싼 것이 유리한 조건이었지요."

"그런데 포기했지? 우신이 저가제품 오더 생산은 하지 않는다는 방침 때문이라고 했던가?"

"그것이 아니었습니다."

"그럼 무슨 이유야?"

"우신의 저가품 생산은 베트남보다 더 임금이 높은 중국이나 품질 수준이 더 낮은 태국, 또는 인도네시아로 나갑니다."

"베트남은 왜?"

"베트남은 프랑스, 미국과의 전쟁에서 이긴 역사를 갖고 있습니다."

"난 그것이 같은 동양인으로 자랑스러웠는데."

"우신이 먼저 시험적으로 2개 공장을 운영했지요. 이건 외부에서 모릅니다."

그때 민성희가 자리를 고쳐 앉았고 진성이 긴장했다.

"나도 처음 듣는 말인데?"

"대외비로 담당부서와 경영진만 알고 있습니다."

"말해."

"우신 같은 대기업이니까 견디었지 중소기업이었다면 도산했을 것입니다."

전경문이 말을 이었다.

"지금 아시아상사처럼 감언이설로 오더를 받고 6개월쯤 OEM 생산을 하더니 금방 생산기술을 익혔습니다."

"손재주가 빠른 민족이야. 한국과 비슷한 품성이라고 하더군."

"아닙니다."

고개를 저은 전경문이 쓴웃음을 지었다.

"그러더니 그 제품의 바이어인 일본 업체와 우리 모르게 비밀리에 접촉하더니 오더를 빼앗았습니다."

"……."

"1년 후에 어떻게 되었는지 아십니까? 베트남 공장에서 그 오더를 일본 업체로부터 직접 받아 생산하게 되었습니다."

"……."

"일본 놈하고 베트남 놈들이 우리 등을 친 것이죠. 서로 윈윈은 되었습니다. 일본 업체는 우리한테보다 20퍼센트나 싼 가격으로 제품을 가져갈 수 있었고 베트남 공장은 20퍼센트나 높은 가격으로 오더를 받아 수출할 수 있었으니까요."

"우신이 그런 사연이 있었구나."

고개를 끄덕인 진성이 전경문을 보았다.

"우리 회사는 어떻게 하면 되겠나?"

진성의 시선을 받은 전경문이 한숨부터 쉬었다.

"저한테 해외 법인을, 더구나 베트남 법인 관리를 맡기셨으니, 우신의 경험을 반면교사로 삼도록 하겠습니다."

진성이 고개를 끄덕였다.

"맡기겠어."

하석기는 경장 계급장을 붙인 근무복을 입었다. 허리에는 수갑이 넣어

진 벨트를 찼고 모양 없는 단화를 신었다. 영락없는 경찰이 골목 앞에 서 있다.

정필수가 차에서 내려 잠자코 뒷자리에 옮겨가 앉았다. 정필수는 양복 차림이다.

이곳까지 정필수가 서장 관용차를 운전하고 온 것이다.

경찰서장 관용차라고 해서 경찰 마크가 있거나 경광등이 부착된 것이 아니다. 일반인 차하고 똑같다. 똑같은 중형차다. 대형차도 아니고, 검정색, 번호판도 똑같은데 다만 경찰이나 기관원들은 단박에 알아본다.

번호가 다르기 때문에, 그렇다고 3333, 8888 따위가 아니고.

하석기가 운전석에 앉았을 때 정필수가 입을 열었다.

"가기 전에 이야기 좀 하자."

"예, 서장님."

"우리가 지금 어디 가는지 알지?"

"압니다."

두 손을 운전석에 올려놓은 하석기가 고분고분 대답했다.

오후 4시.

차는 서초동 대명빌딩 뒤쪽 일방통행 길가에 세워져 있다. 이곳은 차량 통행이 드문 곳이다.

정필수가 다시 말했다.

"넌 내 운전사야. 나하고 3년쯤 같이 근무한 인연이 있고."

"예, 순경 때부터 서장님하고 같이 근무를 했다가 서장님 차 운전한 지는 6개월 되었습니다. 전임자는 김 경장으로 영등포 경찰서로 전출되었고요."

"그렇지, 그렇게 하고. 네 이름이 뭐야?"

"누가 물어보지는 않겠지만 김석기로 하겠습니다. 본래 이름이 하석기지요."

"좋아, 김석기, 김 경장."

"제가 경찰에 있었습니다. 2년 있다가 순경으로 나왔지요."

"오, 잘됐다."

정필수의 얼굴이 펴졌다.

"왜 나왔나?"

"체질에 안 맞아서요."

"저런, 안됐다."

"지금은 도지무역 차장으로 있지요."

"오, 잘됐네."

"저한테 서장님 개인 사항을 말씀해주실 것 없습니까?"

"개인 사항이라니?"

"심복 운전사면 애인 집이나 잘 가시는 호텔, 또 오피스텔도 있을 것 아닙니까?"

"젠장."

"제가 서장님 댁이 압구정동 우동아파트 3동 1203호이고, 사모님과 고2, 중3짜리 딸 미영, 수영이가 있다는 것까지는 외워놓았습니다. 참, 강아지가 푸들이고 이름이 하루인 것까지 말씀입니다."

"야, 너⋯⋯."

입을 쩍 벌린 정필수가 두 번쯤 숨을 쉬고 나서 대답했다.

"너만 알고 있어라."

"당연하지요."

"내가 만나는 여자가 있어. 애인이라고 할 건 없고⋯⋯."

서장 차가 한참 동안 머물고 있었는데 마침 경찰차가 지나가면서 속력을 줄였다가 '이크' 하는 것처럼 머리를 번쩍 들고 달려가 버렸다.

번호판을 보았겠지.

인천항에 정박한 중국국적 여객선 칭다오호는 호화 여객선에 든다.

그러나 소형 급이어서 6,500톤. 보통 여객선은 5만 톤 이상이 수두룩하기 때문이다.

그러나 칭다오호는 속력이 빠른 데다 객실이 호화롭기로 유명하다.

4시 40분.

칭다오호에서 내린 승객들이 세관 검색대를 통과하고 있다.

2번 검색대 앞으로 다가선 유자양에게 세관원이 다가왔다.

"잠깐 보실까요?"

한국어로 말했던 세관원이 곧 영어로 바꾸었다.

"따라 오시지요."

짐을 검색기 안에 밀어 넣기 직전이다.

유자양이 잠자코 대형 트렁크 2개를 끌고 검색기 안쪽의 검색대로 다가가자 승객들의 시선이 모였다. 검색대는 검색기에서 이상 물체가 발견된 가방만 그쪽으로 옮겨가기 때문이다.

그것은 유자양은 검색기를 통과하기도 전에 수상한 승객으로 미리 찍혀 있었다는 것이나 같다. 검색대에는 이미 승객 3명이 짐을 다 펴놓은 채 난감, 당황, 절망한 표정으로 서 있었는데 유자양도 세관원의 지시에 따라 트렁크 2개를 검색대 위에 올려놓고 뚜껑을 열었다.

마치 벌거벗긴 기분이 드는 것이다.

위쪽 승객들의 시선이 이쪽으로 다 모였고 가방에 담은 형형색색의 물건은 치부 같다.

유자양을 끌고 온 세관원은 금테가 2개 달린 견장을 어깨에 붙였는데 계급이 그중 높았다, 검색대에 붙어 있는 검사원 7명은 모두 금테가 하나였으니까.

그 두 개짜리와 기다리고 있던 금테 하나가 유자양의 트렁크 2개를 그야말로 까발렸다.

이윽고 유자양은 트렁크 안에 있던 짝퉁 롤렉스 15개와 구찌 가방 8개를 세관에 압류당하고 서류에 사인을 한 다음에 세관을 나왔다.

오후 6시가 되어가고 있다.

유자양이 짜증난 얼굴로 3번 게이트 밖으로 나왔을 때다.

사내 하나가 다가와 물었다.

"유자양 씨죠?"

운전석에 앉아 있던 하석기는 이쪽으로 다가오는 조병욱과 여자를 보았다.

조병욱은 커다란 트렁크 2개를 양손으로 끌고 온다.

거리는 30미터.

어두워지기 시작하는 시간이었지만 여자의 우유색 투피스와 검은 머리, 늘씬한 키가 눈에 띄었다. 그리고 미모다.

어깨에 손가방 하나를 걸친 여자는 똑바로 이쪽을 향해 다가온다. 점점 뚜렷하게 드러나는 미모.

그때 뒷좌석에 앉아 있던 정필수가 혼잣소리처럼 말했다.

"저 여자인 모양이다."

조병욱이 입국장 안으로 운반책을 만나러 간 것이다.

그런데 그 운반책이 몇 명인지, 남자인지, 여자인지 전혀 말해주지 않은 것이다.

"저년이 조선족인가?"

둘뿐이었기 때문에 정필수가 이제는 더 큰 소리로 말했다.

그때 여자가 5미터 거리로 다가왔다.

숨이 멎을 것 같은 미인이다. 세상에 저런 미인이, 탤런트 뺨 칠 것 같은 미인이 헤로인 운반책이라니.

차에는 넷이 탔다.

본래 오태곤은 조병욱과 김동표 둘을 보냈지만 김동표는 정필수와 하석기를 보고 나서 떨어졌다. 가다가 내려달라고 해서 내려줬는데 어디로 간다고 말하지도 않고 묻지도 않았다.

그럴 필요도 없었으니까.

차는 곧 속력을 내어 서울로 달렸다.

"서초서장 친척인가?"

김성호가 묻자 지금까지 잠자코 있던 윤대수가 말했다.

"뭐, 무슨 업무 관계일 수도 있지, 높은 놈들은 우리가 모르는 일도 많으니까."

"그나저나 그 여자 미인이던데."

박일무가 웃었다.

셋은 승합차 안에서 밖을 내다보고 있었는데 이미 칭다오호에서 내린 승객들은 다 빠져나갔다.

방금 그들은 눈이 번쩍 뜨일 만한 여자가 놈씨 하나하고 나와 서초경찰서장 관용차에 타고 가는 것을 본 것이다.

입국장 건너편에 주차된 차가 서초경찰서장 차인 것을 알고 궁금해 하던 참이었다.

선팅이 되어서 안이 안 보이다가 여자가 탈 때 앉아 있는 사내가 보였으니, 그게 서장일 것이었다.

그때 세관 쪽에 나가 있던 엄용만과 전중학이 건물을 나와 이쪽으로 다가왔다.

"어때?"

둘이 승합차에 들어왔을 때 반장인 윤대수가 물었다.

"별거 없어요."

전중학이 투덜거렸고 엄용만이 말을 받았다.

"짝퉁 시계, 구찌 가방 몇 개 들고 와서 세관에다 토해놓은 것, 어떤 새끼는 위스키 5백 불짜리를 7병이나 들고 왔더구만."

"가자! 배고프다."

윤대수가 버럭 앞에 대고 소리쳤다.

"시발 놈들, 정보원 놈들은 싹 갈아야 돼."

중국의 정보원이 오늘 내일 사이에 인천으로 마약이 수송된다는 애매한 정보를 보냈기 때문이다. 그래서 서울청 마약부 1개 반이 이곳으로 파견되었던 것이다.

전중학이 힐끗 윤대수를 보고 나서 입을 다물었다.

윤대수 기분이 별로였기 때문에 기가 막힌 미인이 짝퉁 롤렉스가 걸려서 세관에 압류당했다는 말을 안 한 것이다. 엄용만도 몇 달 전 이혼을 해서 여자한테는 전혀 관심이 없고.

만일 그 이야기를 했다면 바로 서초경찰서장 전용차와 연결이 되었을 텐데.

인생이나 마찬가지로 사건도 우연히 만들고 흩트려 놓는다.

옆에 앉은 여자는 차에 타면서 인사도 않고 아예 외면하고 있다.

그래서 슬며시 부아가 난 정필수도 의자에 등을 붙인 채 반대쪽 창밖만 보았다.

러시아워라 차는 경인고속도를 가다 서다 한다.

앞쪽에 앉아 있던 조병욱이 하석기에게 말했다.

"목동으로 갑시다."

목동 어디라고 말하지는 않았다.

장소를 아는 것은 조병욱뿐이다. 하석기는 잠자코 있었고 정필수는 아예 눈을 감았다.

그때서야 문득 건당 10억이라는 사실이 떠올랐다.

부자 되겠다는 오정호의 비아냥거리는 말도 떠올랐다.

그 시간에 진성과 오정호는 소공동의 일식집 고베에서 둘이 마주 앉아 있다.

식탁에는 회와 초밥까지 즐비하게 놓여 있지만 둘은 손도 대지 않았다.

오정호가 소주잔을 들고 진성을 보았다.

"진 사장, 사회가 오염되었소. 그 오염된 세상에서 살려면 우리도 더러운 공기를 마실 수밖에 없소."

"그렇습니다만."

진성이 고개를 끄덕였다.

"맞추면서 바로 잡아야지요. 따르기만 하면 안 됩니다."

"곧 서울청장 인사가 있는데 키를 쥔 사람이 청와대 인사수석이오."

"민정수석 아닙니까?"

"인사수석이 핵심이오. 그런데 그자가 대전청장을 밀고 있소. 이미 로비를 해놓았다는 정보를 받았소."

대전청장도 치안감이다. 오정호와 계급이 같은 것이다.

그리고 지방청장을 거쳐서 진급하면서 서울청장이 되는 것이 이롭다.

진성의 시선을 받은 오정호가 한숨을 쉬었다.

"사회를 정화시키고 정의가 실현되는 세상을 만들기 위해서 목숨을 바치려고 했는데 자꾸 장애물이 생기는군."

"방법이 있습니까?"

"방법은 있지요."

오정호가 번들거리는 눈으로 진성을 보았다.

"그래서 내가 만나자고 한 겁니다."

어깨를 부풀렸다가 내린 오정호가 말을 이었다.

"내가 정보국장이오. 정보 분야에만 15년 있었고 외국 기관의 연수도 2년이나 받았습니다. 한국에서는 전문가라고 자부하지요."

오정호가 길게 숨을 뱉었다.

"그래서 고위층은 물론이고 내 경쟁자, 이해 당사자의 정보를 다 쥐고 있습니다. 그들의 치부, 더러운 소행까지 말요."

"……."

"인사수석을 칠 수도 있지만 그건 나중에 이용하기로 하고 내 경쟁자가 되어 있는 대전청장을 낙마시키는 것이 낫다고 판단했습니다."

"제가 도와드릴 일은?"

"대전청장이 여자를 밝히지요. 그건 요즘 세상에선 흠도 아닌데 고급 나이트에서 유부녀들을 만납니다. 룸살롱에서 돈 주고 노는 것에 싫증이 난

부류가 즐기는 수단이지요."

"……."

"그런 그룹은 돈 많고 수준 높고, 몸매 좋은 남녀들의 비밀 회원제로 운영됩니다. 철저하게 신분을 감추고 말이죠."

"서울입니까?"

"서울 이태원의 '전원클럽'입니다."

오정호의 시선을 받은 진성의 얼굴에 쓴웃음이 떠올랐다.

"내가 이젠 이런 오더도 받게 되었군요."

목동의 아파트 단지로 들어섰을 때는 오후 8시가 되어갈 무렵이다.

옆쪽에 앉은 조병욱이 방향을 지시해줬기 때문에 하석기는 이쪽저쪽으로 핸들을 틀기만 했다.

이윽고 차가 멈춰 선 곳은 아파트 단지 앞의 상가 건물 지하주차장이다.

"자, 내리시죠."

앞쪽 문으로 먼저 내린 조병욱이 말했을 때 어둑한 주차장 안쪽에서 김동표가 다가왔다.

"참, 내."

차에서 내리다가 김동표를 본 정필수가 쓴웃음을 지었다.

"여기서 만나니까 반갑군그래."

정필수가 농담을 했어도 김동표는 고개만 숙여 보였을 뿐이다.

조병욱과 김동표가 짐칸에서 가방 2개를 꺼내 제각기 1개씩을 들고 엘리베이터 입구로 다가갔다.

차 앞에 선 하석기가 정필수에게 말했다.

"전 여기서 기다리고 있겠습니다, 서장님."

허름한 빌딩이다.

엘리베이터 번호판을 보았더니 7층까지 있다.

5층에서 내린 조병욱과 김동표가 트렁크를 끌고 앞장을 섰고 정필수와 여자는 뒤를 따른다.

허름한 복도. 폭이 3미터쯤으로 좁고 오가는 사람도 없다.

세원상사, 동남학원 등 손바닥만 한 간판이 붙어 있지만 안은 조용하다.

다 퇴근한 것 같다. 복도 천장에 형광등만 비치고 있다.

곧 조병욱이 505호실 앞에 다가가더니 벨을 누르자 금방 안에서 문이 열렸다.

조병욱의 뒤를 따라 들어선 정필수는 안이 사무실인 것을 보았다.

20평쯤으로 책상이 나란히 놓였고 안쪽에는 싸구려 소파와 탁자, 뒤쪽에 비상구 표시가 된 문이 있다.

책상 수는 7개. 왼쪽 벽에 의류와 박스가 쌓여 있는 걸 보면 의류 관련 회사.

사무실 안에는 둘이 기다리고 있었는데 탁자 옆에 서 있는 사내가 40대쯤 되었다.

다른 사내는 강혁이다.

그때 조병욱이 말했다.

가방 2개는 탁자 옆에 놓여 있다.

"그럼 검사를 하고 끝내죠."

예상했던 대로 트렁크 2개를 탁자 위에 놓고 뚜껑을 열었는데 안의 내용물은 뒤죽박죽, 엉망진창이다. 옷이 뭉쳤고 화장품 가방이 열려서 화장품이 다 쏟아져 나왔다. 세관 검사에서 뒤집었기 때문이다.

그때 여자가 가방 앞으로 다가왔다.

그러더니 조병욱에게 말했다. 유창한 한국말, 조선족이다.

"내용물 다 쏟아 내세요."

조병욱과 김동표가 달려들어 아예 가방 2개를 뒤집어서 내용물을 싹 비웠다.

가방 안의 황갈색 내피 천만 남았다.

그때 여자가 조병욱에게 손을 내밀었다.

"칼을."

탁자 옆에 팔짱을 끼고 서 있던 정필수는 커터 칼을 받아 쥔 여자가 가방 위에서 허리를 굽히는 것을 보았다. 여자의 손이 섬세했고 균형이 잘 잡혔다.

여자가 커터 칼로 가방 안쪽의 천을 부욱 찢었다.

그러자 가방 겉가죽과 같은 바닥이 드러났다. 그것을 다시 여자가 커터 칼로 북 찢었더니 금박지가 나타났다.

여자가 금박지를 뜯어내었을 때 정필수가 숨을 들이켰다.

비닐봉지에 담긴 헤로인이다.

엷게 깔린 헤로인 바닥이 나타났다.

가방 면적과 딱 맞게 재단된 비닐 덮개에 갈색 헤로인이 딱 붙어 있는 것이다.

그때 여자가 커터 칼을 조병욱에게 건네주었다.

"가방 뚜껑과 바닥에 각각 2.5킬로씩 붙어 있어요. 저쪽 가방도 똑같아요."

그러면 5킬로가 맞다.

40대 사내는 검사원이다.

가방에서 떼어낸 헤로인을 검사하는 데 20분밖에 안 걸렸다.

검사 기구는 시약이 담긴 플라스크에 헤로인을 떨어뜨려 농도를 체크하는 것이었다.

2차로는 주사기를 찔러서 미량을 빨아들인 후에 2차 시약이 담긴 벌집 모양의 시험판에 떨어뜨려 다시 농도를 체크했는데, 손놀림이 익숙하다.

"됐습니다."

마침내 사내가 조병욱에게 말했을 때 옆쪽 의자에 앉아 있던 정필수가 여자부터 보았다. 여자는 반대편 소파에 앉아 있었던 것이다.

그때 조병욱이 전화기를 들더니 버튼을 눌렀다.

사무실 안은 조용해서 버튼 누르는 소리만 났다. 벽시계가 오후 8시 40분을 가리키고 있다.

그때 전화기를 귀에 붙인 조병욱이 말했다.

"확인 끝냈습니다."

보고한 조병욱이 전화기를 여자에게 내밀었다.

정필수는 자리에서 일어선 여자가 조병욱에게 다가가 전화기를 받는 것을 보았다.

저쪽은 오태곤일 것이다. 그때 여자가 말했다.

"네, 전화 바꿨습니다."

이쪽 말밖에 들리지 않는다.

"네, 여기서 기다리죠."

그러더니 여자가 전화기를 내려놓는다.

정필수는 이제 남은 것이 헤로인 대금 지불이라는 것을 알고 있었다.

지하주차장의 면적은 승용차 20대 정도로 좁았지만 주차된 차는 4대뿐이어서 여유는 있다.

그래서 하석기는 차를 엘리베이터에서 가까운 곳에 주차시켰다. 주차요금은 무료인 모양이다. 조금 전에 비상계단으로 관리인처럼 보이는 사내 하나가 내려오더니 차들을 훑어보고 올라갔다. 번호판을 확인하는 것 같았다.

"3개 조입니다."

특공 중대장 이치성이 말했다.

"일본만 같아도 정찰위성을 사용하면 1개 조만으로도 충분한데 우리로서는 이게 최선입니다."

"남 탓 하지 마라."

박준기가 이맛살을 찌푸렸다.

"어쨌든 절대로 놓치면 안 돼."

"주차장에 차가 4대 있습니다. 서초서장 차까지 포함해서 말입니다. 차번호판을 모두 체크했는데 건물 입주자들의 차인데요."

"그럼 전달책은 정필수의 차를 탈 가능성도 있군."

"다른 차가 올 수도 있으니까 그때를 대비해야지요."

이곳은 서울경찰청에 마련된 임시상황실 안이다.

서울청은 커서 상황실이 12개나 되는데 매일, 하루에도 몇 번씩이나 상황 회의가 열린다.

실제 상황 회의도 열리지만 가상 회의도 그만큼 열리는데 이곳 문 앞에는 가상회의라고 푯말이 내걸렸다.

그러나 실제로는 정필수의 차를 추적해서 미행하는 실제 작전이다.

박준기는 오정호와 손발을 맞춰 온 서울청 특공대 대장이다.

그때 박준기가 말했다.

"연락책을 놓치면 안 돼, 무슨 일이 있더라도."

전화기를 귀에 붙인 오태곤이 말했다.

"방금 송금했습니다. 확인해보시죠."

"네, 알겠습니다."

유자양이 통화를 끝냈을 때 오태곤의 얼굴에 웃음이 떠올랐다.

오태곤은 유자양을 3번째 만나는 셈이다. 유자양은 5킬로 이상의 헤로인을 가져올 때만 등장했기 때문에 예상하고 있었다.

벽시계는 오후 9시다. 파리는 오후 1시일 것이다.

유자양이 한국의 중계인한테 연락을 하면 중계인이 다시 중국으로, 그러면 거기서 확인이 된다, 파리의 오태곤 대리인이 한화 15억 가치의 달러를 스위스의 비밀계좌로 5분 전에 송금했으니까.

이곳은 목동의 사무실 안.

정필수는 여자가 두 번째 통화를 끝내는 것까지 보았다.

첫 번째는 헤로인 확인 후에 통화.

'예, 여기서 기다리죠.' 하고 끝났지만 저쪽에서 '그럼 입금시키겠다.'라는 말을 한 것 같다.

그리고 방금 두 번째.

이번에는 '예, 알겠습니다.' 한 것을 보니 '송금했습니다.'란 말을 들은 것 같고.

그때 여자가 섬세하고, 아, 맞다, 미꾸라지 같은 손가락으로 전화기를 쥐더니 버튼을 눌렀다. 그러더니 전화기를 귀에 붙이고 힐끗 정필수를 보았다.

저, 눈.

정필수의 눈앞에 애인 안하영의 얼굴이 떠올랐다.

오후에 도지무역 차장이라는 가짜 운전사에게 처음 털어놓았다, 이름까지, 망할 놈.

그때 여자가 전화기를 귀에 붙이고 말했다.

"확인해보세요."

두 마디 하고 전화기를 내려놓는다.

돌아가는 차 안.

오정호가 차에 장착된 전화기를 들고 상황실에 있는 박준기에게 연락을 했다.

오정호의 차에는 비상전화기가 장착되어 있다.

"현재 상황은 어떠냐?"

"아직 나오지 않았습니다."

기다렸다는 듯이 박준기가 바로 대답했다.

박준기가 빠른 말투로 보고를 끝냈을 때 손목시계를 본 오정호가 말했다.

"내가 10분 안에 상황실에 도착한다."

안팎으로 바쁘다.

안은 내부 승진인사, 밖은 중국 마약상 추적 작전이다.

한국 중계인한테서 전화가 왔을 때는 유자양이 통화를 한 지 15분 후, 9시 20분이다.

"확인했습니다."

사내의 목소리를 들은 유자양이 자리에서 일어섰다.

"저, 갈게요."

정필수가 엉겁결에 따라 일어섰을 때 유자양이 말했다.

"당신은 따라오실 필요 없어요."

정필수에게 처음 한 말이다.

방 안에 있던 모든 시선이 모여졌을 때 정필수가 빙그레 웃었다.

"누가 널 데려다 준대?"

'너'라고 해버렸다.

그 순간 여자의 눈빛이 강해졌다가 스르르 풀어졌다.

그러더니 붉고 끝 쪽이 깔끔한 입술을 벌리면서 웃었다.

"다음에 또 봬요, 서장님."

정필수는 외면하고 대답하지 않았다.

주차장에 주차되어 있던 4대의 차 중 검정색 마나타, 한국산 중형차 이름이다.

그 마나타가 주차장 출구에서 나오더니 곧장 목동 7단지를 향해 달려갔다.

오후 9시 40분.

신주빌딩이다.

작전이 진행 중인 빌딩 이름이다.

그곳은 목동의 중심부로 사방으로 통행이 가능해서 서울, 인천, 광명, 영등포, 어느 지역으로도 통행이 가능하다.

마나타가 뛰쳐나왔을 때 특공대팀 1조가 담당했다.

1조라고 해서 차량 1, 2대 정도가 아니다.

5대에 인원 9명. 차량 종류도 승용차 3대, 택시 1대, 오토바이 1대다.

그것이 3개조였으니 오사마 빈 라덴의 미행도 이렇게 못했을 거다.

마나타가 영등포 방향으로 회전한 지 3분이 지났을 때 신주빌딩 주변에 남아 있던 팀장 유건철이 첨병의 연락을 받았다.

첨병은 신주빌딩에 잠입시킨 요원이다. 요원은 관리인으로 위장하고 보일러실에 잠복하고 있었다.

무전 연락.

"팀장, 금방 나간 마나타에는 가방을 든 두 놈이 탔어요."

"뭐어?"

"트렁크 2개를 싣고 갔습니다."

"트렁크를?"

"예."

"여자는?"

"여자는 아직, 아."

첨병이 놀란 듯 주춤하더니 말했다.

"셋이 내려와서 서장 차로 갑니다."

"여자?"

"아니, 남자 셋. 아까 타고 온 놈들 같은데……."

첨병은 정필수가 누군지 모른다.

그때 첨병이 머뭇거렸기 때문에 유건철이 짜증을 냈다.

"빨리 말해!"

"……."

"야! 여보세요!"

그때 무전기를 귀에서 뗀 유건철이 소리쳤다.

"당했다! 건물 앞으로!"

첨병이 당했을 경우는 작전이 탄로 났다는 것을 의미한다.

그러니 현장에 바짝 붙어야 한다. 지금은 눈 먼 장님 꼴이 되었으니까.

신주빌딩은 모퉁이만 돌면 되는 것이다.

10분 후.

특공대장 박준기가 유건철의 보고를 받는다.

"지금 트렁크를 실은 차는 영등포 로터리를 돌아서 올림픽대로에 들어섰습니다."

"서장 차는?"

정필수가 작전에 참가했다는 것을 아는 건 박준기, 이치성뿐이다.

오정호의 지시에 따라 특공팀장도 모르고 있다.

"서장 차는 지금 셋이 타고 강남 쪽으로 가는 중입니다."

"나머지는?"

"정보원하고 연락이 끊겼기 때문에 서장 차가 나가는 것만 보았습니다."

그때 상황실로 오정호가 들어섰다.

무전기를 끄지 않은 상태에서 보고를 들은 오정호가 직접 유건철에게 지시했다.

"건물 안으로 진입하도록."

오정호가 총을 쏘듯이 말을 이었다.

"찾아라!"

서장 차 안에는 하석기, 정필수, 그리고 조병욱이 탔다.

운전을 하는 하석기 옆에 조병욱, 정필수는 혼자서 뒷자리.

사무실에서 그들 셋이 두 번째로 나왔다. 여자도 남겨두고 나온 것이다.

정필수가 차에 타면서 옆쪽의 차 한 대가 떠난 것을 보았다. 차에 남아 있던 하석기도 보았을 것이다.

차가 주차장을 나갈 때 정필수가 지나는 말처럼 한 마디 했다.

"자, 그럼 작업은 끝났나?"

"앗! 여기!"

보일러실에서 외침이 울린 순간 유건철이 어금니를 물었다.

예감이 맞은 것 같다.

계단을 뛰어 내려간 유건철이 보일러실로 들어섰다.

있다. 바닥에 쓰러진 첨병.

그때 옆에 주저앉아 있던 요원이 유건철을 올려다보았다.

"둔기로 머리를 맞았습니다. 아직 심장이 뜁니다!"

이미 뒤쪽에서는 구급대를 부르는 소리가 요란했다.

유건철이 몸을 돌리면서 소리쳤다.

"다 뒤져!"

2개조 15명의 특공대 대원이 지하층에서부터 뒤져 올라가기 시작했다.

세상 한쪽이 전쟁을 벌이고 있어도 다른 쪽에서는 향락을 즐기는 것이 세상이다.

세상이 넓어서가 아니다. 제각기 사는 구역이 다르고 사는 방식이 다르기 때문이다.

90

이곳은 이태원의 전원클럽.

밀실 안에서 대전청장 서상태가 30대쯤의 여자와 나란히 앉아 있다.

여자는 풍만한 몸매의 여인.

서상태의 얼굴에는 환한 웃음이 덮여 있다.

"앗, 이것 보십시오."

대원 하나가 소리쳤을 때 그쪽을 내려다본 유건철은 대번에 상황을 파악했다.

비상계단.

유건철은 5층 사무실 뒤쪽 비상구를 열고 계단을 내려오던 참이다.

먼저 내려갔던 대원이 앞쪽을 손으로 가리키고 있다.

4층 계단과 옆쪽 건물의 4층 옥상과는 약 4미터 거리.

그런데 4층 옥상에 길이 5미터 가량에 폭이 50센티 정도의 널빤지가 놓여 있는 것이다. 이곳에서는 도저히 뛰어 건널 수가 없는 넓이다.

유건철의 얼굴이 일그러졌다.

놈들은 저 널빤지를 건너 옆쪽 건물로 건너간 것이다. 그 건물은 입구도 다르고 주차장 출입구도 반대편이다.

아래쪽에서는 저 건물을 의식하지도 않았다. 골목으로 구분되어 있었기 때문이다.

대원들이 비상계단을 뛰어 내려갔다.

1층까지 내려가 옆 건물로 가려는 것이다.

승용차 뒷좌석에 등을 붙이고 앉은 유자양이 옆에 앉은 천동민을 보았다.

천동민은 옆쪽 건물의 주차장에서 기다리던 유자양의 보좌 역이다.

천동민은 헤로인 검사 장소에 나타나지 않았던 것이다. 4층 옥상에서 기다리다가 유자양을 건너오게 도와준 후에 지금 같이 차를 타고 가는 중이다.

운전사는 조선족으로 유자양의 경호원을 겸하고 있다.

"오늘 서초경찰서장이 나왔어."

유자양이 웃음 띤 얼굴로 말했다.

"서장 차를 타고 세관 건물을 나오니까 기분이 묘하더군."

"오 회장 수단이 좋습니다."

천동민이 말을 이었다.

"앞으로 서장을 몇 번 더 이용할 수 있을 것 같습니다."

"하지만 그놈 인상이 안 좋았어. 자꾸 힐끗거리는 것이 뱀처럼 느껴지더군."

차는 영등포 방향으로 달려가고 있다.

천동민이 입을 열었다.

"그 건물에서 나갔다면 지금쯤 체포되었을 겁니다. 이번에는 아슬아슬했습니다. 갈수록 어려워지는군요."

"우리 수단도 갈수록 발달되는 거지. 오늘 세관을 빠져나올 때도 조 경감이 먼저 나를 검색대로 끌고 가지 않았다면 검색기 앞에서 체포되었을 거야."

유자양이 고개를 절레절레 흔들었다.

"검색기가 지난주에 M-17형으로 보완된 거야. M-17 안으로 들어가면 내 가방 안의 헤로인은 여지없이 발각되었어."

"다행입니다, 고문님."

"조 경감 덕분이지, 하지만 그 방법도 또 쓸 수는 없어. 조 경감도 목숨을 걸고 실행한 거야."

"그렇군요."

"조 경감이 이 경사까지 끌고 나와서 검색대에서 내 가방을 완전히 뒤집 어 놓는 쇼를 벌인 거야. 내가 미끼용으로 가져온 짝퉁 롤렉스하고 구찌 가 방을 압류시키는 것으로 눈가림을 하고 나왔는데, 다리에 힘이 풀렸어."

세관의 조 경감, 이 경사는 세관 정보를 전해주고 헤로인이 반입될 때 검 색하는 시늉을 해준 것이다.

오늘처럼 직접 끌고 검색대로 나간 적은 처음이다.

그때 천동민이 말했다.

"그런데 작전 장소에 미행이 따라붙은 건 어디서부터 꼬리가 잡혔는지 알 수 없습니다. 우리가 비상탈출을 하지 않았다면 거기서도 위험했습니다."

"빌어먹을."

눈을 가늘게 뜬 유자양이 잇새로 욕을 했다.

"오태곤이 서장까지 동원했지만 조직이 흔들리는 모양이야. 새 조직이 오 태곤을 위협하고 있다던데 어떻게 되었지?"

"그건 숙소에 돌아가서 보고 드리지요."

천동민이 말을 이었다.

"이곳 상황이 상당히 유동적입니다."

"잠깐 차에서 내려."

고압적으로 말한 사내가 차 문까지 밖에서 열어 제쳤기 때문에 김동표 가 밖으로 나왔다.

차에는 김동표와 강혁, 둘이 타고 있었던 것이다. 이곳은 국립묘지에서 조금 내려간 방배동 쪽.

갑자기 승용차 한 대가 앞을 가로막는 바람에 하마터면 충돌을 할 뻔하다가 멈춰 섰다.

김동표가 탄 차는 마나타, 건물을 가장 먼저 빠져나온 차다.

김동표와 강혁이 차를 둘러싸고 있는 사내 넷을 보았다.

사복 차림이지만 경찰이다.

차 2대가 2개 차선을 막아버리는 바람에 뒤쪽에 차들이 밀렸지만 경찰은 개의치 않았다.

"우리, 경찰이야."

사내 하나가 거칠게 말하더니 김동표와 강혁을 번갈아 보았다.

"너희들, 저 차에 타."

사내가 가리킨 뒤쪽에는 승합차가 한 대 서 있다.

"이 차는 우리가 끌고 갈 테니까."

그때 사내 둘이 김동표와 강혁의 뒤로 돌아 등을 밀었다. 둘은 옆을 가로막는다.

어느새 다른 사내 둘이 김동표가 운전해온 마나타의 운전석에 오른다.

김동표와 강혁도 잠자코 승합차를 향해 발을 떼었다.

차들이 길게 늘어선 바람에 뒤쪽에서 경적이 울렸지만 사내들은 전혀 신경 쓰지 않았다.

방으로 들어선 종업원에게 서상태가 10만 원권 수표 3장을 내밀었다.

"키 가져와."

"예, 사장님."

입이 귀 밑까지 찢어진 종업원이 수표를 받아들고 방을 나갔다.

그때 옆에 앉아 있던 여자가 서상태를 보았다.

"1시까진 집에 갈 수 있죠?"

"아, 그럼."

서상태가 손목시계를 보았다.

10시 반이다.

이제 웨이터가 이 건물 7층에 위치한 호텔방 키를 가져오면 엘리베이터를 타고 바로 올라가면 되는 것이다.

"충분해, 1시간 반이면 홍콩을 두 번은 다녀올 수 있어."

그 시간에 오정호가 상황실에서 보고를 듣는다.

옆에 앉은 특공대장 박준기가 현장요원으로부터 보고를 받고 있는 것이다.

무전기의 보고 음이 상황실을 울리고 있다.

"가방 2개는 안의 내피가 다 찢어졌는데 그곳에 마약을 감춘 것 같습니다. 안은 비어 있습니다."

"그놈들은 뭐라고 하나?"

박준기가 묻자 요원이 기운 빠진 목소리로 대답했다.

"가방이 오래전부터 찢어져 있었답니다."

김동표가 탄 마나타를 검거한 조다.

목동의 건물은 이미 수색을 끝내고 철수했다.

건물 안에 침투시켰던 첨병은 지금 목동병원으로 후송되었는데 생명에는 지장이 없지만 머리가 깨진 중상이다.

결국 성과는 빈 가방 2개만 빼앗고 말았다.

곧 정필수로부터 자세한 내막을 듣겠지만 헤로인 전달자의 행방은 지금 오리무중이다.

오정호가 길게 숨을 뱉고 나서 옆에 앉은 박준기의 어깨를 가볍게 쳤다.

"수고들 했다. 오늘 작전은 일체 비밀로 붙일 것. 알았나?"

"예, 국장님."

박준기와 옆쪽의 이치성이 자리에서 일어나 경례를 했다.

밤 11시 10분.

서초동 파라다이스 호텔 지하 1층의 파라다이스클럽은 손님들로 붐비고 있다.

이곳도 오태곤파의 특급 룸살롱이다.

리츠클럽이 망했지만 오태곤의 아성이 그것 하나로 흔들리지는 않는다.

조병욱과 함께 정필수가 복도 끝의 특실로 들어서자 오태곤이 활짝 웃었다.

오태곤은 혼자다.

"어서와, 수고했어."

정필수가 잠자코 앞쪽 자리에 앉았을 때 오태곤에게 다가간 조병욱이 귓속말로 잠깐 동안 수군거리더니 허리를 폈다.

오태곤이 머리만 끄덕이자 몸을 돌린 조병욱은 방을 나갔다.

"저놈이 내 심복이지."

오태곤이 술기운이 번진 얼굴을 펴고 웃었다.

테이블 위에는 술과 안주가 가득 차려져 있었기 때문에 오태곤이 술병을 들어 정필수 앞에 놓인 잔을 채웠다.

"수고했어, 동생."

"헤로인은 누가 가져간 겁니까?"

그것이 가장 궁금했기 때문에 정필수가 대뜸 물었다.

여자가 도로 가져갈 리는 없고 정필수는 조병욱과 함께 헤로인 전달 현장에서 가장 먼저 나왔던 것이다.

그리고 둘이 옆쪽 빈 사무실에 가서 음료수를 한 잔씩 마셨다. 조병욱은 시계를 들여다보면서 시간을 계산하는 것 같았는데, 10분쯤 지나고 나서 나가자고 했던 것이다.

복도에서 기다리던 사내 하나와 함께 지하 주차장으로 내려온 정필수는 마나타가 나간 것을 보았다. 하석기는 보았겠지.

거기서 사내는 남고 조병욱과 함께 차를 타고 나온 것이다.

그때 오태곤이 웃음 띤 얼굴로 말했다.

"헤로인은 안전하게 수송되었어."

"그렇군요."

"동생은 오늘 맡은 일을 잘 해냈어."

"10억 값어치는 했어요?"

"그럼."

오태곤이 주머니에서 쪽지를 꺼내 정필수에게 내밀었다.

"여기, 계좌번호하고 비밀번호야. 파리에 있는 내셔널뱅크네. 거기 담당자 전번도 적혀 있어. 코드 번호까지."

"이건 첩보전보다 더하군."

쪽지를 펴본 정필수가 고개를 끄덕였다. 담당자 코드 번호까지 적힌 비밀 계좌인 것이다.

술잔을 든 오태곤이 정필수를 보았다.

"차는 보냈지?"

"형님이 보내라고 해서 바로 보냈습니다."

"자, 그럼 여자 부르지."

오태곤이 벨을 누르면서 웃었다.

"이제 즐기자구. 축하주를 마셔야지."

광풍(狂風)이다. 바람이 불어서 광풍이 아니다.

바람이, 미친바람이 일어나는 것이다.

여자의 신음, 탄성 같기도 하고 비명 같기도 한 외침이 이어졌고 격렬한 동작의 영향을 받고 일어나는 진동.

방 안은 뜨겁고 습한 공기가 휘몰아치고 있다.

서상태는 술에 헤로인을 타 마셨기 때문에 눈이 풀렸지만 평소의 3배는 끈질겼다.

여자가 아우성을 칠 만했다.

"아, 자기!"

여자가 다시 소리쳤을 때다.

광풍 속의 뇌성이 쳤다. 벼락 소리는 들리지 않았지만 번개가 번쩍였다. 그것도 여러 번.

번쩍, 번쩍, 번쩍, 번쩍.

소리 없는 번개가 방 안을 내려치면서 하얀 섬광이 번쩍였다.

"아앗!"

그 번개의 정체를 먼저 알아챈 것이 여자다.

번개의 정체는 카메라 플래시였다.

"아아악!"

놀란 여자가 다시 비명을 질렀지만 그때까지도 서상태는 깨어나지 않았다.

"이 미친 놈."

마침내 아직도 여자를 누르고 있던 서상태의 등에 꽃병의 물을 쏟았을 때에야 여자가 풀려났다. 버둥거렸지만 서상태가 놓아주지 않았기 때문이다.

"누구야?"

그때서야 서상태가 놀란 듯 물었을 때 둘러선 사내들이 웃었다.

"이 새끼, 약 먹었어."

누군가가 말했다.

"이런 놈이 경찰청장이라니."

다시 하나가 한심하다는 듯이 말했다.

장충동의 단독주택 안.

골목 안의 2층 저택은 담장이 6미터 정도나 되어서 안쪽 건물의 2층 윗부분만 드러났다.

밤 12시 반.

2층 응접실에는 유자양과 천동민이 마주 보고 앉아 있다.

유자양은 반팔 셔츠에 헐렁한 바지로 갈아입었지만 천동민은 양복 차림 그대로다.

천동민이 입을 열었다.

"오 회장이 허세를 부리고 있지만 지금 새롭게 일어나는 도지유통에 밀리고 있는 상황입니다."

천동민이 고개를 들고 유자양을 보았다.

천동민은 44세. 조선족으로 중국시민이다.

한국에는 조선족이 비공식 입국자까지 포함해서 60만이 넘는다.

천동민의 얼굴에 웃음이 떠올랐다.

"도지유통은 도지무역의 계열사지요. 아니, 같은 사장이 운영하는 2개 사업체라고 봐야 될 것입니다."

"사장이 어떤 놈이야?"

그렇게 묻는 유자양의 본색은 삼합회의 고문이다.

28세. 베이징대 경영학부를 졸업한 수재. 졸업한 지 5년 만에 삼합회의 고문이 되었다.

처음에는 삼합회 회장 비서로 채용되었다가 고문으로 승진했는데도 전혀 이의를 제기하는 원로가 나타나지 않았다. 회장 유소기가 유자양의 백부였기 때문이다.

유자양의 시선을 받은 천동민이 입을 열었다.

"예, 입지전적인 인물이지요. 평범한 중소기업 영업부장이었는데 순전히 제 능력으로 급성장을 했습니다."

"흥. 손바닥만 한 나라의 손바닥만 한 회사 경영자 주제에."

천동민이 눈만 껌뻑였고 유자양의 말이 이어졌다.

"조선은 5천년 동안 중국의 속국이었던 나라야. 지금 제법 산다고 으스대지만 우리가 눈 깜빡하는 사이에 옛날 주종관계를 되찾을 수 있어."

"아니, 무슨 말야?"

다음 날 오전 9시.

청와대 인사수석 주정배가 전화기를 귀에 붙이고 물었다.

"그만두겠다니, 뭘?"

"예, 제가 검사를 했더니 암이랍니다. 그래서……."

"뭐? 암?"

놀란 주정배가 숨을 들이켰다.

집무실 안. 방 안에는 혼자뿐이다.

"아니, 갑자기 무슨 암이래?"

"예. 위암 3기랍니다. 그래서 내일 자로 사표를 내려고 합니다."

"이런 세상에……."

"죄송합니다, 수석님."

"이봐, 서 청장, 도대체……."

"그렇게 되었네요. 운이라는 것이……."

"이제 각하께 재가를 받을 예정이었는데……."

"정말 죄송합니다."

"이런……."

"은혜는 잊지 않겠습니다."

그러고는 통화가 끊겼기 때문에 주정배는 아연했다.

소공동 백제호텔 1201호실은 특실로 외교관 전용이다.

오전 10시.

특실의 응접실에 오정호와 진성이 마주 앉아 있다.

오정호가 웃음 띤 얼굴로 탁자 위에 놓인 사진을 보았다. 어젯밤에 서상태를 찍은 사진들이다.

그때 진성이 말했다.

"출근하자마자 인사수석한테 전화를 한다고 했으니까 지금쯤 했을 겁니다."

"실제로 사진을 보니까 내가 이렇게까지 해야 되나 생각이 드네요."

오정호가 한숨을 쉬었다.

"아마 서상태가 청장직 사퇴를 한다고 하면 인사수석은 당황해서 서울청장 후보를 찾겠지요. 그 후보가 광주청장 이기만이 될 겁니다. 나는 그다음이나 될까?"

알고 있었기 때문에 진성은 고개만 끄덕였다.

어젯밤 서상태의 난잡한 장면을 찍은 사내들은 박충식이 보낸 특공대다. 특공대는 서상태로부터 시인서와 각서까지 받아놓았다.

오늘 출근 즉시 사표를 제출하지 않으면 사진과 마약 복용까지 모두 폭로하겠다고 위협했기 때문이다.

박충식은 용의주도하게 부하들을 시켜 서상태의 혈액 샘플까지 채취해놓았다. 서상태의 유전자는 숨길 수 없었기 때문에 검사를 하면 마약복용이 드러난다.

진성이 입을 열었다.

"내일쯤 인사수석이 결정을 하도록 노력하고 있습니다."

"인사수석은 전혀 로비가 통하지 않는 인물입니다."

오정호가 말하자 진성이 고개를 끄덕였다.

"알고 있습니다. 그래도 방법이 있겠지요."

"어떻게……."

"내가 오늘 중에 손을 쓸 예정입니다. 서상태의 사퇴만으로는 부족할 것같아서요."

진성의 얼굴에 쓴웃음이 떠올랐다.

"폐수를 정화시키려면 아예 물속으로 뛰어들어야지요."

"내가 청와대 사회비서관하고는 이번 마약문제로 친해졌지만 인사는 전혀 손이 닿지 못했는데……."

말끝을 흐린 오정호가 쓴웃음을 지었다.

"진 사장은 이쪽 사회에 첫발을 딛는 것이나 같은데, 대단하시오."

"로비는 마찬가지 라인인 것 같습니다. 몇 단계만 거치면 연결이 되더군요."

진성의 얼굴에도 쓴웃음이 번졌다.

회사로 돌아온 진성이 사장실로 박충식과 민성희를 불렀다.

둘이 앞쪽에 나란히 앉았을 때 진성이 입을 열었다.

"내가 도지무역 일을 할 때는 이런 일을 하지 않았어. 나는 지금 분명히 잘못된 길로 가고 있는 거다."

진성이 지금 어떤 일을 하고 있는가는 둘이 가장 잘 안다.

민성희는 도지무역의, 박충식은 도지유통의 비서실장 역할을 하고 있기 때문이다.

진성이 말을 이었다.

"지금 유통의 문제가 심각하다. 중국에서 온 헤로인 5킬로가 곧 유통이 될 것인데 미행 작전은 실패했고 운반책은 오리무중이야. 거기에다 이 일을 맡아야 할 정보국장 승진을 성사시켜야만 해."

진성의 얼굴에 쓴웃음이 떠올랐다.

"내가 정부 인사에까지 개입하게 되리라고는 예상 못 했다."

그때 민성희가 말했다.

"전 부장이 베트남에 간 것 외에는 무역부분에서 보고드릴 만한 업무는 없습니다. 마음 놓고 유통 업무에 집중하셔도 됩니다."

박충식이 힐끗 민성희를 보았다.

눈빛이 가라앉아 있다. 한 수 위의 상대를 보는 시선이 저럴 것이다.

박충식은 지금까지 저렇게 길게 진성에게 말한 적이 없다.

그때 진성이 박충식을 보았다.

"박 차장, 내일 인사수석이 움직여야 돼."

헤로인을 인수한 그다음 날 오전에 오태곤은 도매상 배분까지 마쳤다.

혼합 작업은 1시간도 안 걸리기 때문에 미리 대기시킨 도매상에게 분배해주고 수금까지 끝낸 것이다.

오태곤파 정태수가 룸살롱에서 술을 마시는 동안 조병욱이 돌아가서 혼합 작업을 지시했고 다음 날 아침에는 지하실의 흔적까지 다 지워버렸다. 한두 번 해온 일도 아니니까.

오전 11시 반.

오태곤은 평소와 같이 논공행상을 했다.

이번에는 물량이 많았기 때문에 행동대장 격인 조병욱에게는 2천만 원, 김동표와 강혁에게는 1천만 원, 그다음으로 비중 있는 역할을 한 부하 셋은 2백만 원, 혼합작업을 한 부하 넷은 각각 1백만 원.

동원인력 10명, 경비 5천으로 끝냈다.

그러나 오태곤은 이번 5킬로 물량 구입에 15억, 5배를 불려 25킬로를 만든 후에 킬로당 5억을 받았기 때문에 125억의 수입을 올렸다.

도매상들은 소매상에게 3배쯤 가격을 올려서 375억을 받을 것이고, 소비자는?

아마 소매상이 다시 3배에서 5배까지 올려 판매할 것이다.

그러면 시장에 1천억대에서 2천억 물량이 깔리게 된다.

"이상 없습니다."

보너스 분배가 끝나고 오태곤이 회장실에 혼자 남았을 때 소리 없이 들어온 백기섭이 보고했다.

백기섭이 이번 작전에 감시 역으로 투입한 인원은 5명. 그들은 조병욱 등 3인방과 검사원 등을 미행했다.

오태곤은 백기섭에게도 거금 1천만 원을 건네주었다. 백기섭 몫으로 5백, 감시 5명은 각각 1백만 원이다. 여기서도 1천만 원이 나갔다.

이번 작전에서도 보이지 않는 감시 역이 유령처럼 따르고 있었던 것이다.

물론 현장에는 나가지 않았다. 타깃의 숙소나 사생활 공간의 감시다.

곧 백기섭의 감시 역인 측근 이태용의 보고가 있을 것이다. 이태용에게 는 3백쯤 주겠지.

이들 감시 역으로 나가는 돈은 월 2천5백 정도. 간부급들에게 딸린 감시 역 경비까지 합쳐서 그렇다. 예를 들어서 강용규 감시 역인 경호원 장기수, 오병한에게는 월 50씩 송금해주니까. 이런 것들을 다 합쳐서 그렇지.

"그놈 지금 어딨어?"

오태곤이 그렇게 물었을 때는 오후 12시 반.

논현동의 순댓국 식당 안에서다. 앞에 앉은 배창수에게 물은 것이다.

고문 배창수는 이제 강용규가 맡았던 영업담당 부사장에 임명되어 있다.

임명장? 임명 발표? 그딴 건 필요 없다. 그냥 너, 해, 하면 끝난다.

오태곤이 회장인 오성건설도 그렇다.

나중에 부랴부랴 총무부에서 인사 발표를 해주지만 조직 관련 직책은 다 이렇게 말로 한다.

배창수가 고개를 들었다. 오태곤은 지금 강용규를 묻는 것이다.

"글쎄요, 어디 사우나에나 들어가 있겠지요."

수저를 내려놓은 배창수가 말했더니 오태곤은 쓴웃음을 지었다.

"전기철이 짝 나려고."

"……."

"전기철이는 김덕무가 죽였지?"

"글쎄요."

"진성이가 시켜서 말야."

오태곤의 두 눈이 번들거렸다.

"장안평의 허기욱이도 진성이가 시킨 거야."

"……."

"경찰이 수사를 안 하는 것이 이상해."

"……."

"그놈이 손을 쓴 것 같아."

고개를 든 오태곤의 눈동자가 흐려져 있다. 뭔가 생각하는 표정이다.

이윽고 눈을 바로 뜬 오태곤이 배창수를 보았다. 그러나 입을 열지는 않았다.

오후 1시 반.

역삼역 근처의 커피숍 안.

양명순이 앞에 앉은 양호석에게 묻는다. 양명순은 주정배의 부인이다.

"오빠, 무슨 일이야?"

"미안하다."

"뭐가 미안해?"

대번에 양명순의 이맛살이 찌푸려졌다.

"오빠, 또 사고 났어?"

"무슨 사고? 사고는 아냐."

양호석이 힘없이 고개를 저었다.

"이번만 넘기면 돼."

"또 그 소리. 나 돈 없어."

양명순이 거칠게 고개를 저었다. 두 눈이 치켜떠져 있다.

"이젠 징글징글해. 나한테 가져간 돈이 얼만지나 알아? 4억 3천이야, 4억 3천. 그것도 민수 아빠 모르게 말야. 내가 혈압으로 쓰러지겠다구! 도대체……."

숨을 고른 양명순이 말을 이었다.

"내가 50이 넘었어! 오빠는 낼모레 60이야! 정말 이렇게 살 거야? 나 돈 없어."

"돈 내라는 게 아냐."

양호석이 양명순을 보았다.

58세. 광진상사 사장. 30년째 섬유 수출업 종사.

한때는 수출 1억 불까지 달성했지만 지금은 직원 10명에 근근이 중국 공장을 돌려 미국에 수출하는 무역업체로 전락.

양호석이 입을 열었다.

"내가 3억 어음을 발행했는데 만기일이 내일이야. 그런데……."

"오빠, 회사 문 닫고 교도소 가."

"그런데……."

"그게 가족은 물론이고 주위 사람들을 살리는 길이야."

"그런데 그 어음을 쥐고 있는 사람이 서울경찰청 정보국장 동서야. 만날 제 동서 자랑을 해서 알아."

숨을 들이켠 양명순을 양호석이 번들거리는 눈으로 보았다.

"그런데 알고 보니까 이번에 서울청장 인사가 있더구나. 서울청장으로 유력했던 대전청장이 신병 때문에 사표를 내고……."

"……."

"네가 네 남편한테 한마디만 해줘. 정보국장이 서울청장이 돼야 내가 산다고."

양호석의 눈에서 주르르 눈물이 떨어졌다.

"신문을 보니까 정보국장이 서울청장 1순위더라. 대전청장이 그만두고 나니까 말이다. 광주청장이 있지만 경력이 밀리고……."

"……."

"자연스럽게 서울청장 시켜주면 난 그 동서한테 가서 은근히 생색내고 내 어음기간은 연장할 수 있을 것 같다."

"아마 나 만나고 나서 바로 그 동서한테 달려가겠지?"

양명순이 눈을 치켜떴다.

"내가 당신 동서 서울청장으로 부탁하고 왔다고 말하겠지?"

"그, 그럴 리가……."

"서울청장 되면 어음기간 연장시켜 달라고 하겠지?"

"그럴 리가 있겠냐? 그 사람은 입이 무거운 사람이다. 내가 사정하면……."

그때 양명순이 벌떡 일어나더니 뒤도 돌아보지 않고 커피숍을 나갔다.

전화기를 귀에 붙인 강용규가 물었다.

"누구십니까?"

이곳은 신사동 우진백화점 건너편의 커피숍 안.

강용규가 점심을 먹고 나면 들르는 곳이다.

길 건너편에 가게 4곳이 있기 때문인데 영업담당 부사장은 그만두었어도 버릇이 되었다.

"나야."

배창수의 목소리다. 숨을 들이켠 강용규가 물었다.

"웬일입니까?"

"이봐, 위험해."

배창수가 서두르며 말했다.

"회장이 자네를 손볼 것 같아."

"부사장도 해임시켰는데 뭘 어떻게 한다는 겁니까?"

강용규의 시선이 출입구 쪽에 앉아 있는 장기수와 오병한을 스치고 지나갔다. 해임시켰어도 감시는 여전히 붙여놓았다.

배창수가 말을 이었다.

"내 예감이야, 자넨 부사장을 그만두었어도 회사의 비밀을 많이 알거든. 떨어지면 위험한 존재야."

"날 죽인단 말입니까?"

"전기철이 이야기를 하다가 얼굴이 이상해졌어."

"고맙습니다."

강용규의 얼굴에 웃음이 떠올랐다.

"내가 알아서 하지요."

오성건설 회장실 안.

오태곤이 통화를 하고 있다.

"오늘 7시에 크라운호텔 중식당에서 뵙시다."

오태곤이 말을 이었다.

"거기 요리가 베이징식이오. 입맛에 맞을 겁니다."

"알겠습니다."

수화기에서 유자양의 목소리가 울렸다. 유자양의 한국어는 유창하다.

"그럼 거기서 뵙지요."

유자양이 먼저 전화를 끊는다.

전화기를 내려놓은 오태곤이 옆에 선 조병욱을 보았다.

"너, 아냐?"

"뭘 말씀입니까?"

"유자양이 회장 유소기의 조카라는 사실 말이다."

"예, 언뜻 삼합회 사람들한테서 들었습니다."

옆에 선 조병욱은 무표정한 얼굴이다. 긴장하고 있다는 증거다.

그때 오태곤이 코웃음을 쳤다.

"내가 비밀을 알려주마. 잘 들어."

"예, 회장님."

"유자양 저년은 유소기의 정부야. 본래 이름은 화자양이었다."

"……."

"유소기는 저년이 죽은 동생의 딸이라고 했지만 고위 간부들은 다 알지. 정부를 옆에 두려고 조카라고 한 거야."

"……."

"저년은 고문으로 유소기 옆에 붙어서 떨어지지 않아. 중요한 일은 다 챙기고."

그러더니 덧붙였다.

"이런 일을 맡는 걸 보면 배짱도 두둑한 것 같기도 해."

오늘은 유자양을 접대하는 자리다. 운반책으로 방문한 삼합회 고문을 인사도 하지 않고 돌아가게 할 수는 없기 때문.

오후 3시 반.

사장실로 서둘러 들어선 민성희가 진성에게 전화기를 건네주었다.

"고 부장인데, 사고가 일어났다는데요."

민성희의 표정을 본 진성의 얼굴에 쓴웃음이 일어났다.

찌푸린 표정이었기 때문이다, 엎친 데 덮치는 구나, 하는 표정.

전화기를 귀에 붙인 진성이 응답했을 때 고경준이 소리치듯 말했다.

"전 부장이 실종되었습니다!"

"오빠가 교도소에 간대."

불쑥 양명순이 말했지만 주정배는 쳐다보지도 않았다.

오후 6시 반.

오늘은 주정배가 일찍 퇴근했다. 청와대에 들어간 후에 버릇이 생겼는데 다음 날 회의가 있거나 대통령 결재를 받는 날은 일찍 들어온다.

소파에 앉아 있는 주정배 앞을 지나면서 양명순이 다시 말했다.

"3억 어음이 곧 부도난대."

그때 주정배가 리모컨으로 TV를 켰다. 입은 꾹 다물고.

다시 양명순이 앞을 지나면서 말했다. 일없이 왔다 갔다 한다.

"근데 알고 봤더니 그 어음 갖고 있는 업체 사장이 서울청 정보국장 동서래."

그때 주정배가 TV의 음량을 조금 줄였지만 양명순한테는 시선을 주지는 않았다.

"그래서 헐레벌떡 나한테 달려와서 경찰청 정보국장을 아느냐고 물어보는 거야. 알면 말이나 해달라고……."

이제는 양명순이 주방 싱크대에 등을 붙이고 서서 주정배를 보았다.

"어음 한 달만 연기시켜 달라고 부탁 좀 하라는 거야. 다시는 그런 부탁 안 한다고."

"……."

"그래서 인연 끊겠다면서 돌려보냈어."

"……."

"당신이 어떻게 서울청 정보국장인지 뭔지 하는 사람한테 그런 부탁을 하냐면서, 처남 목을 뗄 작정이냐고 소리소리 질렀어."

"……."

"그랬더니 울면서 갔어. 이젠 지긋지긋한 인연이 끝난 것 같아."

그때 주정배가 고개를 돌려 양명순을 보았다.

"잘했어."

이제는 양명순이 쳐다만 보았고 주정배가 말을 이었다.

"정말 잘했어, 진심이야."

"……."

"그래야 돼. 당신 훌륭해."

그 순간이다.

양명순이 주방 설거지통에 쌓여 있던 접시 하나를 집더니 주정배에게 냅다 던졌다.

접시가 날아가 주정배 얼굴을 스치고 지나가 벽에 맞더니 박살이 났다. 양명순이 다시 접시를 집어 들면서 소리쳤다.

"그래, 이놈아! 너, 인사수석으로 잘 먹고 잘살아라! 이 개 같은 놈아!"

이번에 던진 접시가 날아가 탁자에 맞아 박살이 났다.

양명순이 젓가락 통을 치켜들면서 고래고래 소리쳤다.

"이놈아! 우리 오빠 잘 나갈 때 전세금 빌려 쓴 거 기억나냐! 우리 오빠가 내 혼수비용 댔다! 이 개 아들놈아! 너 같은 놈하고 결혼시키려고!"

젓가락 통이 날아가 방으로 도망가는 주정배의 등에 맞았다.

주정배가 방으로 들어갔어도 양명순의 넋두리는 계속되고 있다.

"너, 간만이다."

장기수가 다가가 말했을 때 조병욱이 쓴웃음만 지었다.

오후 7시, 역삼동 크라운호텔 라운지 안.

오태곤을 따라온 조병욱이 중식당 앞쪽의 라운지에 앉아 있는데 장기수가 다가온 것이다.

"너, 여기 웬일이냐?"

마지못한 듯이 조병욱이 묻자 장기수가 입맛을 다셨다.

"너, 알잖아. 강용규 씨 목 달아난 거."

"……"

"일없는데 둘이 따라다닐 것 없고 지금은 병한이가 옆에 있어."

"……"

"난 여기 크라운클럽 상철이 만나러 온 거야."

"상철이는 왜?"

"배 고문님한테 이야기나 해달라고. 이젠 영업장 일이나 봐야지."

말을 그친 장기수가 힐끗 중식당 쪽을 보았다.

"저기 회장님 계시냐?"

"응."

"니가 회장님한테 말해줄래? 여기서 만난 김에 말야. 내가 니 밑에라도 좋으니까 회장님 모시고 일하게 해달라고."

"내가 말해서 듣냐?"

"그럼 누가 말해야 돼? 배 고문?"

"그 사람이 무슨 힘이 있다고?"

"아, 시발. 나까지 물 먹는 거야 뭐야? 넌 잘나가는데."

"내가 곧 연락할 테니까 기다려봐라."

마침내 조병욱이 말했다.

"아무한테도 말 하지 말고. 오병한이한테도 말하지 마."

"요즘 잘되세요?"

삶은 돼지고기를 먹던 유자양이 묻자 오태곤이 빙긋 웃었다.

"아, 그럼요. 잘됩니다."

"이번에 세관에서 날 데려온 경찰서장의 이용가치가 높겠더군요."

"앞으로 더 유용하게 써먹을 겁니다."

고개를 끄덕인 유자양이 포크를 내려놓았다.

"도지유통은 장안평파 사업장 대부분을 인수하고 조직원들까지 흡수했더군요. 거기에다 이곳 강남에도 사업장을 확장하고 있던데요."

그 순간 눈썹을 치켜 올렸던 오태곤이 빙그레 웃었다.

그러나 입술 끝이 희미하게 떨리고 있다.

"별거 아닙니다. 뭣도 모르고 사업이 될 것 같으니까 덤벼들고 있는데 곧 망하고 철수할 겁니다."

"그럴까요? 오 회장님의 핵심 간부 하나도 사우나에서 피살되었다던데요. 도지유통 쪽에서 한 짓이 아닙니까?"

"그랬다면 내가 그냥 뒀겠습니까?"

"이런 상황을 본부에 보고하면 회장님이 걱정하실 텐데요."

"걱정할 것 없습니다."

이제는 정색한 오태곤이 똑바로 유자양을 보았다.

"우리 사업에는 전혀 지장이 없을 것입니다."

"제 역할이 맨 뒤죠. 제 뒤에는 없단 말입니다."

이태용이 이를 드러내며 소리 없이 웃었다.

서초동 러브호텔 원나잇의 방 안.

지금 이태용은 강용규와 마주 앉아 있다. 밖의 복도에는 오병한이 창틀에 엉덩이를 걸치고 앉아 감시(?) 중이다.

이태용이 말을 이었다.

"제 뒤를 감시할 필요가 없다고 생각한 것 같습니다. 저한테 접근해 오는 놈들이 없기 때문이죠."

이태용이 다시 웃었다.

게이라는 소문이 났기 때문인데 실제는 아니다. 그것을 이태용은 적극 이용할 만큼 영리하다.

게이도 조폭이 된다. 강용규가 아는 어떤 놈은 엄청난 독종인데도 게이다.

여자 유혹에 빠지지 않기 때문에 시골의 조폭 보스가 가장 신임한다고 들었다. 하긴 안심하고 제 애인 경호를 맡기겠지.

그때 강용규가 물었다.

"이번에 헤로인은 누가 가져온 거야?"

"삼합회 회장 조카딸이라는군요. 회장 동생의 딸이라나?"

"거물이네."

"많이 가져올 때는 그 여자가 들고 옵니다. 그래서 경찰서장에다 서장 차까지 가져간 거죠."

"몇 킬로?"

"백 부장이 5킬로 요금이라면서 15억을 환쟁이한테 넘겨주었어요."

"도매상한테 얼마 받았는데?"

"어제 오전에 어김없이 125억 입금됐지요."

"도둑놈들, 눈 깜빡하는 사이에 10배 장사를 했구나."

"순식간이죠."

이태용과는 세 번째 만나고 있다.

5년쯤 전에 이태용은 강용규가 관리하는 서초동 우진클럽의 영업 부장이었던 것이다.

10일쯤 전에 강용규가 가방에 든 2천만 원을 건네주었을 때 이태용은 대번에 사태를 짐작하고 호응했다.

강용규가 현재 어떤 상황인지를 아는 터라 의도도 알고 있을 것이었다.

"야, 이것 받아라."

강용규가 가져온 가방을 이태용에게 내밀었다.

묵직한 느낌이 드는 헝겊 가방이다.

"여기 3천 들었다."

"아니, 또 주십니까?"

가방은 받으면서 이태용이 눈을 둥그렇게 떴다.

"저, 재벌 되겠습니다."

"어머니한테 보내드려. 눈치채게 하지 말고."

"지난번 주신 돈도 갖다드리고 왔습니다."

이태용의 두 눈이 번들거렸다.

어머니와 병으로 남편을 잃고 혼자가 된 누나가 어린 자식 둘을 데리고 강릉의 바닷가 시장 근처에서 살고 있는 것이다.

"이 돈이면 어머니하고 누나가 가게를 차릴 수가 있습니다."

"오태곤이가 눈치채지 못하게 해."

"저는 주민등록도 말소되어서 제 가족이 누군지 아무도 모릅니다."

이태용이 얼굴을 일그러뜨리며 웃었다.

"만일의 경우에 대비해서 아무한테도 말 안 해주었지요. 이 사실을 아는 건 부사장님뿐입니다."

이렇게 오태곤의 담장 벽돌이 하나씩 뽑혀가고 있다.

밤 10시 반.

경동클럽의 지배인 김기준에게 영업부장 윤석수가 말했다.

"지배인님, 방이 다 찼습니다. 예약 손님은 못 받습니다."

"얌마, 늦게 오더라도 받아야지."

김기준이 짜증을 냈다.

"다 단골들인데 쫓아내냐?"

"빈 방이 2개뿐이라니깐요. 그리고 애들이 없습니다."

"라스베가스에서 데려와."

라스베가스는 1백 미터쯤 떨어진 룸살롱이다. 역시 장안평파 소속이었다가 도지유통 장안평구가 인수한 가게다.

그때 종업원 하나가 서둘러 사무실로 들어섰다.

"예약 손님요! 대산상사 고 사장입니다!"

단골이다. 윤석수가 뛰어나갔을 때 김기준이 쓴웃음을 지었다.

"젠장. 허기욱 시절에도 이렇게 장사가 잘된 적은 없었는데."

김기준은 허기욱 시절에 변방을 돌던 떠돌이 행동대였다. 떠돌이 행동대란 사건이 생겼을 때나 써먹는 용병이다.

대부분 회장의 견제 대상이 되었던 인물들이었고 김기준도 그중 하나였던 것이다.

올해 36세. 조직생활 16년. 고졸. 6년 전 결혼. 5세, 3세짜리 딸이 둘이다.

그동안 상계동에서 보증금 5백에 월세 30으로 방 2개짜리 연립주택에서 거주해왔다.

그러다 지난달부터 경동클럽 지배인으로 승진, 종업원 250명을 거느리게 되면서 월급 250을 받게 되었다. 그러나 아직 첫 월급은 받지 못했는데 그전까지는 한 달 70 정도의 잡수입으로 생활해왔다.

이것이 새롭게 부상한 도지유통 장안평구 김기준의 전력이다.

김기준은 김덕무, 박충식 라인으로 허기욱 시대에는 소외당해온 무리 중 하나였던 것이다.

그때 사무실로 경동클럽 대표가 들어섰기 때문에 김기준이 자리에서 일어섰다. 대표실은 바로 옆방이다.

대표가 김기준을 보았다.

"지배인, 저 좀 봐요."

맑은 목소리의 대표는 바로 이현이다. 이현이 바라던 대로 영업 전선에 뛰어든 것이다.

경동호텔 지하층에 위치한 장안평구 제1의 경동클럽은 이현이 대표로 경영한다.

사장실에서 마주앉은 이현과 김기준.

이현은 사장으로 김기준과 함께 경동클럽에 부임해왔다.

김기준은 이현이 낙하산으로 내려온 이유를 안다. 이런 바닥의 소문은 엄청나게 빠르기 때문이다.

이현은 회장의 사모님인 것이다. 여기서 회장 사모님은 대통령 영부인보다 윗길이다.

대통령 영부인한테 무례하면 그냥 잘리거나 최악으로 교도소에 가겠지만 회장 사모님한테라면? 그냥 죽는다.

그때 이현이 말했다.

"앞으로 우리 경동클럽은 실적제로 운영하기로 결정했어요. 그래서 목표 이상의 실적을 올렸을 때 그 실적에 따라 종업원 수당을 지급하겠어요."

지금 사장은 꿈같은 이야기를 하고 있다, 모든 유흥업소 종업원들이 그렇게 꿈을 꾸었지만 절대로 실현되지 않았던 꿈. 그 꿈을 지금 실현한다는 것이다.

만일 그렇게 된다면 김기준은 이번 달에 월급의 2배인 500만 원을 갖고 집에 가게 될 것이다. 집의 월세 보증금을 단 한 번의 한 달 월급으로 벌고.

정신이 멍해져 있는 김기준의 귀에 이현의 목소리가 천상의 선녀 목소리처럼 이어졌다.

"경동클럽을 시작으로 장안평구의 업소에 차례로 이 제도가 시행될 거예요. 내가 직접 사장님한테서 승인을 받았습니다."

그 사장이 장안평 지역구 사장인 고정만인지, 관리 사장인 김덕무인지 또는 최상위 사장이시며 대표의 남자이신 그 사장님인지 알 수 없지만 믿을 만한 것이다.

눈동자의 초점을 잡은 김기준이 상반신을 펴고 대답했다.

"예, 알겠습니다."

뒤에 사모님 소리가 하마터면 나올 뻔했기 때문에 김기준은 굳게 입을 다물었다.

다음 날 오전 10시가 되었을 때 서울청 정보국장 오정호 치안감이 전화를 받는다.

직통 전화였기 때문에 오정호는 응답부터 했다.

"예, 정보국장 오정호입니다."

"나, 인사수석 주정배입니다."

"아, 주 수석님."

오정호가 와락 긴장했지만 목소리의 변함은 없다.

52세. 그동안 산전수전 다 겪었기 때문에 옆에서 폭탄이 터져도 침착할 자신이 있다.

그때 주정배가 말을 이었다.

"방금 대통령 각하의 결재를 받았습니다. 치안감님이 치안정감으로 승진하시고 서울청장으로 임명이 되셨습니다."

"감사합니다, 수석님."

뒤에 수석님을 안 붙여도 되었지만 저절로 나왔다.

그것을 느낀 오정호가 어금니를 물었다가 풀었는데 또 저절로 말이 뱉어졌다.

"신명을 바쳐서 봉사하겠습니다."

그때 주정배가 말했다.

"국장께서는 능력도 뛰어나시고 인맥도 넓으시더군요. 축하드립니다."

"감사합니다."

그때 주정배가 통화를 끝냈고 오정호도 어깨를 펴고는 전화기를 내려놓았다.

그 순간 오정호의 얼굴에 웃음이 떠올랐다.

주정배가 참지 못하고 한마디 한 것이다, 인맥도 넓으시다는 멘트다.

이것으로 송구한 기분은 사라졌다.

당연한 일로 받아들이자.

4장
삼합회

뭐? 3억 어음? 그런 거 없다.

지금 인사수석 주정배의 손위처남 양호석은 서교동의 한정식당에 앉아 있다.

오후 2시 반.

오정호의 서울청장 발표가 3시간 전에 나왔다.

그때 앞에 앉아 있던 최광수가 식탁 위에 묵직한 가방을 올려놓았다.

"여기, 약속대로 3억입니다. 쓰시지요."

"아이구, 이거."

어쩔 줄 모르는 표정을 지으면서 양호석이 가방을 두 손으로 움켜쥐었다.

식당에는 서너 테이블에 손님이 있었지만 둘은 상관하지 않는다.

가방을 움켜쥔 채 양호석이 최광수를 보았다.

"내 여동생이 글쎄, 11시에 나한테 전화로 뭐라고 한 줄 압니까? 오빠, 빨리 가서 말해, 서울청장 됐다고, 그렇게 말하더라구요."

양호석의 눈에 눈물이 고였다.

"그래서 내가 그랬지요. 오냐, 고맙다, 그랬더니 어음 한 반년만 더 연장을 받아, 그러더만요."

양호석이 손등으로 눈물을 닦고 나선 다시 얼른 돈 가방을 움켜쥐었다.

"착한 애지요."

"그럼 가보시지요."

자리에서 일어선 최광수가 웃음 띤 얼굴로 말했다.

양명순한테 어음 연장을 받아야 된다고 말했지만 둘이 지어낸 말이다. 최광수하고 각본을 짠 것이다. 그렇게 말하고 일이 성사되면 3억을 주겠다고 한 것일 뿐이다.

모두 박충식 팀의 작전이다.

그 시간에 진성이 도지무역의 사장실에서 이동철과 박충식, 민성희까지 셋을 불러놓고 회의 중이다.

고개를 든 진성이 박충식을 보았다.

"전 부장이 호치민에서 실종된 지 만 이틀째야. 가만있을 수는 없어."

진성이 말을 이었다.

"아시아상사 놈들의 짓이야. 뻔히 알면서도 호치민 경찰은 손을 놓고 있어."

박충식이 숨을 죽였을 때 진성의 시선이 이동철에게 옮겨졌다.

"도지유통에서 파견을 하지만 이번 일은 도지무역에 관한 업무 때문이니까 경비나 관리는 이 부장이 맡도록."

"예, 사장님."

미리 준비를 한 이동철이 서류를 펼치고는 말을 이었다.

"박 차장이 세 명을 선발했습니다. 국내가 아니고 해외 파병이기 때문에 조건 맞추기가 어려워서요."

그때 진성이 불쑥 물었다.

"뭐? 파병?"

"제가 파견이라고 한 것 같은데요."

당황한 이동철의 눈동자가 흔들렸다.

박충식이 웃음을 참느라고 어금니를 질근질근 씹었고 민성희는 외면했다.

그때 진성이 말했다.

"그래, 파병이 맞다."

진성이 손을 뻗어 앞에 놓인 서류를 집었다.

박충식이 선발한 셋의 인적사항이다. 서류를 훑어본 진성이 박충식에게 물었다.

"선발 기준이 뭐냐?"

"병역 필, 영어 회화 가능, 부양가족 없는 놈들입니다."

박충식이 덧붙였다.

"물론 책임감, 의리, 깡은 기본이구요."

"으음."

저절로 신음소리를 낸 진성이 고개를 들고 이동철을 보았다.

"정 서장한테 연락을 해. 내가 오늘 저녁에 만나자고. 7시쯤이 좋겠다."

"예, 사장님."

바로 대답한 이동철의 눈동자가 빤들빤들해졌다. 단번에 눈치를 챈 것이다.

"제가 모시고 갑니까?"

이동철이 묻자 진성이 눈으로 박충식을 가리켰다.

"박 차장까지 셋이 간다. 장소 정해."

지난번 크라운호텔 라운지에서 만난 지 이틀 만에 조병욱과 장기수가 마주 앉았다.

장소는 오성건설 지하 1층 커피숍.

이곳은 오태곤파의 본부여서 누구 눈치 볼 것도 없다. 장기수는 감시 역할에서 본부에 보고차 온 것이고.

오후 3시 반.

커피 잔을 앞에 놓은 조병욱이 지그시 장기수를 보았다.

조병욱은 이제 오성건설 비서실 차장이다. 엄연히 공식 간부사원이다.

3년 전 같이 놀던 행동대원이 아니다.

"무슨 일이야?"

조병욱이 만나자고 했기 때문에 장기수가 물었다.

그때 상체를 굽힌 조병욱이 장기수를 보았다.

"너 비서실로 올 수 있을 것 같다."

"어?"

눈을 크게 뜬 장기수가 커피 잔을 내려놓았다.

"네가 말했어?"

"음, 회장님한테."

그러더니 장기수에게 묻는다.

"너 극동아파트에 같이 있지?"

"그럼."

고개를 끄덕인 장기수가 지그시 조병욱을 보았다.

장기수와 오병한은 강용규와 같이 산다. 강용규 가족이 대구에 있기 때문이다.

강용규 소유인 남현동 극동아파트는 35평형으로 방이 3개. 안방은 강용규가 차지하고 장기수와 오병한은 방 하나씩 배정받았다.

조병욱이 입을 열었다.

"야, 장기수, 잘 들어."

"말해."

"너 이 생활 몇 년이냐?"

"너하고 같지. 7년 반인가?"

"난 8년인데."

"좆 까고."

"너도 비서실 과장 타이틀은 받아야지."

"넌 차장이지?"

"회장님이 과장은 주신댔어."

"정, 정말이야?"

"나하고 같이 뛰면 돼. 정식 사원이 될 테니까 월 150은 될 거다. 보너스가 최소한 월 1백은 될 것이고……."

장기수가 숨을 들이켰다.

지금은 비공식으로 월 70 정도다. 다 합쳐서 그렇다.

강용규 감시 역으로 조병욱한테서 월 20을 받는 것까지 포함이다.

그때 장기수가 정색하고 조병욱을 보았다.

"그냥 시켜주는 건 아니지? 조건이 있겠지? 그게 뭐야?"

그때 조병욱이 천천히 고개를 끄덕였다. 조병욱의 얼굴도 굳어져 있다.

오후 4시.

차에서 내린 도병만이 달려온 주차요원에게 말했다.

"나 금방 나온다."

"예, 사장님."

허리를 기억자로 꺾은 주차요원이 포르쉐의 운전석에 오르더니 건물 현관 바로 옆쪽에 주차시켰다.

양재동의 대성빌딩 앞. 이곳은 명품의류 상가가 많아서 빌딩 앞에는 고급 외제차가 즐비했지만 도병만의 자주색 포르쉐가 얼른 눈에 띄었다. 가장 비싼 차로 TV에도 소개되었던 때문이다.

건물 현관으로 들어선 도병만에게 사람들의 시선도 모였다.

화려한 남방셔츠에 진주색 양복을 입은 도병만은 40대 후반이었지만 30대쯤으로 보였다.

늘씬한 키, 선글라스를 낀 흰 얼굴, 머리는 파마를 해서 곱슬머리가 되었고 목에 쇠사슬 같은 금목걸이를 매었다.

음반사인 코너레코드 사장이자 드라마 제작사인 도엔터테인먼트 사장. 두 회사 모두 상장사로 대주주인 도병만의 재산이 5천억이 넘는다고 언론이 보도한 적도 있다.

두 번 결혼했다가 이혼

현재는 혼자 살지만 끝없이 염문을 뿌리는 플레이보이, 한국말로는 난봉꾼이다.

도병만이 들어선 곳은 1층의 프라닥 의류 코너다. 프라닥은 비싸기로 유명한 프랑스 명품 의류 브랜드다.

"어서 오세요."

미리 연락을 받은 터라 가게 사장부터 지배인, 도병만 전문 코디까지 기다리고 서 있다가 일제히 허리를 꺾어 절을 했다. 도병만은 한번 들러서 수천만 원어치를 쓸어가기 때문이다.

"어, 준비해놨어?"

도병만이 묻자 지배인이 앞장을 섰다.

"예, 저쪽에 준비했습니다."

매장 한쪽이 '도병만 코너'로 만들어져 있는 것이다.

그곳에는 이미 직원 둘이 대기하고 있다.

"나도 저렇게 하루만 살아보았으면……."

서울청 마약부 반장 윤대수가 한숨을 쉬었다.

건물 앞쪽에 주차된 10인승 밴 안이다.

"참, 싱겁다, 야."

"뭐가요?"

옆에 앉은 김성호가 묻자, 윤대수의 얼굴에 쓴웃음이 번졌다.

"아, 우리가 인천 세관에서 헛바람을 잡았다가 여기까지 온 것이 말이다."

"솔직히 운이 좋은 거죠."

따라 웃은 김성호의 시선이 프라다 안으로 옮겨졌다. 대형 유리벽 안에서 왔다 갔다 하는 도병만의 모습이 보인다.

윤대수가 손목시계를 보았다. 오후 4시 20분.

5분쯤 후면 건물 안에 들어가 있는 요원 셋이 도병만을 체포할 것이었다.

"아, 저기 옵니다."

김성호가 손으로 가리키는 곳에 방송국 마크를 붙인 승합차가 빌딩 앞으로 우회전해서 들어오고 있다.

"자, 그럼 시작하자."

지금까지 방송국 차를 기다리고 있었던 것이다.

밴에서 내리면서 윤대수가 말했다.

"넌 안에서 그놈 데려와, 난 방송국 애들하고 기다릴 테니까."

지금 멋모르고 옷을 고르고 있는 도병만을 체포해서 방송국 기자들이 사진을 찍도록 해줘야 한다. 그래서 기다리고 있었다.

"도병만 씨, 당신을 마약 유통 혐의로 체포합니다."

사내 하나가 다가오면서 아예 커다랗게 소리를 지르는 바람에 도병만은 대경실색을 했다.

부정수표 단속법 위반 등으로 연행된 적도 있고, 젊었을 때 폭행에 연루되어 체포된 적도 있지만 이런 방식은 아니었다. 그때 사내 하나가 이어서 소리쳤다.

"당신은 묵비권을 행사할 수 있고……."

이미 프라닥 안의 모든 종업원, 손님 등은 온몸을 굳히고 이쪽을 처다보는 중이다.

"아니……."

도병만의 입에서 나온 소리는 겨우 그것뿐이었다.

수갑이 철컥 채워지고 사내 셋, 그들이 마약부 형사인 것은 이제 구경꾼 모두가 안다.

형사들이 도병만을 좌우, 뒤에서 에워싸고 빌딩 현관을 나섰을 때다.

도병만은 다시 한 번 놀랐다. 이번에는 기절초풍이다.

"잠깐만!"

TV 카메라를 겨눈 방송국 직원이 소리치자 도병만 좌우 팔을 움켜쥐고 있던 형사들이 우뚝 발을 멈췄다. 그러자 플래시가 터졌다.

방송국 카메라 외에 다른 카메라도 셋이나 있다.

도병만은 고개를 숙였지만 갑자기 뒤에 붙어 있던 형사가 뒷머리를 잡아당기는 바람에 고개가 들렸다.

번쩍, 번쩍, 번쩍, 번쩍. 플래시가 터졌고 구경꾼들은 더 늘어났다.

"예, 지금 경찰차에 실려서 출발했습니다."

10분쯤 후에 전화기를 귀에 붙인 박충식이 보고를 받는다. 보고자는 프라닥 건너편 커피숍에서 상황을 주시하던 최광수다.

최광수가 말을 이었다.

"방송국 차도 떠났습니다."

"알았다. 돌아와라."

박충식이 말하고는 전화기를 내려놓았다.

바쁜 하루다.

자리에서 일어선 박충식이 옆쪽 방문을 조심스럽게 노크했다.

이곳은 도지무역.

바로 옆방이 사장실이다.

이번 도병만의 체포는 강용규가 기억하고 있던 포르쉐 번호를 추적해서 잡은 것이다.

강용규가 박충식에게 말해주었던 것이다. 그것을 서울청장이 된 오정호에게 알려주었기 때문이다.

진성의 방으로 들어선 박충식의 머릿속에 '보고 순서'가 정리되어 있다.

머리가 나쁜 편이 아니기 때문에 민성희의 보고를 듣고 배웠다.

TV를 켜놓고 있던 유자양이 숨을 들이켰다.

장충동의 2층 저택 안.

유자양은 가운 차림으로 소파에 앉아 오렌지 주스를 마시고 있던 참이다.

TV에서는 긴급 뉴스가 방송되고 있다. 기자가 나와서 심각한 표정으로 말을 잇는다.

"경찰은 30분 전에 시내 양재동에서 마약 도매 혐의로 도엔터테인먼트 사장인 도병만 씨를 전격 체포했습니다."

화면에 체포되어 나오는 도병만의 모습이 비치고 있다.

기자의 열띤 목소리.

"도병만은 며칠 전 중국에서 들여온 마약을 공급받은 것으로 알려졌습니다. 서울경찰청은 이 마약의 반입처와 반입 경로를 추적하고 있습니다."

그때 유자양은 리모컨으로 음 소거를 시켰다. 벨소리가 들렸기 때문이다.

탁자 위에 놓인 전화기가 울리고 있다.

유자양이 서둘러 전화기를 집고 귀에 붙였다.

"여보세요."

"고문님, 접니다."

천동민이다.

"TV에……."

"나도 지금 봤어."

유자양이 말을 잘랐다.

"결국 오태곤의 주머니가 터지는군."

"관리를 잘못한 것입니다."

천동민이 말을 이었다.

"도병만은 강남지역 도매상입니다. 그놈은 너무 눈에 띄게 행동했습니다."

"오태곤이 드러나겠지?"

"오태곤이 드러나면 서초서장도 드러나게 될 텐데, 그럼 사회에 엄청난 충격을 줄 겁니다. 정부에서 그것까지 놔둘지 알 수 없습니다."

유자양이 흐려진 눈으로 앞쪽을 보았다.

오태곤이 밝혀진다면 유자양은 시간문제다. 인천세관의 협조자들과 함께 금세 드러난다.

그때 유자양이 혼잣소리처럼 말했다.

"이것들이 해보잔 말이지?"

그 시간.

서울청장 발령은 받았지만 아직 정보국장실에 앉아 있던 오정호가 전화를 받는다.

"치안정감님, 축하합니다."

그렇게 말한 사내는 마이클 정이다.

"아, 정 선생."

리모컨으로 TV를 음 소거시킨 오정호가 전화기를 귀에 붙였다. 방 안에는 오정호 하나뿐이다.

그때 마이클이 말했다.

"도병만, 그놈이 곧 자백하겠지요?"

"당연하지요."

오정호의 얼굴에 웃음이 떠올랐다.

"제가 먼저 알려주겠다고 할 겁니다. 대신 협상조건을 내밀겠지요."

"오태곤은 지금 잡으면 안 됩니다."

마이클이 말을 이었다.

"중국 측의 꼬리를 잡을 때까지 오태곤을 미끼로 놔둬야 합니다."

서초동의 중식당 상하이의 밀실 안.

이곳은 모두 방이어서 방이 다 밀실이긴 하지만 가장 안쪽의 방이다.

원탁에 셋이 둘러앉았다. 진성과 박충식, 그리고 서초경찰서장 정필수다.

오후 7시.

지금 정필수는 정신이 좀 산만한 상태. 일희일비 상태라고 할까? 오전에 이제는 자신의 백이나 다름없는 오정호가 서울청장으로 승진해서 '아, 이제 나도 함께 꽃길을 걷겠구나.' 했다가 오후에 마약 도매상으로 도병만이 체포되었기 때문이다.

그 도병만인지 도베르만인지 그 개아들 놈이 이번에 자신이 빼돌린 마약을 도매로 받은 놈이기 때문이다. 그러면 바로 그놈의 윗선이 드러난다.

오태곤, 정필수, 그리고 그 여자, 이렇게.

TV에 도병만이 방송되었을 때부터 팬티에 똥을 싼 것처럼 좌불안석하고 있다가 이렇게 만나고 있는 것이다.

도지무역, 유통의 사장이 된 진성의 호출은 어느덧 거역할 수 없는 경지까지 올라와 있다.

무의식중으로 상하이를 예약하고 이곳에 올 때까지 정필수는 그 변화를 느끼지 못하고 있다.

주문을 마치고 먼저 진성이 입을 연다.

"내가 무역 일로 사람이 필요해요."

진성이 똑바로 정필수를 보았다.

"직원이 베트남에서 실종되었거든. 그 범인이 누구인지 추측은 되는데 베트남 당국에 신고해 봐야 헛일이고 유통 직원을 보내도 그런 경험이 부족해서."

진성이 간략하게 전경문이 실종된 배경을 설명하자 정필수가 어깨를 폈다.

"그게 내 일이죠. 그런데 공식으로 처리할까요? 아니면 비공식으로 합니까?"

"비공식으로."

"그렇다면 전직 경찰 출신을 보내야겠군요."

눈을 가늘게 뜬 정필수가 진성을 보았다.

"가능합니다. 유능한 놈들이 있지요. 몇 명이나 필요합니까?"

"필요하면 무력으로 빼내 와야 할 테니까 최소한의 병력은 채워야겠지요."

"경찰특공대 출신으로 10명을 골라보지요. 지휘관급도 필요하실 겁니다."

"모두 유통 직원으로 채용할 테니까, 회사의 지휘를 받아야 됩니다."

"알겠습니다. 언제까지 고릅니까?"

"내일까지."

"제가 요즘 상황이 좋지 않아서……."

그때 정필수의 시선을 받은 진성이 빙그레 웃었다.

"걱정하실 것 없습니다. 도병만은 입을 열어도 서장님을 건드리지 못할 테니까요."

숨을 들이켠 정필수를 향해 진성이 말을 이었다.

"오태곤은 언제든지 잡을 수 있게 되었으니까, 놔둔 채 그 여자를 끌어내려는 겁니다."

"아!"

정필수가 탄성만 뱉고는 곧 입을 다물었다.

앞에 앉아 있는 진성이 지금보다 더 멀어진 느낌이 들었겠지. 범접할 수 없는 존재처럼.

수저를 내려놓은 장기수가 강용규를 보았다.

이곳은 신사동 사거리의 순댓국 식당.

상기수와 오병한이 강용규와 함께 저녁을 먹는 중이다.

"부사장님."

"뭐?"

우물거리면서 씹느라고 강용규의 대답이 늦어졌다.

장기수가 주위를 둘러보고 나서 말을 이었다.

"오늘 자로 그만두시지요."

"뭘?"

"오태곤 씨하고 인연 끊으시란 말씀입니다."

고개를 든 강용규가 앞에 앉은 둘을 번갈아 보았다. 둘은 굳어진 얼굴로 강용규를 쳐다보고 있다. 이윽고 강용규가 물었다.

"무슨 일 있냐?"

그때 장기수가 헛기침부터 했다.

"오늘 조병욱이를 만났더니 오늘 밤 극동아파트로 사람을 보낼 테니까 문 열어놓고 나가 있으라고 하더군요."

"……."

"12시 정각에 말씀입니다."

"……"

"병한이한테도 말하지 말고 저만 빠져나오라고 하더군요."

"오태곤이도 갈 때가 되었는데."

쓴웃음을 지은 강용규가 장기수를 보았다.

"고맙다."

"같이 살겠습니다."

"저두요."

오병한이 거들었다.

"도매상이 체포되어서 제 목이 위험해진 상황인데도 애를 쓰는군."

혼잣소리처럼 말한 강용규가 번들거리는 눈으로 둘을 보았다.

"이젠 공식적으로 떠나기로 하지."

장기수와 오병한은 강용규가 어디로 떠날지를 알고 있는 것이다.

그 돈이 다 어디서 나왔겠는가?

"전데요."

유자양이 말했을 때 유소기는 대답하지 않았다.

오후 9시 반.

상하이 시간은 오후 8시 반이다.

유자양이 전화기를 고쳐 쥐고 말했다.

"오태곤은 별일 아니라고 하지만 상황이 어떻게 진행될지 알 수 없습니다. 체포된 도매상은 오태곤과도 여러 번 만난 사이였다고 합니다."

"……"

"도매상이 상장회사 사주로 유명한 놈이어서 언론이 떠들고 있는 상황입니다."

“······.”

“도매상을 체포한 것은 서울경찰청의 마약반입니다. 지금 정보가 어디에서 나갔는지 알아보고 있습니다.”

그때 유소기가 말했다.

“너한테 황 실장을 보냈다. 황 실장과 함께 상의하도록.”

“예, 회장님.”

유자양이 조금 당황했다.

황 실장이란 유소기 직속의 작전실장 황천을 말한다.

유소기는 직속으로 5개 방을 운용하고 있는데 그중 하나를 보낸다는 말이다.

유소기가 말을 이었다.

“자양.”

“네, 회장님.”

“한국은 중국보다 15년은 더 앞서가고 있어. 그 시장을 놓치면 안 된다. 무슨 말인지 아나?”

“압니다.”

“내가 널 보낸 건 한국을 제2의 기반으로 만들기 위해서였다. 너한테 구경하라고 보낸 거 아냐.”

“알고 있습니다.”

“시장을 보고 그놈들의 경제를 익혀서 그대로 중국에도 써먹자는 거야. 그래서 내 분신을 보낸 것인데.”

“감사합니다.”

“한국은 본래 우리 중국의 지방이었다. 수천 년간 지방 정부로 한국 왕은 우리 중국 황제의 책봉을 받아야 왕 노릇을 했다.”

"알고 있습니다."

"한국 시장은 우리 시장이나 같다는 말이다."

"예, 회장님."

"황 실장한테 널 잘 보좌하라고 했으니까 상황을 잘 수습하도록."

통화가 끝났을 때 유자양은 심호흡을 했다.

위기가 기회란 말이 떠올랐다.

한국의 유일한 수입원 오태곤이 흔들리는 상황이 되자 대업을 맡게 되었다.

다음 날 오전 10시.

도지무역의 사장실에서 진성과 마주 앉은 사내가 있다.

바로 마이클 정, 주한미국대사관 영사로 CIA 요원이다.

CIA 지부장은 공식적으로 활동하지만 마이클 정은 비공식으로 움직이는 인물이다. 직급은 지부장 급.

지금까지 진성은 마이클과 상부상조한 셈이다.

재미동포 2세인 마이클은 미국 태생이어서 모습만 한국인이다. 한국인 부모로부터 영향은 별로 안 받은 것 같다.

"진 사장님, 제의드릴 것이 있어서 온 건데요."

마이클이 정색하고 진성을 보았다.

"중국에서 들여오는 마약 말씀입니다."

방 안에는 둘뿐이다.

마이클이 둘이서만 이야기하겠다고 했기 때문이다.

마이클이 목소리를 낮췄다.

"헤로인을 진 사장님이 받으시지요."

"뭐라고 했습니까?"

"헤로인을 진 사장님이 받으셔서 바로 저한테 넘겨주시라는 겁니다."

"……."

"오태곤을 당장 처리하지 못하는 이유를 알고 계시지 않습니까?"

안다.

오태곤을 체포하면 공급자들은 당장 다른 구매자를 찾을 것이다.

구매자는 얼마든지 있다. 오히려 오태곤이 독점해서 구입했을 때보다 더 많이 더 좋은 가격으로 넘길 수가 있다. 물론 그때는 시장이 혼란 상태가 되겠지만 헤로인에 중독된 소비자들은 어떻게든 구하려고 할 테니까.

마이클이 말을 이었다.

"헤로인 소비자를 완전히 없애는 건 불가능한 일이니까 우리가 점차적으로 물량을 줄여 공급을 하지요. 그러다가 끊게 되는 것 아닙니까?"

"CIA가 한국에서 마약사업을 한다는 겁니까?"

"천만에요. 대부분의 물량을 가져가고 일부분만 대리인을 시켜서 시장에 내놓는 것이지요."

마이클의 얼굴에 웃음이 떠올랐다.

"진 사장님이 공급하신다면 두말할 것도 없이 맡겨드리겠지만 하실 리가 없지 않습니까?"

"……."

"우리는 한국을 중국산 마약이 흘러가는 통로로 이용하는 것입니다. 서로 윈윈이지요."

그때 진성이 고개를 들었다.

"오태곤은?"

"진 사장님이 승낙을 하시고 중국 측 공급자를 찾아서 합의를 한 후에 오태곤을 잡는 것이지요, 일에는 순서가 있어야 하니까요."

마이클이 길게 숨을 뱉었다.

"우리는 헤로인 공급원이 중국 삼합회라는 것을 압니다. 중국은 엄청난 양의 헤로인을 태국 쪽 황금 삼각지로부터 구입해서 한국으로 판매하고 있습니다. 한국 루트만 우리가 장악하면 곧 중국 정부에도 영향력을 갖게 될 겁니다. 삼합회는 정부와 연결되어 있으니까요."

이것이 CIA의 작전인가?

진성이 숨을 골랐다. 어떤 것이 선이고 어떤 것이 악이냐?

"이것이 여권 사진입니다. 그것을 확대한 사진이 이것이구요."

서울청의 마약부장은 경무관 곽상돈이다.

지금 곽상돈이 청장실에서 오정호에게 보고하고 있다. 곽상돈 옆에는 마약부 반장 윤대수가 앉아 있다. 윤대수의 계급은 경감.

오정호가 확대된 사진을 집어 들고 보았을 때 곽상돈이 말을 이었다.

"여권의 이름은 유자양. 열흘 전에 입국했고 목동까지 미행했지만 놓쳤습니다."

그때 김동표와 강혁이 체포되었지만 증거불충분으로 석방되었다.

곽상돈은 이제 유자양을 태우고 간 것이 서초서장 정필수라는 것도 안다, 윤대수는 말할 것도 없고.

그때 오정호가 입을 열었다.

"유자양은 호텔에 투숙하지 않았어. 오태곤이 알고 있는지 모르겠다."

"오태곤을 잡으면 알 수 있지 않을까요?"

곽상도가 물었을 때 오정호가 고개를 저었다.

"서둘 것 없다. 유자양은 공급책일 뿐이야. 덜컥 잡았다가 중국 쪽이 기존의 선을 끊어버리면 다시 시작해야 돼."

이미 마약 처리방법을 결정해놓은 오정호가 말을 이었다.

"순서대로 할 것. 첫째, 공급자를 잡되 비밀리에 할 것. 언론에 새면 안된다."

"예, 청장님."

"둘째, 오태곤은 사업체를 벌여놓아서 이미 도마 위에 놓인 고기다. 오태곤의 체포는 그다음 순서다."

이렇게 경찰의 계획이 결정되었다.

"강용규가 도지유통에 나왔습니다."

그렇게 보고한 사람은 자재부장 백기섭이다. 오성건설 회장실 안.

오태곤은 시선만 주었고 백기섭이 말을 이었다.

"방금 김종수한테서 연락을 받았습니다. 강용규가 역삼동 도지유통 빌딩에 출근했다는 소문이 쫙 퍼졌다는 겁니다."

"……."

"아직 확인을 안 했지만 그래서 그런지 영업부가 흔들린다는 소문이 돕니다."

"이 새끼들이."

어깨를 부풀렸다가 내린 오태곤이 쓴웃음을 지었다.

"한두 놈 시범을 보여야지."

"예, 회장님."

"간부회의 소집시켜. 지금 당장."

"예, 알겠습니다."

"조병욱이 들어오라고 하고."

"예."

서둘러 몸을 돌린 백기섭이 방을 나갔을 때 기다렸다는 듯이 전화벨이 울렸다. 구내전화다.

전화기를 귀에 붙이자 곧 이태용의 목소리가 울렸다.

"백기섭이 두 시간 전에 도지유통 건물 뒤쪽 주차장에서 강용규하고 만났습니다."

"뭐야?"

저절로 오태곤의 입에서 외침 같은 목소리가 터졌다.

방금 백기섭도 강용규가 도지유통에 출근했다는 소문만 들었다고 했다.

그때 이태용이 말을 이었다.

"예, 주차장의 강용규가 탄 차에 들어가 30분이 넘도록 이야기를 하고 나와서 회사에 출근한 겁니다."

이태용의 임무 중 하나가 도지유통의 감시인 것이다.

"알았다. 수고했다."

진심을 담은 칭찬을 한 오태곤이 전화기를 내려놓았을 때 조병욱이 들어섰다.

"이젠 네가 공식 '강남 사장'이 된 거지."

김덕무가 앞에 앉은 강용규에게 말했다.

"네가 데려온 애들하고 우선 사무실 조직부터 갖춰봐라."

오전 10시 반이다. 지금 오태곤은 조병욱하고 마주 앉아 있다.

강용규가 텅 빈 사무실을 둘러보면서 웃었다. 사무실은 넓지만 빈 책상만 수십 개 놓여 있다.

"여길 다 채워야하나?"

그러나 강용규의 표정은 밝다.

따라 웃은 김덕무가 대답했다.

"사장님께 말씀드렸더니 잘 왔다고, 때 맞춰 왔다고 하시더라."

"오태곤이가 날 죽이려고 했다는 것도 말씀드렸냐?"

"응, 대충. 그건 네가 직접 말씀드려."

김덕무가 말을 잇는다.

"자, 이제부터 '강남 지역'도 본격적으로 시작이다."

"백기섭이가 강용규하고 붙었다."

낮게 말한 오태곤이 번들거리는 눈으로 조병욱을 보았다.

"너, 성남 장춘석이한테 일을 시켜."

"예, 회장님."

대답부터 한 조병욱이 물었다.

"어떻게 할까요?"

"죽일 것까지는 없고 뇌만 손보도록."

그것은 뇌를 때려서 뇌사나 최소한 반신불수가 되는 것을 말한다. 본인에게는 죽는 것이 낫겠지만 사망 사건은 경찰이나 언론의 관심이 모이기 때문이다.

회장실을 나온 조병욱이 비서실에서 전화기의 버튼을 눌렀다.

회장의 지시다.

백기섭이 지금까지 회장의 은밀한 심부름을 해온 것을 잘 알고 있는 조병욱이다.

비자금 관리나 마약자금의 입출금을 모두 백기섭에게 맡겨온 것이다. 그 최측근을 하루아침에 없애게 되었다.

장춘식은 성남의 양아치다, 그저 시키는 일만 하는 전문 해결사.

그동안 장춘식을 통해 셋을 보냈는데 이번에는 네 명째다.

"여보세요."

장춘식의 목소리가 울렸을 때 조병욱이 고개를 들었다.

눈동자의 초점이 잡혀 있다.

"아, 납니다."

조병욱이 대답하자, 장춘식이 잠자코 기다렸다.

군말이 없는 놈이다. 저는 암살자라고 자긍심이 있는지 모르지만 조병욱이 보기에는 양아치, 또는 인간도 아닌 살모사 같은 놈이다.

그때 조병욱이 말했다.

"내일 이 시간에 다시 연락할 테니까, 대기하시오."

그러고는 전화기를 내려놓았다. 저도 모르게 터진 말이다.

비서실을 나온 조병욱이 곧장 지하 1층의 커피숍으로 내려왔다.

오전 10시밖에 안 되어서 커피숍은 손님이 세 명뿐이다.

카운터로 다가간 조병욱이 눈짓을 하자 앉아 있던 종업원이 자리에서 일어나 주방 쪽으로 사라졌다. 조병욱이 자주 이곳에서 은밀한 통화를 주고받았기 때문이다.

조병욱이 전화기를 들고 버튼을 눌렀다.

"장 과장님, 친구라는데요."

비서실 직원 유선희는 어제 김덕무가 공급시켜준 행정직 사원이다.

김덕무는 강남 사업부를 위해 사업장의 기반이 될 행정직 사원 10명을 공급시켜 준 것이다. 총무부, 경리부, 영업부 사원들이고 유선희는 비서실로 파견된 두 명중 하나다.

장기수가 다가가 유선희로부터 전화기를 받았다.

과장 칭호가 어색했기 때문에 유선희의 시선을 받지 못한다.

"여보세요."

"나, 조병욱이다."

대뜸 울리는 목소리에 장기수가 숨을 들이켰다.

"너, 무슨 일이야?"

장기수는 조병욱의 제의를 배신하고 강용규에게 밀고를 한 놈이다.

강용규는 아파트를 비우고 감시를 맡았던 두 놈과 함께 도망쳤다.

강용규가 곧장 도지유통의 사장으로 취임했다는 보고를 받은 오태곤은 어금니만 질끈 물었는데 가만있을 인간이 아니다.

그때 조병욱이 말했다.

"만나자."

놀란 듯 장기수가 멈칫했을 때 조병욱이 말을 이었다.

"오늘 중으로. 시간, 장소는 네가 정해."

"……."

"무슨 뜻인지 알 테니까, 비밀로 하고."

"……."

"난 혼자 나갈 테니까."

"어디로 연락하면 되냐?"

장기수가 이제는 낮게 물었고 조병욱이 대답했다.

"내가 오후 5시에 너한테 전화를 하지."

도지무역의 회의실 안.

정면에 진성과 박충식, 이동철, 그리고 어젯밤에 베트남에서 귀국한 고경준까지 넷이 앉았고, 앞쪽에 사내 셋이 앉아 있다. 이 셋이 정필수가 추천해서 보낸 경찰 출신 용병들이다.

그중 가운데 앉은 사내가 윤기백. 38세. 경감으로 퇴직. 현재 사설 경비업체 근무.

좌우의 사내는 이명구, 양천호로 각각 경위 출신의 퇴직자다. 둘은 각각 33세, 34세로 현재는 실업 상태.

그때 진성이 고경준에게 말했다.

"고 부장, 상황을 설명해라."

"예, 사장님."

고경준이 앞에 앉은 셋을 보았다.

전경문이 실종된 지 나흘째다.

베트남 경찰에 신고를 했지만 전혀 진전이 없는 상태로 지금은 전화도 받지 않는다는 것이다.

"납치되었다면 어떤 요구조건을 연락해왔을 텐데 지금까지 연락이 없습니다. 이건 사고가 났거나 우리 측의 반응을 보려는 것 중의 하나라고 생각합니다."

고경준이 말을 이었다.

"사무실에 있는 아시아상사 출신의 소피아는 제가 지사장이 된 후부터 전혀 협조하지 않습니다. 어디 내보낼 테면 내보내 보라는 자세입니다."

이미 이동철과 박충식을 통해서도 상황을 들었던 윤기백이 물었다.

"호치민에 한국계 베트남인이 많습니다. 직원으로 한국계가 있습니까?"

예상 밖의 질문이어서 고경준이 잠깐 생각하다가 대답했다.

"현재 베트남 사무실 직원은 6명입니다. 현지인이 넷인데 한국계는 없습니다."

그때 윤기백이 고개를 돌려 진성에게 물었다.

"사장님, 제가 정보원으로 한국계를 고용해도 되겠습니까?"

"얼마든지."

바로 고개를 끄덕인 진성이 이동철에게 지시했다.

"즉시 예산을 떼어주도록."

"예, 사장님."

대답한 이동철이 윤기백에게 말했다.

"우선 미화로 10만 불을 줄 테니까 그걸 쓰도록. 그리고 필요한 자금은 고 부장한테서 타 쓰도록 하고."

"만일의 경우에 대비해서 무기를 구입해야 될 것 같습니다. 호치민의 무기 암거래상 정보를 알고 있어서 구입이 가능합니다."

진성이 고개를 끄덕이자 이동철이 말을 받는다.

"무기 구입 대금은 얼마나 필요한가?"

"5만 불이면 충분할 것 같습니다."

"그것도 호치민에서 찾도록 해주겠네."

그때 고개를 끄덕인 진성이 윤기백을 보았다.

"숙소나 필요한 차량은 고 부장하고 상의해서 마련하도록. 그리고."

정색한 진성이 윤기백과 이명구, 양천호를 차례로 보았다.

"당신들은 지금 용병처럼 고용된 입장이지만 만일의 경우에 대비해서 윤기백 씨는 도지무역 차장급, 이명구, 양찬호 씨는 과장급으로 임명하고 대우를 해주겠어. 만일 이 업무를 마치고 계속 도지무역에 근무하고 싶다면 총무부 차장, 과장으로 임명될 거야. 그리고 대원들은 모두 사원 급이고."

진성은 셋의 눈빛이 강해진 것을 보았다.

셋이 인솔해 갈 대원은 여섯 명, 모두 9명이 출동하게 된다.

그때 윤기백이 상반신을 세우고 대답했다.

"감사합니다. 그렇게까지 신경을 써주실지 몰랐습니다. 모두 도지무역 사원으로 일하겠습니다."

회의실에서 나온 진성이 사장실로 들어섰을 때 박충식이 따라왔다.

"이제는 무역, 유통이 뒤섞이는구나."

쓴웃음을 지은 진성이 박충식을 보았다.

"윤기백이 무역 차장으로 베트남에 가지만 곧 유통 업무도 할 수가 있을 거다."

도지무역이 바로 전쟁이나 내전 상황에서 오더를 받아 급성장을 했기 때문이다.

이미 도지무역은 도지유통 업무를 해온 것이나 같다. 크게 보면 낮이나 밤의 사업이나 모두 전쟁이다.

그때 박충식이 말했다.

"오태곤의 비서실 차장 조병욱이 장기수한테 연락을 해왔다고 합니다."

진성이 박충식을 보았다.

장기수는 조병욱의 제의를 거부하고 강용규와 함께 오태곤파를 공식 탈퇴한 것이다.

박충식이 말을 이었다.

"오늘 오후에 만나자면서 장기수한테 시간, 장소를 정해주면 혼자 나가겠다고 했답니다."

"그놈도 빠져나올 건가?"

"그럴 가능성이 많습니다."

진성이 고개를 끄덕였다.

오태곤의 뱀이 서로 꼬리를 삼키는 모양의 감시도 허물어지기 시작한다.

강용규, 장기수, 이태용에 이어서 마침내 최측근 조병욱까지.

서로 감시를 시켜도 한계가 있는 법. 그것도 나사 하나가 빠지면 기계가 차례로 망가지는 이치나 같다.

오전 11시.

이태용이 뒷문으로 직접 회장실로 들어섰다.

오태곤은 막 전화기를 내려놓고 있었는데 얼굴이 상기되었다.

잠자코 앞에 선 이태용에게 오태곤이 말했다.

"너, 조병욱이 뒷조사도 해."

"예, 회장님."

바로 대답한 이태용이 물었다.

"24시간 감시라면 용역회사를 이용해야 되겠는데요."

"회사 자금을 쓰면 표시가 나니까 이걸 써라."

오태곤이 서랍에서 봉투를 꺼내 앞으로 던졌다.

"5백이다. 더 필요하면 말해."

"예, 회장님."

오태곤이 외면했기 때문에 이태용은 소리 없이 뒷문으로 나갔다.

강용규를 제거하려고 해결사들을 보냈지만 이미 정보가 새어서 경호원들과 함께 도주한 후였다. 그것은 오더를 준 조병욱을 의심할 만한 것이다.

더구나 백기섭이 강용규와 내통하는 상황이다. 백기섭 감시를 맡은 대상이 조병욱인 것이다.

두 놈이 통했을 가능성이 많다.

다시 머리가 지끈거렸기 때문에 오태곤이 아스피린을 서랍에서 꺼냈다.

지금까지 아무도 믿지 않았기 때문에 이만큼 성장했고 문제가 없었다고 자부해 온 오태곤이다. 그런데 요즘은 좀 이상하다. 하나씩 틀어지고 비틀거린다.

그것이 왜, 어느 것부터 시작되었는지 모르겠다.

"진성의 이력이 독특하군."

유자양이 혼잣말처럼 말했을 때 황천이 말했다.

"자수성가형입니다. 한국에서는 개천에서 용이 났다는 표현을 쓰지요."

"무슨 말이오?"

"예, 본래 용은 큰 강이나 바다에서 일어나는 것 아닙니까?"

"그런가요?"

"그런데 개천, 즉 작은 개울에서 용이 일어난 것은 예상치 못한 곳에서 입신출세를 했다는 뜻입니다."

"그렇군요."

황천은 삼합회의 5인방 중 1명인 작전실장이다.

44세. 삼합회는 회장 이하 5명의 원로와 그 밑에 5개의 방이 있고, 그 하부 조직으로 각 지역장이 있다.

거대한 조직이다.

5인방은 곧 5개의 방으로 비서실, 기획실, 경호실, 작전실, 순찰실로 나뉘어졌다. 5인방은 5원로의 결정을 모아 회장의 지시를 받는데 회장의 직속기관이나 같다.

황천이 검은 얼굴을 들고 유자양을 보았다.

장충동의 저택 안, 응접실에는 둘이 앉아 있다.

"진성이 도지무역에 이어서 도지유통을 설립, 도지유통을 법인체로 만든 다음에 조직을 기업 형태로 구성했습니다. 실로 획기적인 발상입니다."

황천의 얼굴에 쓴웃음이 떠올랐다.

"우리 중국은 말할 것도 없고 자본주의 국가의 대표 격인 미국에서도 이런 사업체의 구성은 생각도 못 했을 겁니다."

"마피아도 사업체를 전면에 내세우지 않아요?"

"대리인을 내세우고 세금 포탈하기 위한 위장 회사지요. 제대로 된 회사가 아닙니다."

고개를 저은 황천이 말을 이었다.

"일본 야쿠자도 마찬가지지요. 건설회사 따위를 내세우고 명함을 찍어서 사업가 행세를 하는 겁니다."

그것은 오태곤도, 죽은 허기욱도, 지금 한국에 퍼져 있는 다른 파벌도 마찬가지다.

낮에 얼굴을 내밀고 있지만 그 사업장들은 한계를 벗어나지 못하고 있다. 밤에서 벗어나지 못하는 한계.

그때 황천이 말을 이었다.

"이제 진성이 오태곤을 허물어뜨릴 겁니다. 오태곤은 속수무책입니다."

"강용규 일당이 배신하고 도지유통으로 옮겨갔다고 해도 오태곤의 세력은 진성의 10배는 돼요."

유자양이 고개를 저으며 말했다.

"장안평파를 흡수해서 운용 중이지만 병력 수로 비교해도 3분의 1 정도예요."

그동안 유자양은 조사를 한 것이다.

황천이 고개를 끄덕였다.

"고문께서는 그렇게 현실적으로 보셔야 합니다, 그래야 나하고 균형을 맞춰 한국 시장에 진입해야 될 테니까요."

"우리가 공을 들여 만든 오태곤과의 관계를 쉽게 포기하면 안 된다고 생각해요."

"우리가 도와줄 방법이 없습니다."

황천이 정색하고 말을 잇는다.

"도와준다고 해도 그쪽에서 반기지도 않고 말입니다."

도매상 도병만이 체포되면서 삼합회는 당분간 다음 달에 공급 계획을 보류했다.

한국의 상황이 안정될 때까지 주시하겠다는 결정이 난 것이다.

오후 5시.

조병욱이 전화를 했을 때 장기수가 말했다.

"8시에 테헤란로 오리온호텔 뒷골목 알리카페에서."

"좋아."

대번에 대답한 조병욱이 말을 이었다.

"택시 타고 길버트호텔 뒷길에서부터 걸어갈 테니까 미행이 있는가 봐라."

조병욱의 미행을 봐달라는 말이다.

길버트호텔 뒷길은 1차선 일방통행로다. 위성으로 감시하면 모를까 따라갈 수는 없다.

그때 장기수가 짧게 웃었다.

"그래, 알겠어. 중요한 이야기면 누구 모시고 나갈까?"

"그러든지."

"알았다. 이따 보자."

장기수의 목소리는 밝다.

"도지무역 진성이가 요즘 바쁘더군."

초밥을 삼킨 박윤태가 불쑥 말했기 때문에 윤상화가 고개를 들었다.

오후 7시, 소공동 고려호텔 일식당 안.

둘은 저녁을 먹는 중이다.

"뭐가요?"

"그, 도지유통이란 것 말야."

박윤태의 얼굴에 웃음이 떠올라 있다.

"그거, 조폭 회사야."

"그런 회사도 있어요?"

따라 웃은 윤상화가 회를 집어 입에 넣었다.

"저도 어제 신문 읽었어요. 국제신문 기사였죠?"

"맞아."

박윤태가 한 모금 일본소주를 삼켰다.

오늘은 위쪽 고려호텔 1405호실에서 밤 12시까지 쉬다가 가는 날이다.

차도 보냈기 때문에 마음 놓고 술을 마셔도 되는 것이다. 일주일에 한 번, 목요일마다 둘은 이렇게 은밀한 데이트를 한다.

박윤태가 말을 이었다.

"도지유통이 유흥업소 관리하는 회사야. 룸살롱 관리 회사지. 진성은 강남과 강북의 유흥업소, 호텔, 마사지샵까지 수십 개 업종을 관리하는 유흥회사를 세운 거야."

박윤태의 목소리에 열기가 띠어졌다.

"그 업종이 순수익이 많긴 해. 불법적인 데다가 세금 포탈, 마약 사업까지 병행하고 있으니까 말야."

"진성이 욕심이 많긴 해요."

윤상화가 쓴웃음을 지었다.

"전쟁 중인 나라의 입찰 오더를 받아서 남은 막대한 이익금으로 조폭 사업을 인수하려는 것이군요."

"곧 문제가 생길 거다."

젓가락을 내려놓은 박윤태가 윤상화를 보았다.

"내가 정치권 유력인사를 여러 명 아는데 진성이 이야기를 들었어."

"……."

"위험한 놈이라고 하더군."

"누가요?"

"내무위원장이."

윤상화가 숨을 들이켰다.

내무위원장이라면 국회 내무 분과위원장을 말한다. 최소한 3선 이상의 중진 의원이 맡는 요직으로 내무부 산하 경찰 인사 등 국내 치안을 관리하는 국회 상임위원회다.

윤상화의 표정을 보자 박윤태의 목소리에 열기가 띠어졌다.

"진성이처럼 닥치는 대로 덤비는 기업가는 기반이 굳지 못해서 위험하게 돼. 더구나 거침없이 조폭이나 하는 유흥업, 매춘업에 뛰어들다니."

"……."

"그놈이 리비아에서 떠들썩하게 오더를 따더니 눈에 보이는 게 없어진 거야."

그때 윤상화가 입을 열었다.

"제 앞에서 그 사람 이야기 그만 하세요."

"알았다."

바로 대답한 박윤태의 얼굴에 쓴웃음이 번졌다.

"나도 모르게 나오는구나. 네가 한때 그놈하고 같이 있었다가 나왔다는 선입견이 머리에 딱 박혀서."

"지금 나한테는 당신뿐이에요."

"알고 있어."

"회사에서 당신하고의 관계가 알려질까 봐 시간이 지날수록 조심스러워요."

"네 말대로 독립시켜줄게."

젓가락을 내려놓은 박윤태가 윤상화를 보았다.

"두 달만 참아. 두 달 후에는 계열사로 보내줄 테니까."

처음에는 이혼하고 1년쯤 기다렸다가 윤상화하고 재혼하겠다고 약속했는데 지금은 계열사 부사장급으로 보내주겠다는 것으로 바뀌었다.

그룹 주력사인 한동상사 기조실 이사에서 계열사 부사장으로 옮기는 건 수평이동이나 같다.

그때 박윤태가 손목시계를 보았다.

"우리 올라가자."

방으로 가자는 말이다.

알리카페 안.

밀실에는 조병옥이 앞에 앉은 장기수와 강용규를 번갈아 보고 있다.

장기수가 강용규를 데려온 것이다.

그러나 놀란 기색은 아니다. 차분한 표정으로 강용규에게 인사를 하더니 맥주를 시켰다.

7시, 카페 안에는 손님이 제법 있었지만 모두 대학생이다.

방음장치가 안 된 방으로 소음이 비가 새는 지붕처럼 쏟아져 들어왔는데 이것이 오히려 조병욱의 긴장감을 늦춰주었다.

강용규의 시선을 받은 조병욱이 말했다.

"제가 오전에 백기섭을 없애라는 지시를 받았습니다."

외면한 조병욱이 말을 이었다.

"성남 해결사를 자주 썼는데요, 전화를 걸었다가 보류시키고는 이렇게 만나자고 한 겁니다."

"백기섭이는 왜?"

강용규가 묻자 조병욱이 쓴웃음을 지었다.

"사장님이 백기섭하고 붙은 것을 회장이 알게 되었기 때문이죠."

강용규와 장기수가 시선을 마주쳤고 조병욱의 말이 이어졌다.

"백기섭이도 미행을 시키니까요. 아마 저도 미행이 붙었을 겁니다."

"그렇겠지."

"여기 오기 전에 신변정리 싹 하고 왔습니다. 솔직히 저도 언제부터인가 자세히 기억은 안 납니다만 언제든 뜰 준비를 해놓고 있었습니다."

"그렇구나."

"여기서 잠적하는 건 비겁하죠. 제가 무슨 죄를 지었다고 잠적합니까?"

"좋아, 나한테 와라."

강용규가 고개를 끄덕이면서 말했다.

"그렇다면 너, 나하고 같이 갈 데가 있다."

이태용이 오태곤한테 백기섭과 조병욱이 만나는 것을 보았다고 한 것은 강용규가 시켜서 한 것이다. 그것을 지금 강용규는 제 귀로 듣고 있다.

꼬리를 문 감시의 결과가 이것이다.

"가자."

강용규가 부드러운 시선으로 조병욱을 보면서 자리에서 일어섰다.

조병욱은 거물이라기보다 오태곤의 최측근으로 마약거래의 중심인물이다.

강용규가 조병욱을 데려간 곳은 소공동의 국제호텔 지하 1층에 위치한 존슨클럽이다. 이곳은 호텔 투숙객을 상대로 하는 고급 클럽으로 내국인 손님은 드물다.

호텔까지는 장기수, 오병한이 따라왔지만 로비에 남았고 클럽에는 강용규와 조병욱 둘이 들어섰다.

안쪽 방으로 앞장서 들어간 강용규가 안쪽에 앉아 있는 사내를 향해 고개를 숙여 인사를 했다. 안쪽에는 두 사내가 앉아 있다 하나가 일어섰고 다른 하나는 고개만 끄덕여서 인사를 받는다.

조병욱은 그 사내가 보스라는 것을 직감으로 느꼈다.

그때 강용규가 조병욱에게 말했다.

"인사해라. 사장님이시다."

사내의 시선을 받은 조병욱이 허리를 기억자로 꺾었다.

"조병욱입니다. 뵙게 되어서 영광입니다."

저절로 말이 그렇게 나와 버렸다.

오태곤의 비서실 차장이라는 간판을 달고 있었지만 경호원, 마약 조제 책임자, 마약 도매상 연결, 주요 인물 감시가 주 임무였다.

그때 사내가 고개를 끄덕였다.

"내가 진성이다. 잘 왔다."

순간 조병욱은 코 안이 매워지면서 눈이 뜨거워졌다. 감동한 것이다.

진성의 옆에 서 있는 사내는 박충식이다.

자리에서 일어선 진성이 조병욱에게 악수를 청했다. 이윽고 조병욱이 자리에 앉았을 때 진성이 말했다.

"앞으로 밝은 세상에서 함께 살자."

그러고는 진성이 조병욱에게 술잔을 내밀더니 술을 따라 주었다.

조병욱이 잔에 채워진 위스키를 두 손으로 받들고 마시는 것이 꼭 사약을 마시는 충신처럼 비장한 모습이다. 조병욱이 사약을 마신 잔을 내려놓았을 때 진성이 자리에서 일어서면서 박충식과 강용규를 번갈아 보았다.

"그럼 셋이 이야기해."

"옛."

박충식과 강용규가 벌떡 일어났고 조병욱도 따라 일어서서 진성의 등에 대고 절을 했다.

진성이 방을 나갔을 때 강용규가 웃음 띤 얼굴로 말했다.

"이것이 보스 스타일이야. 나도 이제야 제대로 된 회사생활을 하는 것 같다."

박충식이 웃기만 했고 강용규가 앞에 놓인 제 잔에 술을 채웠다.

"보스 말씀처럼 밝은 세상에서 우리 함께 살자."

그때 박충식이 조병욱을 보았다.

"보스께서 널 만나보고 싶다고 하신 건 네가 오태곤파에서 가장 중요한 인물이기 때문이야."

"맞다."

강용규가 고개를 끄덕였다.

"오늘부터 오태곤파는 허물어지기 시작할 거다."

한 모금 술을 삼킨 강용규가 번들거리는 눈으로 조병욱을 보았다.

"너는 시간을 잘 선택한 거다."

그때 박충식이 벨을 누르자 곧 이창배가 문을 열고 들어섰다.

"들어오라고 해."

박충식이 말하자 이창배가 방을 나가더니 다시 문이 열렸다.

순간 조병욱이 숨을 들이켰다.

방으로 들어선 사내가 오성건설 자재부의 이태용이다. 이태용이 자재부장 백기섭의 측근이며 감사팀인 것은 안다.

이태용이 힐끗 조병욱을 보더니 눈인사만 하고 앞쪽 자리에 앉았다.

강용규가 이태용에게 술잔을 내밀며 말했다.

"내가 태용이를 오라고 했어."

조병욱의 시선을 받은 강용규가 말을 이었다.

"태용이한테 직접 들어봐라."

그때 이태용이 웃음 띤 얼굴로 말했다.

"내 역할은 백 부장의 감시였어. 자금, 행동에 이상이 있으면 바로 직보하는 것이었지."

이태용이 똑바로 조병욱을 보았다.

"그러다가 어제 회장이 다른 업무를 주더군. 너를 24시간 감시하라는 거야. 용역비를 선금으로 5백을 받았어."

조병욱의 얼굴에 쓴웃음이 번졌다.

"5백 벌었군."

"난 며칠 더 버틸 거야. 백 부장하고 손발을 맞춰야 할 일이 있거든."

이태용의 말을 박충식이 받았다.

"백기섭하고 이태용이 오태곤의 비자금을 빼낼 거다. 이미 오태곤이 안전장치를 해놓았지만 파리에서 환전한 자금 일부는 빼낼 수가 있다는군."

"백기섭이 돌아서셨습니까?"

이제는 조병욱도 끌려들었다.

"오태곤이 저를 죽이려고 해결사를 쓴 걸 압니까?"

박충식에게 물었더니 강용규가 웃으며 대답했다.

"그건 네가 말해줘야지."

"이런, 참."

조병욱이 허탈하게 웃었다.

"내가 그 이야기를 해줘야 한다니요?"

"그렇게 말하면 내가 할 말이 없지."

이태용이 쓴웃음을 짓고 말했다.

"오태곤한테 백기섭이 여기 있는 강 사장님을 은밀하게 만난다고 직보한 것이 나였거든."

입만 딱 벌린 조병욱에게 이태용이 말을 이었다.

"그랬더니 오태곤이 너한테 백기섭을 죽이라고 한 거지."

"병 주고 약준 셈이군."

"거기에다 약값으로 엄청나게 뜯어낼 테니까."

강용규가 말을 받았다.

"내가 이태용이한테 시킨 거야."

이제는 강용규도 정색했다.

"이게 모두 오태곤의 업보다. 아무도 믿지 않은 대가를 받는 거다."

"어서 오시오."

방으로 들어선 진성을 오정호가 맞는다. 활짝 웃는 얼굴.

오정호는 오늘 말끔한 양복 차림이다.

오후 10시.

이곳은 이태원의 요정 남원옥의 방 안.

이미 방 안에는 교자상에 산해진미가 놓였고 아가씨 둘이 대기하고 있는 상황이다. 물론 진성의 파트너는 혼자 기다렸고.

오정호는 상석을 비워두고 앉아 있었기 때문에 진성이 자리를 바꾸자고 고집을 부렸고 결국 오정호가 상석에 앉았다.

오늘은 오정호의 서울청장 취임 축하연 겸 장래의 계획을 이야기하는 자리다.

오정호가 만나자고 한 것이다.

이곳은 오태곤파도 최기동파도 손을 대지 못한 영역이다.

32년 전통을 가진 한정식 요정 남원옥의 유정순 대표는 72세.

40세에 남원옥을 설립했다. 정권이 6번 바뀌는 동안에도 남원옥은 정재계 거물들의 밀회장소로 이용되어 온 것이다.

오정호는 이곳에 서너 번 출입했기 때문에 유정순 대표와 안면이 있다고 했다. 남원옥에 예약한 것도 오정호다.

그때 오정호가 눈짓을 하자 여자들이 일어나 소리 없이 방을 나갔다.

진성은 옆에 앉았던 그림처럼 아름다운 여자와 이야기도 한 마디 못했다.

오정호가 자리를 고쳐 앉더니 진성을 보았다.

"제가 이곳에 사장님을 모신 이유를 말씀드리지요."

오정호가 말을 이었다.

"이 방에 역대 국무총리, 대통령이 앉아 있었습니다. 대통령이 2명, 국무총리가 4명이 지나간 방입니다."

"……"

"몇 십 년 후에 대통령, 국무총리가 몇 명 추가되겠지요. 그만큼 이곳이 정관계 고위직들의 비밀회동 장소이니까요."

"기념사진이라도 몇 장 찍을까요?"

진성이 웃음 띤 얼굴로 물었지만 오정호의 얼굴은 풀리지 않았다.

"사장님이 도지유통으로 사업을 벌이신 그다음 단계의 계획이 있어야 합니다."

"……"

"낮에 이어서 밤, 그다음은 다른 차원의 계획이 있어야 합니다."

"……"

"무슨 말씀인지 아실 겁니다."

그러고는 오정호의 눈빛이 강해졌다.

"저는 사장님의 뒤를 밀어드릴 계획입니다. 이번에 그렇게 결심했습니다. 썩은 물을 갈아엎고 새 세상을 만드는 데 사장님을 내세우자고."

오정호의 두 눈이 번들거리고 있다.

남원옥 대표 유정순이 방으로 들어섰을 때는 그로부터 10분쯤 후다.

유정순을 본 오정호가 벌떡 자리에서 일어섰기 때문에 진성도 일어서서 유정순을 맞는다.

유정순은 가볍게 화장을 했을 뿐이어서 얼굴의 주름살이 다 드러났다.

그러나 갸름한 얼굴에 눈이 맑은 미인이다. 곧은 콧날, 입은 굳게 다물었고 진남색 한복을 입었는데 키도 컸다.

"어서 오십시오, 대표님."

오정호가 허리를 굽혀 인사를 하자 유정순이 환하게 웃었다.

"축하드려요, 청장님."

"모두 후원해주신 덕분입니다."

"아니, 그건 여기 계신 사장님 덕분이죠."

유정순이 웃음 띤 얼굴로 진성을 보았다.

"안녕하세요, 사장님."

"처음 뵙습니다."

진성이 고개를 숙였더니 유정순이 대뜸 손을 쥐었다. 그러고는 지그시 진성을 올려다보았다.

웃음 띤 얼굴이었지만 눈빛이 강했다.

유정순의 말랑하고 따뜻한 손이 진성의 손을 조금 강하게 쥐고 있다. 그렇게 3초쯤 지난 것이 꽤 오랜 시간처럼 느껴졌다.

이윽고 유정순의 눈빛이 부드러워지면서 손도 떼었다.

셋이 자리에 앉았는데 유정순의 자리는 옆쪽으로 둘을 좌우로 바라보는 위치다.

그때 유정순이 진성에게 말했다.

"사장님, 자주 들러주세요."

"예, 대표님."

진성이 건성으로 대답했더니 유정순이 불쑥 물었다.

"서쪽에서 온 여자는 아직 만나시지 않았지요?"

"네?"

진성의 시선을 받은 유정순이 천천히 고개를 끄덕였다.

"만나시기 전에 나한테 연락을 하세요. 긴장을 풀어드릴 테니까요."

"아유, 감사합니다, 유 대표님."

그렇게 대신 인사를 한 것이 오정호다.

오정호가 좋아 죽겠다는 표정으로 유정순을 보았다.

"유 대표께서 그렇게 말씀해주시니까 제가 날아갈 것 같습니다."

"오 청장님도 안목이 높으세요."

이제는 유정순이 오정호에게 말했다.

"두 분의 인연이 참 좋아요. 그럼, 다음에 뵙지요."

유정순이 자리에서 일어섰기 때문에 이번에는 진성이 먼저 일어섰다.

방에 둘이 남았을 때 오정호가 말했다.

"유 대표는 좀처럼 누구를 초대하는 분이 아닙니다. 전의 백 대통령도, 윤 대통령도 초대를 받지 않았습니다."

"어떻게 그렇게 잘 아십니까?"

"이 집이 정관계 인사들에게는 전설 같은 장소거든요. 전설이 내려옵니다."

방 안을 둘러보는 시늉을 한 오정호가 말을 이었다.

"유 대표는 사람을 보는 신통력이 있다고 합니다. 젊었을 때 무당이었다는 말도 있고 여승이었다고도 하지만 내가 누굽니까? 경찰 아닙니까? 정보통이죠."

오정호의 얼굴에 웃음이 떠올랐다.

"유 대표는 서울대 영문과를 졸업하고 옥스퍼드에서 철학박사 학위를 받은 후에 귀국해서 5년 동안 절에서 수행을 했습니다. 그리고는 33세 때 정심사라는 철학관을 세워 '유영'이라는 이름으로 관상, 사주를 봐주다가 40세 때 이 남원옥을 인수해서 경영해왔지요."

"······."

"그리고 나서 이곳이 대통령과 고위 공직자, 국회 중진이 탄생하는 산실이 된 겁니다."

술잔을 든 오정호의 목소리에 열기가 띠어졌다.

"이곳은 회원제도 아닌 예약제인데 예약을 하지 않으면 들어오지 못합니다. 그리고 예약을 해도 아무나 손님으로 받지 않습니다. 유 대표가 허락을 해야지요."

"이런 곳도 있었군요."

"유 대표가 사람을 보고 허락하는데 며칠이 걸립니다. 그러니까 최소 1주일 전에는 예약을 해야 되는데 난 어제 예약을 한 겁니다."

오정호의 얼굴에 다시 웃음이 떠올랐다.

"진 사장님을 유 대표한테 보여주고 싶다는 생각이 떠올랐거든요. 그런데 하루 만에 이곳에서 연락이 오더군요."

"청장님 덕분이죠."

"동반자 이름도 알려줘야 하거든요. 인적사항까지 다 보내줘야 합니다."

진성이 고개를 끄덕였다.

들을수록 신비스러운 느낌이 든다. 만일 이것이 장삿속이라면 기가 막힌 상술이다.

장안의 고관갑부들이 돈을 싸들고 들어오려고 줄을 서지 않는가?

오태곤이가 1백 명 있어도 못 당한다.

조폭의 위세? 이곳에 드나드는 고위층 하나가 뒷발질만 해도 박살난다.

택시에서 내린 백기섭이 비틀거리며 아파트 정문으로 들어섰을 때다.

옆으로 두 사내가 다가오더니 팔짱을 끼었다.

"어?"

놀란 백기섭이 머리를 들었지만 곧 뒷머리에 강한 충격을 받고 사지를 늘어뜨렸다.

양쪽에서 팔을 쥔 두 사내가 술 취한 동료를 끌고 가는 것처럼 도로가에 세워둔 승합차로 다가갔다.

오가는 행인이 드문드문 있었지만 깊은 밤, 술 취한 행인이 둘 중 하나다.

승합차에 탄 셋은 곧 아파트 정문을 떠났다.

한 시간 쯤 후에 백기섭은 단독주택의 응접실에 끌려와 있었는데 사내들은 백기섭을 소파에 앉혀놓고 사라졌다.

이곳이 어딘지 분간이 안 되었지만 백기섭은 평정을 찾아가고 있다.

자재부장 타이틀을 갖고 주로 자금을 맡아온 백기섭이다. 눈치가 빠르고 배짱도 두둑해서 오태곤의 신임을 받는 최측근이 되어온 것이다.

납치범들이 누군지는 알 수 없지만 죽이지는 않을 것 같다는 확신이 슬슬 굳어지는 참이다.

그래서 응접실의 가구를 둘러보고 있을 때 문이 열렸다.

그 순간, 백기섭이 숨을 들이켰다.

조병욱이 들어섰기 때문이다.

시선이 마주쳤을 때 백기섭이 엉거주춤 일어서면서 물었다.

"어떻게 된 거야?"

그때 조병욱이 앞쪽 자리에 앉으면서 말했다.

"자리에 앉아. 지랄하지 말고."

"아니, 너……."

"이쯤 됐으면 눈치 못 채냐?"

조병욱이 짜증난 표정으로 물었다.

"너, 대그빡 굴리는 선수 아녀?"

백기섭이 서열은 한참 위지만 지금은 상황 따질 입장이 아니다.

어깨만 부풀렸다가 내린 백기섭에게 조병욱이 말했다.

"먼저 이걸 들어봐."

조병욱이 주머니에서 소형 녹음기를 꺼내더니 탁자 위에 놓았다.

"이게 세 시간쯤 전에 내가 회장한테 전화 보고를 한 거다."

버튼을 누른 조병욱이 정색하고 백기섭을 보았다.

"회장 목소리 잘 알지?"

그때 녹음기에서 먼저 조병욱의 목소리가 울렸다.

"회장님. 지금 백기섭의 아파트 앞에서 기다리고 있습니다."

"그래?"

오태곤의 목소리.

"성남 애들한테 시키지 않은 거냐?"

"시켰습니다. 하지만 제가 뒤에서 감시하는 겁니다."

"그놈 아직 안 왔어?"

"예, 회장님."

"한 시간쯤 전에 나한테 전화를 했어. 일 끝냈다고. 그러니까 곧 들어갈
꺼다."

"무슨 일 시키셨습니까?"

"음, 그놈이 의심하지 않도록 뭘 확인시킨 거다."

"회장님, 백기섭을 죽이는 게 쉽다네요. 뒷머리를 쳐서 뇌사 상태로 만드
는 게 굉장히 어렵다고 합니다."

"그건 나도 알아, 새끼야."

혀 차는 소리를 낸 오태곤이 뱉듯이 말했다.

"그럼 죽여. 강도 소행으로 만들고."

그때 조병욱이 버튼을 눌러 녹음기를 껐다.

방 안에 잠깐 정적이 덮였다.

백기섭은 녹음기를 노려보고 있었는데 눈동자가 쉴 새 없이 흔들렸다. 어금니를 꾹 물었다가 심호흡을 여러 번 하더니 이윽고 고개를 들고 조병욱을 보았다.

"그래서?"

조병욱이 시선만 받았더니 백기섭이 다시 물었다.

"그래서 어쩌라고?"

과연 머리 회전이 빠른 백기섭이다.

오태곤이 자신을 죽이려는 이유 따위는 생략해버린 것이다.

흐른 물은 다시 돌아올 수 없다는 진리를 안다.

다음 날 아침.

오태곤이 양치질을 할 때 전화벨이 울렸다.

벽시계를 보았더니 오전 7시 반이다.

전화기를 든 오태곤이 응답했을 때 조병욱의 목소리가 울렸다.

"일 잘 끝냈습니다."

"그래, 수고했다."

"전 오늘 마무리 때문에 밖에서 보고하겠습니다."

"알았다."

전화기를 내려놓은 오태곤의 가슴이 홀가분해졌다.

조병욱은 시킨 일은 깔끔하게 처리하는 놈이다.

오전 8시.

천동민이 김국청의 전화를 받는다.

김국청은 메신저 역할로 천동민에게 오태곤파를 연결시켜주는 역할을 한다.

"천 선생, 조병욱이 좀 보자고 합니다."

김국청의 목소리가 먼 곳에서 울리는 것 같다. 국제전화이기 때문이다.

김국청은 지금 베이징에 있다.

조병욱이 베이징의 김국청에게 연락해서 천동민을 보자고 한 것이다.

"알았습니다."

"전화번호를 불러주던데 적어보시오."

천동민은 김국청이 불러주는 전화번호를 적었다.

이렇게 오태곤파와 연락을 하는 것이다.

천동민의 목소리를 들은 조병욱이 전화기를 고쳐 쥐고 말했다.

"천 선생, 오후 7시에 마포 칼튼호텔 뒤쪽 일식당 오사카에서 뵙지요."

"좋습니다."

천동민이 바로 대답하더니 물었다.

"다음 달 오더가 결정된 겁니까?"

"예, 조건까지 상의하십시다."

"알겠습니다."

천동민이 먼저 통화를 끝냈을 때 조병욱이 옆에 선 박충식에게 말했다.

"내가 가장 바쁘네요."

"오늘 저녁까지만 수고해라."

박충식이 웃음 띤 얼굴로 말을 이었다.

"그러고 나서 넌 나하고 같이 뛰는 거야."

"형님 직속이란 말입니까?"

"도지무역 비서실 소속이 된다는 거다."

이곳은 경동호텔의 라운지 안이다. 도지유통의 강북사업장 소속이다.

박충식이 말을 이었다.

"네가 비서실에서 오태곤이가 했던 일을 하는 거지."

조병욱이 입을 딱 벌렸다.

알 것 같으면서도 모를 때 이런 얼굴이 되는가 보다.

"출발하겠습니다."

도지무역의 회의실 안.

장방형 테이블의 앞쪽에 앉은 9명의 사내 중심에서 윤기백이 말했다.

모두 단정한 양복 차림에 건장한 체격, 전직 경찰로 구성된 베트남 파견대다.

앞쪽에는 진성과 이동철, 정수연, 민성희까지 도지무역의 간부들이 앉아 있다.

그때 진성이 고개를 끄덕였다.

"목표는 전 부장 구출이야. 베트남 사업을 철수해도 되고 지금까지의 투자가 다 손실처리로 없어져도 돼. 전 부장만 구해내 오도록 해."

"예, 사장님."

윤기백이 대답했고 진성이 덧붙였다.

"무엇이건 다 지원해주겠어. 그리고 당신들은 도지무역의 사원들이야. 사고가 났을 때 회사 차원의 보상은 물론 특별수당까지 지급될 것이다."

이제는 베트남 사업보다 전경문의 구출이다.

전경문의 구출을 위해서는 지금까지의 베트남 투자는 다 무효가 되어도 좋다는 각오다.

오후 6시 반.

오성건설의 회장실.

퇴근 준비를 하던 오태곤이 비서실의 전화를 받는다.

"회장님, 파리 제4은행인데요."

오태곤은 두말 않고 전화기를 귀에 붙였다. 오태곤의 해외 비자금 관리 은행 중 하나다.

그때 사내의 목소리가 울렸다. 한국말.

한국인 담당 이사 앙드레 박이다.

"회장님, 안녕하십니까?"

"아, 박 이사, 오랜만이오."

"거기는 오후 6시 35분이겠지요?"

"아, 거긴 오전 10시 35분인가?"

"그렇습니다. 회장님이 저 출근하기를 기다리셨던 모양이지요?"

"무슨 말이오?"

"10분 전에 처리했습니다. 미스터 백한테 연락했고 이제 회장님께도 보고를 드리는 겁니다."

"뭘 처리했는데?"

"말씀하신 계좌이체 말씀입니다."

"계좌이체?"

"제4은행에 남아 있던 회장님 자금 1천2백만 불을 지시하신 은행으로 옮겼습니다. 확인해보시지요."

"뭐? 1천2백만 불을 누가?"

오태곤이 소리치자 앙드레 박도 주춤하더니 되물었다.

"누구라니요? 미스터 백한테 계좌 이체하라고 시키지 않으셨습니까?"

"난 그런 일 없어!"

"그게 무슨 말씀입니까? 미스터 백의 주문은 하자가 없었고 우리도 규정대로 보냈을 뿐입니다."

"그, 그건⋯⋯."

"확인해보시지요. 전화 끊겠습니다."

전화기를 내려놓은 오태곤이 인터폰을 눌렀다.

비서가 대답하자 고래고래 스피커에 대고 소리쳤다.

"조병욱이를 찾아! 이태용이도!"

백기섭은 부를 수가 없다, 정상적인 상황이라면 성남 해결사한테 죽었을 테니까.

5장
한 걸음 더

"터졌군."

조병욱이 쓴웃음을 짓고 말했다.

"오태곤이 날 찾고 난리야."

오후 7시, 일식당 오사카로 들어서면서 조병욱이 말을 이었다.

"오늘까지는 바빠 죽겠구나."

"바쁜 게 좋은 거야."

옆을 따르면서 장기수가 말했다.

오늘은 장기수가 조병욱의 짝이 되었다. 짝 겸 보디가드다.

방 안에는 천동민이 먼저 와 있었는데 조병욱을 보더니 자리에서 일어섰다.

"조 차장님이 바쁘십니다."

조병욱의 손을 쥔 천동민이 생각 없이 말했다.

"내가 보기에는 조 차장님이 가장 바쁘신 것 같아."

"맞습니다."

조병욱이 자리에 앉으면서 웃었다.

"이렇게 만나서 물량 결정하고 가격 흥정하지, 받아서 재가공하지, 도매상들한테 나눠주지, 돈 입금 확인하지, 정신없지요."

"과연."

고개를 끄덕인 천동민이 조병욱의 잔에 맥주를 따랐다. 천동민이 맥주를 시켜 놓고 있었던 것이다.

그때 종업원이 들어와서 주문을 받고 나갔다.

술잔을 든 천동민이 지그시 조병욱을 보았다.

"이번에 도매상 하나 검거된 거 이상 없겠지요?"

"아, 물론이죠."

"위에서 걱정을 많이 하고 계십니다. 더구나 지난번 미행까지 붙어서 말입니다."

조병욱이 잠자코 맥주를 삼켰고 천동민이 말을 이었다.

"도지유통이 기반을 굳히는 것 같던데, 어떻게 생각하십니까?"

"곧 정리될 겁니다."

"괜찮다면 말씀해주시죠. 우리하고 오 회장님 사이는 형제 사이나 같지 않습니까?"

"그렇죠."

"제가 며칠 정보를 모았더니 강용규란 영업담당 부사장도 도지 쪽으로 옮겼다고 하던데요. 감시 역으로 붙인 경호원까지 데리고 말입니다."

"……."

"그 강용규가 도지유통 강남사업부 사장이 되었다면서요? 그건 다 아는 사실이던데요."

174

"……."

"도지무역, 도지유통 사장이 거물이라고 하던데. 이건 소문입니다
만……."

그때 조병욱이 말했다.

"맞습니다. 거물이시죠."

천동민이 눈만 껌벅였고 조병욱의 말이 이어졌다.

"지금 오태곤파는 붕괴되기 직전이죠. 심복이라고 믿었던 부하들이 모
두 배신 때리고 나가는 상황이니까요."

"……."

"심복이라고 믿었던 것도 아닙니다. 못 믿고 감시를 붙이고 그 감시에 또
감시를 붙이는 상황이었으니까요."

"……."

"그러다 그중 하나가 떼어지니까 주르르 떨어져 나가게 되었습니다."

그러고는 조병욱이 얼굴을 일그러뜨리고 웃었다.

"나도 오늘 자로 오태곤파를 나왔습니다. 아마 내일 아침이면 오태곤 씨
가 나를 잡으려고 하겠지만. 글쎄요. 행동대도 잘 움직이지 않을 겁니다."

"아니, 잠깐."

천동민이 손을 들어 조병욱의 말을 막았다.

"조 차장님, 내가 지금 정신이 없어서, 천천히 말해주시죠. 방금 오태곤
회장과 결별했다는 말씀을 한 겁니까?"

"예."

어깨를 세운 조병욱이 똑바로 천동민을 보았다.

"도지유통으로 옮겨왔습니다."

"……."

"도지유통의 비서실 소속이 되었지요. 그리고 마약 유통 업무의 책임자가 된 겁니다."

"……."

"앞으로 오태곤한테 넘기던 마약을 제가 받아도 되겠지요?"

그랬더니 천동민이 숨부터 들이켰다.

앞에 앉아 있는 배창수의 표정은 차분했다.

방금 오태곤이 고래고래 고함을 치고 나서 잠깐 숨을 돌리고 있는 참이다.

이곳은 오성건설 회장실 안, 오후 7시 반.

배창수의 주위에는 오태곤파의 간부들이 둘러앉아 있다.

남은 간부들이라고 해야 맞겠다.

고문 겸 룸살롱, 카페 담당 영업부 사장이 되어 있는 배창수가 그중 가장 선임이고 5명 부사장 중에서 셋이 벌려 앉았다.

행동대장을 겸하고 있던 부사장 전기철은 피살되었고 이제 자재부장이었던 백기섭도, 차장 겸 최측근이었던 조병욱, 자재부 팀장 이태용도 자취를 감췄다.

지금 둘러앉은 10여 명은 평소에 일주일에 한 번이나 겨우 오태곤의 얼굴을 볼 정도였으니 이름도 잊어먹을 정도의 간부들이다.

"잡아 와!"

오태곤이 다시 악을 썼다.

"백기섭! 조병욱! 강용규! 그리고 이태용도!"

오태곤이 주먹까지 흔들었다.

얼굴이 붉게 달아올랐고 입가에 게거품이 부풀어 올랐다. 추하다.

배창수가 어깨를 늘어뜨리면서 길게 숨을 뱉었다.

오태곤의 가오는 어디로 갔는가? 이제 내리막길이 보이는구나.

"결정을 내려주셔야 되겠습니다."

보고를 마친 천동민이 앞에 앉은 유자양과 황천을 번갈아 보았다.

장충동의 저택 안.

천동민이 조병욱과의 회담 내용을 보고한 참이다.

그때 고개를 든 황천이 쓴웃음을 띤 얼굴로 유자양을 보았다.

"별로 나쁜 소식은 아닌 것 같습니다, 고문님. 일단 회장께 보고를 하시지요."

유자양이 고개를 끄덕였다.

"근데 좀 놀랍네요. 오태곤파가 이런 식으로 갑자기 흔들리다니요."

"오태곤의 지도력에 문제가 있는 것입니다."

황천이 둥글게 얼굴을 펴고 웃었다.

"부하를 믿지 못하는 지도자는 결국 부하에게 배신을 당한다는 사례가 되겠습니다."

"혹시 늑대 피하려다가 범 만나는 것이 아닐까요?"

유자양이 묻자 황천이 고개를 끄덕였다.

"진성이 오태곤보다 그릇이 크고 교활한 인물인 것은 사실인 것 같습니다. 하지만 잘 이용하면 지금보다 훨씬 사업이 확장될 수도 있겠지요."

"이것이 함정일 가능성은?"

"그것도 고려해 봐야지요."

황천이 말을 이었다.

"내가 여기 온 이유가 바로 그것입니다."

박충식한테서 보고를 받은 진성이 고개를 들었다.

오후 8시 반.

차는 강남대로를 달려가는 중이다.

"좋아, 마약 공급자가 서울에 있는 모양이니까 만날 약속이 되면 네가 조병욱하고 같이 만나도록."

"예, 사장님."

옆자리에 앉은 박충식이 진성을 보았다.

"잘못하면 내가 마약 수입상이 되는 상황이다. CIA가 중국산 마약을 가져간다니까 그 통로 역할을 하는 것이고."

잠깐 말을 멈춘 진성이 쓴웃음을 지었다.

"내가 오태곤의 마약 수입을 막고 끝내 버린다면 삼합회 놈들은 틀림없이 다른 수입처를 찾아낼 테니까."

"그렇습니다."

박충식이 번들거리는 눈으로 진성을 보았다.

"가져갈 놈들은 얼마든지 있습니다."

"하지만 CIA가 하자는 대로 하지는 않을 거야."

진성의 얼굴에 웃음이 떠올랐다.

"지금은 CIA의 도움을 받지만 그들 장사를 시켜줄 생각은 추호도 없다, 내가 주도권을 쥘 테니까."

"알겠습니다. 따르겠습니다."

박충식이 머리를 끄덕였다.

얼굴에 진심이 가득 담겨 있다.

오정호가 들어서는 장석환을 보고 자리에서 일어섰다.

"어서 오십시오, 위원장님."

"아이구, 제가 늦었죠?"

오후 8시 45분.

장석환은 약속 시간보다 15분이 늦었다.

국회 내무위원장 장석환이 서울경찰청장 오정호보다 윗선이라는 표시다.

하급자가 절대로 늦을 수는 없다.

오정호가 미리 회에 술까지 시켜놓았기 때문에 장석환은 젓가락만 들면 되었다.

장석환은 어디서 1차를 마셨는지 얼굴에 취기가 오른 상태.

소주를 한 잔씩 마신 후에 장석환이 승진 축하 인사를 끝내고 바로 본론에 들어갔다.

각진 얼굴, 정가에서는 장석환이 불독으로 통한다.

"그런데 오 청장님."

"예, 위원장님."

장석환이 지그시 오정환을 보았다.

"제가 요즘 이상한 소문을 들어서요."

"위원장님께서야 원체 국내 정보에 훤하시니까요. 그런데 무슨 소문입니까?"

"도지무역 아시지요?"

"압니다."

"거기 진성 사장도 아십니까?"

"모릅니다."

정색한 오정호가 고개까지 저었다.

"제가 알 리가 있습니까? 저하고 전혀 연관이 없는 사람인데요."

"허어."

장석환이 혀를 찼다.

"천하의 정보국장 출신인 청장님이 진성이가 어떤 인물인지를 모르시다니. 등잔 밑이 어둡구면."

"알려주시지요."

"그 친구가 지금 엄청난 자금을 투자해서 서울 부동산을 매입하고 있어요. 그것도 조폭 소유의 유흥 업체를 말입니다."

"허어."

"도지유통이라는 유통관리 회사를 세웠는데 그 회사가 소유한 부동산, 유흥업체의 시가가 7백억이 넘는다는 겁니다."

"어이구, 설마."

이제는 정색한 오정호가 장석환을 보았다.

"근데 탈세나 불법 행위가 있다는 정보를 갖고 계십니까?"

"아이구, 참."

장석환이 이맛살을 찌푸렸다.

"털면 먼지 안 나오는 회사가 어디 있습니까? 더구나 대규모 유흥업체를 소유한 유통회사인데 말요."

"알겠습니다."

"검찰이 손대기 전에 먼저 수사하시는 게 나을 겁니다."

"알겠습니다."

"내가 신임 서울청장께 첫 선물을 드린다고 생각하시고."

"감사합니다."

오정호가 술잔을 들어 올리면서 고개를 숙여 고맙다는 표시를 했다.

다음 날, 오전 10시.

진성이 직통전화를 받는다. 발신자는 오정호다.

도지무역 사장실 안이다.

인사를 마친 오정호가 바로 말했다.

"진 사장님, 어제 내가 내무위원장 장석환 씨를 만났는데 말입니다."

오정호가 장석환이 말한 내용을 죽 이야기를 해주고 나서 불쑥 물었다.

"한동그룹의 박윤태 부사장하고 무슨 악연이 있습니까?"

"왜 그러시죠?"

"장석환이 도지유통을 까는 이유가 뭔가 하고 정보를 모았더니 박윤태가 후원자더군요. 박윤태하고 자주 만납니다. 그리고 3일 전에 박윤태 비서가 장석환 의원실에 도지유통 자료를 건네주었더군요. 장석환 의원실에서 알아낸 정보입니다."

오정호의 목소리에 웃음기가 띠어졌다.

"어제 장석환은 박윤태의 부탁을 받고 도지무역과 진 사장님을 수사하라고 저한테 압력을 넣은 겁니다."

"어떻게 할까요?"

"당분간은 제가 수사하는 시늉을 하다가 방법을 찾는 게 낫겠습니다."

"알겠습니다."

"앞으로 이런 일이 자주 생길 테니까 미리 연습하는 셈 치세요."

"감사합니다."

"뜯어 고쳐야 됩니다."

오정호가 굳은 목소리로 말하고는 통화를 끝냈다.

전화기를 내려놓은 진성의 얼굴에 쓴웃음이 번졌다.

박윤태의 배후에는 윤상화가 도사리고 있는 것이다. 윤상화가 시킨 것일까?

아니면 리비아에서 당한 굴욕을 회사 차원에서 앙갚음하려는 것인가?

어쨌든 재벌 3세라는 박윤태가 진성의 전면에 등장한 셈이다.

"사장님, 남원옥이란 곳에서 전화가 왔는데요."

민성희가 들어와 말했기 때문에 진성이 고개를 들었다.

오후 3시 반.

11시쯤 진성이 직접 남원옥에 전화를 걸어서 오늘 저녁을 예약했던 것이다.

"내가 받을게."

진성이 말하자, 민성희가 전화기 버튼을 눌러 연결시켜 주고는 방을 나갔다.

진성이 전화기를 귀에 붙였다.

"예, 진성입니다."

"사장님, 잠깐만 기다리세요."

저쪽에서 여자 목소리가 들리더니 곧 유정순이 나왔다.

"아, 진 사장님."

"예, 오늘 저녁에 뵙고 싶어서요."

"그러세요. 내가 기다리고 있을게요."

"8시쯤 가면 되겠습니까?"

"그러세요."

"감사합니다."

전화기를 내려놓은 진성이 심호흡을 했다.

유정순의 남원옥 쪽은 신세계다. 그곳은 공작과 정치가 난무하는 세상이다.

오히려 오태곤파, 허기욱파 칼부림을 하는 세상보다 더 음침하고 더 교활하며 더 처절한 세상이 될 것이다. 칼에 찔려 죽는 것보다 더 비참하게 당하는 세상이 있는 것이다.

그곳에서 만날 유정순이 호의적이다.

대통령을 둘 배출했다던가? 믿기지는 않지만 배울 것이 많은 여자다.

지금까지 토정비결 한 번 본 적이 없던 진성이다. 그래야 세상을 폭 넓게 이해할 것 같았으니까.

서울호텔 지하 1층의 카페로 들어선 배창수가 곧장 안쪽 방으로 들어섰다.

"어서 오시오."

안에서 맞는 사내는 강용규. 얼굴에 웃음을 띠우고 있다.

오후 5시.

서울호텔은 전체가 오태곤 소유로 건물 안의 모든 영업장을 대리인이 운영한다. 카페도 마찬가지.

그곳에 강용규가 떡 들어와 기다리고 있는 것이다.

배창수가 앞쪽에 앉더니 헛웃음을 지었다.

"이제 끝났군."

"진즉 끝날 수도 있었죠. 인천으로 헤로인 들고 온 날 말입니다."

"그런가?"

"그때 헤로인 전달자 추적할 것 없이 그냥 오태곤이를 잡아도 되었습니다."

그때 배창수가 방 안을 둘러보는 시늉을 했다.

"여긴 어떻게 들어온 거야?"

"이 카페 바지사장을 끌어들였지요. 우리하고 같이 일하기로 했습니다."

"여기 애들은?"

"마찬가지로 도지유통에 입사했습니다."

배창수가 입맛만 다셨고 강용규가 말을 이었다.

"여기 나이트 지배인 정동국이도, 영업부장 박찬호도 어제 입사했구요."

"그래서 이렇게 제 집처럼 들어왔군."

"그런데 형님."

정색한 강용규가 배창수를 보았다.

"조병욱이, 백기섭이, 이태용이까지 빠져나간 거 아시죠?"

"그것 때문에 난리 아냐?"

"조금 전에는 김동표하고 강혁이가 오겠다고 연락이 왔더군요."

"망했어."

"형님도 그만두시지요."

"내가 오태곤이 불쌍해서."

"참, 나"

쓴웃음을 지은 강용규가 배창수를 보았다.

"형님, 오태곤이는 내일 체포됩니다."

"내일?"

"도병만이가 진즉 불었는데 지금까지 정리하고 있었던 겁니다. 영장도 떨어졌어요."

"으음."

"형님이 도지유통의 고문이 되시죠. 김덕무 관리사장의 고문이 되시면 지금보다 열 배는 비중 있는 일을 하시게 될 겁니다."

184

"내가 그럴 자격이 있나?"

"형님이 앞으로 하시는 일에 달렸지요."

"그럴 줄 알았어. 뭔데?"

"내일 오태곤이 체포되면 형님이 오태곤파의 회장 업무 대행이 되실 겁니다. 반대하는 놈들은 우리가 손을 쓸 테니까 말씀이죠."

"으음."

"그때 오태곤 사업장을 인수하는 겁니다. 이미 대가리가 없어졌으니까 바지사장들한테 좀 쥐어주면 명의 바로 바꿔줄 겁니다. 오태곤이가 해먹던 방법을 우리가 써먹는 것이지요."

"으음."

"오태곤이는 마약사범에 세금포탈, 살인교사로 학교 가서 나오지 못합니다. 알고 계시지 않습니까?"

"알았어."

마침내 배창수가 고개를 들고 말했다.

"해 보자고."

오후 8시.

진성이 남원옥의 방 안으로 들어서자 기다리고 있던 여자 하나가 일어섰다.

"어서 오세요."

여자의 나긋나긋한 목소리를 들으면서 진성이 숨을 들이켰다.

반짝이는 검은 눈동자가 웃음을 머금고 있다.

분홍색 한복을 입었지만 가는 허리에 큰 키, 갸름한 얼굴에 흰 피부, 머리는 뒤로 묶어서 올렸기 때문에 사슴처럼 긴 목이 드러났다. 물속의 연꽃

185

같은 미모.

"제가 마담 중 하나인 이서영이라고 합니다."

"미인이시군."

직설적인 성격의 진성이 바로 말했다.

"그윽한 분위기에 색정적이야. 그렇지만 고귀하게 느껴지는군."

"감사합니다."

여자가 흰 이를 드러내며 웃었다.

"제가 앞으로 진 사장님을 모시게 되었습니다. 좋게 봐주셔서 기쁩니다."

"난 여자한테 빠지는 성품이 아냐."

"알고 있습니다."

"어떻게 안다는 거야?"

"대표께서 말씀해주셨습니다."

"뭐라고 말씀했는지 말해 봐, 나도 참고로 하게."

그러자 이서영이 눈웃음을 쳤다.

"저한테 사장님 시중을 들라고 하셨습니다."

"밤에 말인가? 좋지."

"제가 사장님과 대표님의 연락을 맡게 되었습니다."

"난 험한 일도 하고 있어. 네가 끼면 위험해. 내가 불안하고."

"저도 대표님께 대충 들었습니다."

그때 문이 열리더니 유정순이 들어섰다.

"진 사장, 오셨어요?"

"예, 이 마담하고 이야기하고 있어서 시간 가는 줄 몰랐습니다."

진성이 인사를 했을 때 유정순 뒤로 교자상을 받쳐 든 종업원들이 들어섰다.

186

상이 놓이고 유정순이 진성을 상석에 앉히더니 술잔을 권하면서 말했다.

"요즘 적이 많아졌어요. 일이 커질수록 적이 많아지는 건 정상이지만 악의를 가지고 덤비는 적과 대가를 받고 방해하는 적을 구분해서 처리해야 돼요."

술잔만 든 채 진성이 경청했고 유정순이 말을 이었다.

"국회 내무위원장 장석환이 후자이고 한동상사 박윤태가 전자인데 먼저 장석환을 수습해야 될 것 같아요."

"감사합니다, 대표님."

가려운 곳을 긁어주는 것 같았기 때문에 진성이 감동했다.

바로 앞으로 어떻게 할 것인가를 물어보고 싶었던 것이다. 유정순이 이렇게 콕 집어서 말해줄 줄은 전혀 상상도 하지 못했다. 진성이 내친 김에 물었다.

"어떤 방법이 좋겠습니까?"

"장석환의 아들이 이번 UCLF에서 박사 학위를 받아야하는데 탈락 통보를 받았어요."

유정순의 얼굴에 웃음이 떠올랐다.

"그런데 요령이 좋은 장석환이 담당교수하고 통과시키는 조건으로 150만 불을 주기로 합의했는데 그 돈을 어디서 만드는 줄 아세요?"

"한동의 박윤태입니까?"

"네, 그런데 갑자기 문제가 생겼죠."

유정순이 지그시 진성을 보았다.

"한동상사가 갑자기 오늘부터 세무조사에 들어가서 박윤태는 10만 원을 지불해도 세무조사에 걸리게 되었네요."

"아아!"

"그러니 박윤태는 말할 것도 없고 장석환은 미치고 팔짝 뛰게 되었죠. 박윤태가 온갖 수를 쓰겠지만 잘못 걸렸다가는 장석환까지 끝나게 될 수도 있으니까요."

"……."

"그 미국 놈 담당교수한테 약속한 날이 이틀 후죠."

"제가 주지요."

"서영이를 시켜서 주고 장석환을 인질로 잡도록 해요."

유정순이 웃음 띤 얼굴로 이서영을 보았다.

"서영이는 그런 용도로 쓰시도록 해요."

더러운 세상이다.

매관매직, 그리고 뇌물과 협잡이 일상화된 세상에서 살아가려면 같은 공기를 마셔야 한다.

혼자 독야청청하다가는 매장 당한다.

아니 맑은 물속에 살던 고기가 오염된 물속으로 던져지면 죽는다. 오염된 물에 적응된 고기가 살아남는 것이다.

유정순이 잠깐 방을 비웠을 때 술잔을 든 진성이 말했다.

"세상을 정돈할 거야."

이서영의 시선을 받은 진성이 말을 이었다.

"말은 필요 없어. 우선 다 갖고 볼 거다."

그때 이서영이 방그레 웃었다. 방 안에서 꽃이 피어나는 것 같다.

다시 방에 들어온 유정순이 앞쪽에 앉더니 말을 잇는다.

"내가 사람도 잘 보지만 이곳은 정관계 고위층 인사들이 모여 온갖 정책, 비리, 음모, 심지어는 쿠데타 계획까지 세우는 곳이에요. 진 사장의 소문을 듣고 생년월일을 구해 운세도 보았지만 실물을 보고 나서 내가 마지막으로 이 세상을 위해 작업을 할 상대를 만났다는 감동이 일어났어요."

유정순이 번들거리는 눈으로 진성을 보았다.

"운명은 자신 스스로 개척해 나가지만 조력자나 동반자를 만나 도움을 받는 것도 운명의 일부분입니다. 운이 있는 사람에게 닥쳐오는 운명이지요. 내가 진 사장의 그 조력자가 될 겁니다."

"감사합니다. 부족한 저를 잘 이끌어 주십시오."

"이번에 서쪽에서 온 여자가 진 사장의 대륙 정벌의 선봉장이 될 겁니다."

숨을 들이켠 진성에게 유정순이 말을 이었다.

"교활하고 영리하며 잔인한 영혼을 가진 여자인데 진 사장 앞에서는 불길을 일으키는 불씨가 될 것입니다."

유정순의 얼굴에 웃음이 떠올랐다.

"그 여자한테 가식을 부릴 필요도 없습니다. 여기 있는 서영이처럼 대화하시기만 하면 됩니다."

그때 이서영이 웃음 띤 얼굴로 말했다.

"제가 반면교사가 되어드려야겠네요."

다음 날 오전 11시.

일단의 수사관이 오태곤의 집무실로 들이닥쳤다.

"여기 영장."

수사 지휘관이 영장을 오태곤의 코앞에 펴 보이면서 말했다.

"피의자 권리를 말해주겠습니다."

오태곤은 지휘관이 건성으로 말하는 권리가 제대로 귀에 들어오지 않았다.

멍 하고 서 있다가 손에 수갑이 채워지는 것을 깨달았다. 수사관들은 집무실 안의 서류를 챙기기 시작했고 오태곤은 수사관들에게 둘러싸여 밖으로 나왔다.

비서실 직원들, 회사 직원들이 서서 구경하고 있을 뿐 다가오는 사람은 없다.

건물 현관 앞에는 방송국 기자들이 진을 치고 있다가 일제히 플래시를 터뜨렸다. 수사관들이 기자들에게 통보를 해준 것이다. 철저하게 준비하고 쳐들어왔다.

오태곤의 눈동자에 그때야 초점이 잡혔다. 현실을 파악한 것이다.

늦었다는 현실, 늦었다고 깨달은 것이다.

"어, 이 마담."

방으로 들어선 장석환의얼굴은 웃음으로 뒤덮여 있다.

54세에 3선 의원. 변호사 출신으로 지명도가 높은 의원이지만 남원옥의 이서영 앞에서는 남자일 뿐이다.

이서영은 유정순의 수양딸로 불리는 새끼마담으로 최소한 장관급을 상대해왔으니까. 장석환도 그 수백 명 중 하나다.

이곳은 여의도의 일식당 후쿠오카 안.

장석환은 이서영이 만나자는 전화를 받고 다른 점심약속도 취소하고 달려온 사람이다.

용건도 말하지 않았지만 일이 있는 것이 분명하기 때문이다.

좋은 일이건 나쁜 일이건 크게 도움이 될 일이다. 남원옥과 인연이 맺어지면 이런 상황이 가끔 벌어진다는 소문을 들었는데 장석환은 오늘 처음 겪는다.

둘이 자리 잡고 앉아서 회 정식 주문까지 일사천리로 마쳤을 때다.

이서영이 입을 열었다.

"대표님이 요즘 위원장님 집안에 마(魔)가 끼어 있다고 하셨어요."

장석환은 숨만 들이켰고 이서영의 말이 이어졌다.

"근데 그 마(魔)가 다른 곳에서 옮겨왔기 때문이지 집안에서 일어난 게 아니라고 하시네요."

"으음."

장석환의 입에서 저절로 신음이 뱉어졌다. 옳지, 하는 탄성을 뱉으려다가 신음으로 대신한 것이다.

그 다른 곳이란 어디겠는가?

한동상사다. 한동상사의 박윤태, 그놈이 정균이 담당교수 놈한테 150만 불을 보내주기로 했다가 갑자기 세무조사를 받게 되지 않았는가?

그 돈 받았다가 작살날 뻔했다. 이것이 간발의 차이로 목숨을 구한 경우나 같지 않은가?

그때 이서영이 말했다.

"그 마(魔)하고 인연을 끊으시고 새 인연을 잡으라고 조언하셨어요."

"받아야지요. 그 인연이 뭡니까?"

"도지무역 진 사장."

"으음."

"대표께서 진 사장한테는 의원님 이야기하지 않으시고 200만 불을 받아서 미국의 타운은행 차명 계좌에 입금시켜 놓으셨어요."

장석환의 앞에다 접힌 쪽지를 내려놓은 이서영이 말을 이었다.

"미국에서 마음 놓고 찾아 쓰실 수 있습니다. 거기 계좌번호하고 비밀번호, 코드번호까지 다 적혀 있으니까요."

다시 숨을 들이켠 장석환이 쪽지를 받아 펴보고는 고개를 끄덕였다.

"말씀대로 하지요."

오후 3시 반.

박충식이 방으로 들어서더니 보고했다.

"조 차장이 방금 연락을 받았습니다. 중국 전달자가 만나자고 한다는 것입니다."

전달자란 여자다.

정필수가 태우고 온 여자.

박충식이 말을 이었다.

"오태곤이 체포된 것에 충격을 받고 마음을 굳힌 것 같습니다."

"유통의 김 사장을 보내라."

"예, 제가 같이 가겠습니다."

"조 차장도 같이 가야겠지?"

조 차장은 이제 도지유통 관리사장 직속의 차장이 되어 있는 조병욱이다.

"예, 사장님."

그렇게 대답한 박충식은 도지무역 비서실 차장이니까 급이 높지.

"도지유통의 관리사장 김덕무는 강북의 허기욱파 간부였다가 탈퇴한 놈입니다. 그러다 진성에게 발탁되어서 도지유통의 창립에 참가하게 되었지요."

천동민이 말하자 황천이 힐끗 유자양을 보았다.

"유 고문, 진성이를 오태곤과 동격으로 취급할 수는 없을 것 같습니다. 진성의 격이 훨씬 높습니다."

유자양이 그래도 입을 다물었고 황천이 말을 이었다.

"일단 김덕무를 만나 앞으로의 사업을 상의한 후에 진성과 인사를 나누는 것으로 하시지요."

"알겠어요."

유자양이 마침내 고개를 끄덕였다.

"회장께 보고를 드리고 나서 만나지요."

도지유통 쪽에서 조병욱을 통해 김덕무와 유자양의 회합을 통보했기 때문이다.

"나, 장석환입니다."

수화기에서 밝은 분위기의 목소리가 울렸다.

오후 5시.

진성이 퇴근길에 전화를 받는다.

"아, 예. 안녕하십니까?"

"언제 한번 뵙지요."

의례적인 인사지만 둘 사이에 무엇이 있다는 암시다. 긍정적인 교감.

"알겠습니다. 한번 뵙지요."

진성의 대답도 건성 같지만 이쯤 되면 서로 공감이 형성되었다는 확인이나 같지.

이 통화가 도청, 또는 녹음될 수도 있으니까.

그때 장석환의 마지막 멘트.

"감사합니다, 진사장님."

바로 돈 잘 받았다는 인사다.

통화가 끝났을 때 진성의 얼굴에 웃음이 떠올랐다.

이제 장석환과는 같은 배를 탔다.

"어쩌라고?"

고정기가 버럭 소리치더니 어깨를 부풀렸다.

논현동의 라스베이거스클럽 사무실 안.

고정기 뒤쪽에는 클럽 간부 5명이 둘러서 있다.

고정기의 앞에 앉은 사내는 배창수. 오태곤이 체포된 후에 오태곤파의 명목상 대표다.

"난 회장님이 나올 때까지 이 업소를 책임지고 관리해야 돼. 당신은 상관할 일이 아냐."

고정기가 한마디씩 힘주어 말했다.

미리 연습을 해놓은 것 같다. 뒤에 선 간부들도 눈만 부릅뜨고 있는 것이 손발을 맞춘 것 같고.

고정기는 35세. 오태곤의 행동대장이었던 전기철의 부하였다가 라스베이거스 지배인이 되었다. 라스베이거스는 오태곤의 직영점 중 하나로 직속부하가 관리한다. 수익금도 직접 바치고.

이런 직영점이 24군데나 있다.

매일 수익금을 따로 바치는 터라 총계는 자재부장 백기섭도 모른다. 그러니 오태곤의 수입은 귀신도 모른다는 소문이 났지.

그때 배창수가 웃음 띤 얼굴로 고정기를 보았다.

"넌 이제 너한테 온 절호의 기회라고 생각하지?"

"이 양반이 내가 해야 할 소리를 하고 있네. 이보셔, 분수를 알라고."

"오태곤의 직속 가게 24개 중에서 지금 17개가 합의서를 썼다."

배창수가 다시 웃었다.

"너처럼 욕심 부리는 놈 7개가 남아 있는데 오늘 중 다 처리 될 거다."

"누구 맘대로?"

"불쌍한 놈."

"내가 호락호락한 놈이 아냐, 이 새끼야."

그때 배창수가 고개를 끄덕였다.

"쳐라."

그 순간이다.

뒤에 서 있던 영업부장 박기만이 손에 끼고 있던 쇠 장갑으로 고정기의 뒤통수를 후려쳤다.

"퍽석!"

마른바가지 깨지는 소리가 들리더니 고정기가 탁자 위로 엎어졌는데 눈을 크게 뜨고 있는 것이 '이게 무슨 일인가?' 하는 표정이다.

그러나 벌린 입에서는 피가 쏟아졌고 사지가 경련을 일으키고 있다.

그때 고정기를 내려다보던 배창수가 뒤에 선 간부들에게 말했다.

"너희들은 그대로 일하게 돼. 그리고 다음 달부터는 월급이 지금보다 2배가 될 거다."

간부들이 숨을 죽였고 배창수의 시선이 박기만에게로 옮겨졌다.

"기만이 네가 지금부터 지배인이야. 석동이는 영업부장을 맡고."

자리에서 일어선 배창수가 말을 이었다.

"저놈은 자루에 넣고 묻든지 해."

바지 사장한테서 명의를 옮기는 건 이제 일도 아니다, 박기만을 시키면 될 테니까.

그 시간에 진성이 베트남에 파견된 윤기백한테서 보고를 받는다.

2시간 차이가 있는 베트남은 오후 5시다.

"사장님, 전 부장은 숙소인 사이공호텔 앞에서 납치된 것이 분명합니다. 그런데 순순히 사내 둘하고 승합차에 타고 떠났다는 겁니다."

윤기백이 말을 이었다.

"이건 안면이 있는 사람하고 같이 나간 것이 분명합니다."

"경찰 반응은 어떤가?"

"수사 중이라고 하지만 곧 돌아올지도 모르지 않겠냐고 합니다."

비협조적이다.

전경문이 실종된 지 이제 1주일이 되었는데도 그렇다.

그때 윤기백이 말을 이었다.

"아시아상사에서 온 소피아는 어제부터 회사에 출근하지 않습니다. 다시 아시아상사로 돌아간 것 같습니다."

"차라리 잘 됐어."

"정보원 하나의 말을 들었더니 아시아상사에서 납치해놓고 이쪽 분위기를 보는 것 같다고 합니다. 만약 전 부장한테 무슨 일이 일어났을 경우에 베트남 경제에 영향이 올 수도 있거든요. 해외기업을 유치하려고 선전을 해대는데 기업체 간부가 실종되다니요?"

"그렇지."

"그래서 베트남 언론을 이용하는 방법도 연구 중입니다."

"수단 방법을 가리지 말고 찾아."

"예, 만일 납치범들이 돈을 노린 소행이라면 몰살을 시켜서라도 찾겠습니다.

"알았어. 내가 책임을 질 테니까."

전경문의 구출을 위해서는 무엇이든 가리지 않을 작정이다.

시간이 지날수록 베트남 사업에 대한 열의가 식어지는 대신 분노만 쌓이고 있다.

밤 10시, 베이징은 1시간 시차로 밤 9시다.

베이징 중심부인 천안문광장에서 한 블록 떨어진 '대산빌딩' 안.

빌딩 8층의 대산산업 회장실에서 유소기가 전화를 받는다.

상대는 지금 서울에 가 있는 유자양, 회장의 고문이다.

"저, 도지유통의 관리사장을 만나기로 했습니다."

유자양이 말을 잇는다.

"관리사장이 작업을 진행하는 최고위층이라고 합니다, 회장님."

"언제 만나기로 했나?"

"모레입니다, 회장님."

"네가 중국 측 작업을 진행하는 최고위층이다. 그걸 명심하도록."

"예, 회장님."

"황천이 그곳에 있나?"

"예, 옆에 있습니다."

"바꿔라."

"예, 회장님."

그러더니 곧 황천의 목소리가 울렸다.

"황천입니다, 회장님."

"서울 시장이 변했으니 우리도 새로운 체제를 갖춰야한다. 예전 모습대로 부딪치면 놈들한테 당한다. 이해하나?"

"예, 회장님."

"유자양을 잘 보필해라. 유자양이 내 분신이다. 알고 있지?"

"예, 회장님."

"방심하지 말고."

"예, 회장님."

"유자양을 바꿔."

"예, 회장님."

그때 다시 유자양의 목소리가 울렸고 유소기가 목소리를 낮췄다.

"30분 후에 네가 혼자 있을 때 내 비상전화로 전화를 해라."

30분 후에 유자양은 침실에서 유소기의 비상전화 버튼을 누른다.

곧 유소기의 응답소리가 울렸을 때 유자양이 말했다.

"저 혼자 있어요."

이번에는 30분 전의 목소리가 아니다. 낮고 말끝이 올라가면서 '교태'가 풍겼다.

그때 유소기도 부드럽게 말했다.

"내가 네 숙부로 포장되었지만 간부 놈들 대부분은 내막을 다 알거다."

유소기의 목소리에 웃음이 섞여졌다.

"네가 내 여자라는 건 지금 잡혀간 오태곤이도 알 거고 아마 도지무역의 진성이도 알고 있을 거다."

"제가 언제까지 한국에 있어야 되죠?"

"기반이 굳을 때까지."

유소기가 바로 대답했다.

"넌 내 대리인이야. 우리 조직에서 널 무시할 사람은 아무도 없어. 그것을 명심하도록."

유자양이 헤로인 전달자로 한국에 왔다가 한국주재 삼합회의 책임자가 되는 순간이다.

오후 9시.

소공동 삼공빌딩 뒤쪽 골목의 허름한 5층 건물 안.

3층 사무실의 소파에 셋이 둘러앉아 있다. 싸구려 소파만 놓인 5평 정도의 방 안이다.

둘러앉은 사내는 진성과 오정호, 그리고 마이클 정이다.

오늘은 오태곤을 대신해서 헤로인 공급 역을 맡게 될 도지유통의 관리에 대한 의견 교환이다.

진성이 회의 소집을 요구했고 장소는 마이클이 정했다. 이곳이 CIA의 안가인 것 같다.

진성이 입을 열었다.

"마이클 씨, 우리가 곧 삼합회 공급자를 만날 텐데 헤로인의 관리 계획을 확실하게 해주셔야겠습니다."

오정호의 시선도 마이클에게 옮겨졌고 진성의 말이 이어졌다.

"그리고 내가 오태곤의 뒤를 이어서 헤로인 사업을 계속하지는 않을 겁니다. 국내 공급량을 이번 달부터 줄일 계획이니까요."

"지난달에 5킬로를 가져왔더군요."

마이클이 말을 받았다.

"1킬로당 3억을 주고 말씀입니다. 그러면 이번 달에 10킬로를 달라고 하

199

시지요. 그러고는 4킬로를 국내 도매상에게 주시고 6킬로는 저한테 넘기시지요."

"6킬로는 CIA가 원가로 구입하시는 셈이군요."

"그런가요?"

마이클이 웃지도 않고 되물었다.

오정호는 굳은 표정으로 듣고만 있다.

삼합회 측이 좋아할 오퍼다. 지난달보다 2배 증가된 물량을 요구하는 셈이니까.

그때 진성이 물었다.

"삼합회에 대한 정보가 필요합니다."

"당연히 드려야죠."

마이클이 탁자 위에 놓인 서류를 진성과 오정호 앞에 1부씩 내려놓았다.

"지금 헤로인 전달자로 한국에 와 있는 여자는 유자양. 28세. 삼합회의 고문 직책이지만 실제로는 삼합회장 유소기의 정부입니다. 유소기의 후계자나 마찬가지인 인물이지요."

마이클이 말을 이었다.

"유소기 휘하의 5인방 중 하나인 황천이 유자양의 보좌 역으로 한국에 와 있습니다. 그만큼 한국을 중요하게 생각하고 있다는 증거지요."

진성이 서류를 펼쳐 보았다.

중국 삼합회와의 대결에서 CIA의 정보, 협력은 필수 요소다.

경찰 정보국장 출신인 오정호가 옆에 있지만 이쪽도 삼합회 정보가 부족한 것이다.

고개를 든 진성이 마이클을 보았다.

"마이클, 좋습니다. 당신에게 넘기는 헤로인은 정보비를 감안해서 원가만 받기로 하겠습니다."

그때서야 마이클의 얼굴에 웃음이 떠올랐다.

"수시로 정보를 드리기로 하지요, 진 사장님."

회의를 마친 진성과 오정호는 근처의 카페로 들어가 맥주를 시켜놓고 마주 앉았다.

밤 10시 반이다.

카페 안은 소란했지만 구석에 앉은 둘에게 신경 쓰는 사람은 없다.

문 쪽에 자리 잡은 박충식과 수행비서 최광수, 김기백이 긴장하고 있을 뿐이다.

오정호가 먼저 입을 열었다.

"중국 사업에 CIA의 정보가 절대적으로 필요합니다. 당분간 서로 상부상조하는 것이 낫겠습니다."

"난 처음에는 마이클 정이 한국인이라는 선입견을 갖고 대했는데 그게 아닌데요."

"마이클은 철저한 미국인입니다. 미국 국익을 위해서는 한국은 얼마든지 등칠 인간이죠."

오정호의 얼굴에 쓴웃음이 번졌다.

"CIA는 중국산 헤로인을 우리를 통해 대량으로 가져가면서 중국 내부에 침투하려는 것 같습니다."

오정호가 말을 이었다.

"나는 그 헤로인이 한국에 유출되지 않도록 할 거요."

"그것이 청장님의 역할이죠."

입맛을 다신 진성이 말을 이었다.

"내가 헤로인 사업까지 하게 되다니. 청장님이 참관해주지 않았다면 견디기 힘들었을 겁니다."

"그나저나 장석환 문제를 잘 처리하셨더군요"

오정호가 웃음 띤 얼굴로 진성을 보았다.

"오늘 오후에 저한테 전화가 왔습니다. 도지무역 진 사장을 오해한 것 같다면서 자세히 알고 보았더니 훌륭한 사업가라고 했습니다."

"남원옥 유 대표가 도와주셨어요."

"진 사장님은 큰 후원자를 만나게 되신 겁니다."

"모두 오 청장님 덕분입니다."

"내가 진 사장님 도움을 받았지요."

오정호가 웃음 띤 얼굴로 말을 잇는다.

"서초서장 정필수가 이번 오태곤파 사업장 인수를 많이 도와줄 겁니다."

진성이 고개를 끄덕였다.

이미 강용규는 정필수하고 자주 연락을 하고 있는 것이다. 상부상조다.

둘 다 탄력을 받은 상태가 되어 있다.

"어떻게 된 거죠?"

샤워를 하고 나온 윤상화가 묻자 박윤태가 리모컨으로 TV를 켰다.

"뭐가?"

"도지무역 말이에요."

"그게 어쨌다고?"

"곧 진성이 구속되고 회사가 세무조사 받는다고 했잖아요?"

외면한 박윤태의 볼에 대고 윤상화가 말을 이었다.

"근데 우리가 도리어 세무조사를 당하네요. 서류를 싹 쓸어가는 바람에 일도 못 하겠어요."

"……."

"정말 화가 나요. 진성이는 운이 좋은 건지, 재주가 좋은 건지. 하긴 같이 회사 다닐 때 보면 요령과 순발력이 뛰어나긴 했는데……."

"그놈 이야기 그만 하자고."

박윤태가 불쑥 말했다.

지난번에는 그 소리를 윤상화가 했었다.

입을 다문 윤상화가 자리에서 일어서더니 옷을 입기 시작했다.

오후 10시 45분.

오늘은 박윤태와 12시까지 호텔방에서 머무는 날이다.

"왜? 벌써 가려고?"

박윤태가 묻자 윤상화가 돌아선 채 대답했다.

"네, 집에 일이 좀 있어요."

더 머물기 싫다는 말이나 같다.

결재를 받고난 민성희가 결재파일을 들고 진성을 보았다.

오전 9시 반, 도지무역 사장실 안.

"뭐야?"

시선이 마주친 진성이 잠깐 기다리다가 물었을 때 민성희가 대답했다.

"사장님, 진즉부터 여쭤보려고 했는데요."

"말해."

"사장님 꿈이 뭔지 말씀해주실 수 있어요?"

그때 진성이 씩 웃었다.

"말 길게 하지 말라고 했지?"

"네."

"다시 말해."

"사장님 꿈이 뭐죠?"

민성희의 표정은 여전히 굳어 있다.

진성이 민성희의 시선을 잡은 채 고개를 끄덕였다.

"대통령."

"한국 대통령요?"

"그거. 요즘 들어서 목표로 세운 거다."

"전에는요?"

"밤, 낮의 기업체를 통합시킨 한국 제1의 기업가."

"알겠습니다."

고개를 숙여 보인 민성희가 몸을 돌렸을 때 진성이 불렀다.

"잠깐."

민성희가 다시 몸을 돌렸다.

크림색 투피스 정장 차림의 민성희는 날씬하다. 서양인과 동양인의 혼혈 같은 용모.

검은 눈동자가 똑바로 진성을 향해 있다.

"그럼 네 꿈을 듣자."

"대통령 비서실장요."

"으음."

"저도 지금 목표를 세웠어요."

"음."

"전에는 밤과 낮의 사업체를 운영하는 기업가의 비서실장이었죠."

"지금 내 말을 따라하는 거 아니지?"

"아닙니다."

정색한 민성희가 머리까지 저었다.

"요즘 정관계 인사를 만나시기에 로비하시는 줄 알았는데 이제 이해가 갑니다."

"대통령 다음의 꿈도 있는데."

"그건 나중에 말씀해주세요, 지금도 벅차니까요."

"으음."

"그럼."

다시 몸을 돌린 민성희의 등을 향해 진성이 입을 열었다가 물고기처럼 닫았다.

말로는 저놈은 못 당한다. 아이큐도 진성보다 높은지 모른다. 거기에다 섹시하기까지 하니.

한숨을 쉰 진성이 벽시계를 보았다.

오늘은 김덕무와 유자양의 상봉 날이다. 접선이라고 해도 되겠지만 이것은 역사적인 사건인 것이다.

중국의 헤로인 공급자와 한국의 새 인수자의 만남, 기(氣) 싸움이 대단할 것이다.

역삼동 도지유통 10층 건물은 강남대로에서 한 블록 떨어진 일방통행로 옆에 세워졌다.

10층 건물에서 지하 2, 3, 4층은 주차장, 지하 1층은 클럽과 룸살롱.

1층에서 4층까지 식당, 의류, 명품 숍, 사무실로 임대했고 5, 6층이 도지유통 강북사업국, 7, 8층이 강남사업국, 9, 10층이 관리국과 회의실, 사장실들이 배치되었다.

도지유통의 10층, 강남사업국 사장실 안.

사장실 의자에 버티고 앉은 강용규가 앞쪽 소파에 앉은 박충식에게 물었다.

정색한 얼굴.

"어때? 나, 어울리냐?"

"그 자리에 한 10년은 앉아 있었던 것 같습니다."

"정말이냐?"

"딱 어울려요."

"고맙다."

"그런데 궁딩이를 드실 때가 되었습니다."

"뭐? 궁딩이?"

눈을 치켜뜬 강용규에게 박충식이 말을 이었다.

"오태곤이 달려가니까 최기동이 분위기 모르고 애들한테 낚싯밥 던지고 있습니다. 이 기회에 최기동이도 쓸어버려야 될 것 같습니다."

"참 내."

강용규가 자리에서 일어나 창가로 다가가 섰다.

오전 10시 반.

지금 김덕무는 유자양과의 회담 준비 때문에 바쁘다.

강북사업국 사장 고정만은 경동호텔에서 머무는 시간이 많아서 오늘도 그쪽에 있다.

"그 새끼가 욕심 부리다가 신세 조지게 되는구만."

"세상 물정 모르는 놈은 일찍 끝내줘야죠."

"오늘 끝내야겠다."

강용규가 결정을 했다.

"마침 애들한테 훈련도 시킬 겸 잘되었어."

최기동은 최기동파의 회장으로 48세. 20년 가깝게 고리대금업으로 세를 키워온 양아치다.

조폭 중에서 양아치류가 제일 바닥이고 끈질기며 잔인하다.

시장 상인을 대상으로 1백만 원 미만의 돈 장사를 하다보면 자연스럽게 추잡하게 되는 것이다. 당연하게 잔인해야만 실적을 올린다.

그래서 최기동은 말할 것도 없고 최기동파 조직원은 양아치다.

15만 원을 빌려주고 하루 5천 원씩 2달, 30만 원을 받고 며칠씩 늦으면 이자가 쌓여서 금방 빚이 1백만 원으로 늘어난다.

그렇게 모은 돈으로 최기동은 상가를 인수했고 여관을 12개나 운영하고 있다.

매음 전문 여관이다. 룸살롱이나 카페 따위는 수익이 매음 여관의 절반도 안 되는 것이다.

그 최기동이 지금 막대한 자금을 바탕으로 오태곤파의 3급 영업장 3곳을 건드리고 있는 것이다.

그 여관을 인수해서 매음용 마사지 하우스를 만들 작정이다.

"자, 그럼 알아서 하시고."

자리에서 일어선 박충식이 다시 사장실 안을 둘러보았다.

"나도 언제 이런 방을 갖게 되나?"

립 서비스다.

오후 2시.

서울시청 앞 고려호텔 17층 라운지.

이곳은 상담, 회의용으로 방이 나뉘어 있어서 상사원, 관료들까지 자주 이용한다.

그 라운지의 안쪽 방에 여섯 명이 둘러앉아 있다.

장방형의 원탁에 마주 보고 앉은 사람들은 바로 유자양과 김덕무를 대표로 하는 한·중 양국의 대표들. 누가 보면 중요한 상담을 하는 것 같은 분위기.

참석자는 한국 측에서 김덕무, 박충식, 조병욱이고 중국 측은 유자양, 황천, 천동민이다.

중국 측이 모두 한국어에 유창한 터라 회담은 한국어로 진행되었다.

먼저 중국 측의 사회 격인 천동민이 입을 열었다.

"도지유통과 새로 사업을 시작하게 되어서 반갑습니다. 지금까지 오성건설 측과 별 사고 없이 거래해왔기 때문에 도지유통하고도 좋은 관계 유지하기를 우리 대표님도 바라고 계십니다."

그 대답을 조병욱이 일어서서 했다.

"그래야지요. 우리도 열심히 노력하겠다는 말씀을 대표님을 대신해서 말씀드립니다."

그러더니 조병욱이 한국 측을 소개했다.

"이분이 도지유통의 비서실장이신 박충식 부장이시고 이분은 중국과의 거래 책임자이신 도지유통 김덕무 관리사장이십니다. 저는 담당 부장 조병욱입니다."

그때 천동민이 중국 측을 소개했다.

"이분은 중국 본사의 황천 실장이신데 한국 사업장의 자문 역입니다. 그리고 이분은 한국 사업장 대표이신 유자양 사장이시고 저는 담당 천동민입니다."

양측이 소개를 받을 때마다 고개를 끄덕여 절을 했고 눈인사를 받았다.

이윽고 인사가 끝났을 때 김덕무가 먼저 유자양에게 말했다.

"뭐, 다 알고 계시겠지만 우리가 오태곤이를 몰아내고 강북에 이어서 강남도 석권했지요. 그래서 오태곤이의 중국 사업도 인계받은 겁니다."

김덕무가 웃음 띤 얼굴로 유자양을 보았다.

"여기 있는 조 부장이 오태곤이 시절부터 중국 사업을 관리하고 있었기 때문에 다른 이야기할 것도 없습니다."

그때 유자양이 고개를 끄덕였다.

"먼저 축하드립니다."

"감사합니다. 잘 부탁합니다."

"저도 한국에 상주하게 되었어요. 잘 부탁합니다."

"필요하신 것 있으시면 말씀하세요."

"지난번에 들어올 때 경찰 고위층이 절 공항에서부터 데려와주셨는데 그쪽은 별 이상이 없지요?"

"예. 이제는 우리하고 손을 잡았습니다."

"잘 되셨네요."

정필수를 말하는 것이다.

고개를 끄덕인 유자양이 또 물었다.

"강남의 도매상 하나가 잡혔던데요. 그자도 괜찮겠어요?"

그때 조병욱이 나섰다.

"별일 없습니다. 입 다물고 있는 것이 유리하다는 걸 잘 아는 사람이니까요. 그자는 돈이 많아서 변호사를 12명이나 고용했습니다. 알아서 나올 겁니다."

유자양이 고개를 끄덕이자 황천이 물었다.

"이번 달 구입량은 얼마나 되십니까?"

황천에게는 박충식이 대답했다.

"이번 달에는 10킬로를 받겠습니다."

황천과 유자양의 시선이 마주쳤다. 둘 다 포커페이스라 무표정하다.

고개를 끄덕인 황천이 박충식을 보았다.

"중국에서 가져오는 건 문제없습니다. 근데 여기선 괜찮겠습니까?"

"맡겨 주시죠."

박충식이 말을 이었다.

"가격은 좀 깎아주시지 않을랍니까? 지난달의 두 배 물량인데요."

"안 됩니다."

황천이 고개를 다섯 번이나 저었다.

"가격은 깎지 못합니다. 대신 납기는 10일 후부터 언제든지 맞춰드리지요."

도지무역 수출부 회의실 안.

수출1부장 정수연과 김선아 과장, 비서실 민성희 차장까지 셋이 둘러앉아 있다.

도지무역은 수출1부장, 비서실장이 여자이기 때문인지 여자 간부들이 많다.

수출부 14개 과 중에서 여자 과장이 4명, 팀장급은 7명이나 된다. 전체 팀장은 28명이니까 30퍼센트가 조금 안 되는 비율이다.

"근데요."

민성희가 커피 잔을 내려놓고 정수연을 보았다.

정수연은 이탈리아에서 사장 진성과 동침한 경력이 있다.

이 말이 정수연한테서 퍼져나갔겠지만 본인은 극구 부인하는 터라 귀신이 알려준 모양이다. 어쨌든 그 경력이 정수연의 위상을 몇 등급 상승시켜주는 효과는 있다.

민성희가 말을 이었다.

"사장님한테 이야기 끝에 물었죠. 사장님 꿈이 뭐예요? 그랬더니……:"

정수연과 김선아가 숨을 죽였다.

민성희가 물었다.

"뭐라고 하신 줄 알아요?"

"뭐래?"

정수연이 재촉하듯 되물었고 김선아가 대답했다.

"한국 제1의 재벌."

"아냐."

"말해보라니깐."

정수연이 재촉했고 김선아가 다시 답을 내놓았다.

"에이, 그럼 세계 제1의 재벌."

"아냐."

이제는 정수연이 눈만 흘겼을 때 민성희가 대답했다.

"아직 정하지 않았다고 하셨어요. 그냥 열심히 살 뿐이라고."

둘은 입을 다물었는데 그럴 듯했기 때문일 것이다.

민성희가 그런 둘을 보면서 소리 죽여 숨을 뱉었다. 터뜨려서 공감을 받고 싶었지만 막상 그 순간이 되자 아까워졌다.

서로 공감을 느끼기보다는 나 혼자 간직해두자. 김이 샐지도 모른다.

그 시간에 진성이 성북동 길가의 작은 카페에서 서울청장 오정호와 마주 보고 앉아 있다.

오정호는 잘 안 맞는 양복 차림이어서 식당 주인 같은 분위기다. 식당 주인이 오랜만에 양복을 입고 친지 결혼식장에 나온 것 같다.

오정호가 입을 열었다.

"마이클 정의 뒤를 캐보았더니 1년 전만 해도 CIA 국장 보좌관이었어요. 전혀 외부에 신분을 드러내지 않는 비밀요원이었더군요."

오정호의 얼굴에 쓴웃음이 번졌다.

"거물입니다. 겨우 자료를 찾았는데 2년 전 연방의회 청문회 때 CIA 대표로 마약반입 보고를 했다는 기록이 있습니다. 물론 비밀청문회라 이름만 겨우 찾았지요."

"……."

"우리는 CIA의 마약담당 고위층을 상대하고 있는 겁니다. CIA 국장 보좌관 급이면 고위층입니다. 그런 자가 여기서 마약 관계 실무자처럼 행동하고 있는 것이지요."

"무슨 음모지요?"

진성이 묻자 오정호가 목소리를 낮췄다.

"CIA가 우리를 이용하고는 있지만 아직 우리에게 불이익은 없어요. 덕분에 중국 내부 정보를 알게 되는 데다……."

"미국 내부의 정보를 잘하면 얻을 수 있겠지요, 그자들이 무슨 음모를 꾸미는지를요."

거기에다 오태곤의 뒤를 이어서 마약사업으로 한 번에 수백억씩 순이익이 발생하는 것이다.

눈만 딱 감으면 된다.

그때 오정호가 말을 이었다.

"마이클이 이번에 가져갈 6킬로를 어떻게 사용하는지를 아는 것이 핵심입니다.”

“……”

“CIA가 마약 유통을 통제하면서 얻은 자금을 기밀작전비로 쓴다는 말을 들었어요. 그것만 알아내면 우리도 한몫 낄 수 있단 말입니다.”

이것도 애국 아닌가? 이런 애국자가 첨단 애국자다.

문득 그런 생각이 들었기 때문에 진성이 얼굴을 펴고 웃었다.

“적극 협조하지요, 청장님.”

남현동 사거리 뒤쪽 골목에 위치한 광주내장탕 집은 5평밖에 안 되지만 20년째 그 자리에서 장사를 한다.

최기동이 이집 단골이 된 지는 3년쯤 되었다.

잘 가는 사우나에서 가깝기도 했고 맛이 있어서 이틀에 한 번 꼴로 찾아오는 것이다.

오후 6시 반.

오늘은 손님이 두 명이 있어서 최기동 일행 넷이 들어서자 식당이 꽉 찼다.

“어, 내장탕 넷.”

소리쳐 주문한 최기동이 앞에 앉은 윤광수를 보았다.

“그 도지무역이건 O지무역이건 법으로 들이대면 끝난다. 우리가 명의 변경했는데 누가 어쩐단 말이냐? 우리가 먼저 경찰에 고소하면 돼.”

이것이 최기동의 방법이다.

15만 원 빌려주고 5백을 받더라도 계약서, 보증서 등 법적 장치를 해놓으면 법원은 이쪽 손을 들어준다.

양아치? 맘대로 부르라고 해라.

최기동은 오태곤의 '떡'을 이런 식으로 먹을 예정이다.

"음, 맛있다."

내장을 씹어 삼킨 최기동이 만족한 표정으로 앞에 앉은 변석구를 보았다.

"지금 저놈들 정신없을 거다. 나는 오태곤이가 정신없이 사업장 늘릴 때도 끄떡하지 않았던 몸이야, 알지?"

"압니다."

변석구가 고개를 끄덕였다.

사실과 다른 말이다.

최기동은 강한 상대 앞에는 절대 나타나지 않는다. 동면하는 뱀처럼 두 달이건 세 달이건 숨어서 기다리다가 상대가 딴전을 볼 때나 밖에 나오는 것이다.

이렇게 식당에서 밥 먹어? 어림없다.

그때 최기동이 말을 이었다.

"가만 보니까 도지유통은 목이 좋은 일류 업소나 건물부터 매입하고 있는데 병신 짓이지. 실제로 돈이 되는 건 3류 여관에다 구석진 곳에 박힌 건물이야. 거기서 나오는 벌이가 1류 위치보다 3배는 된다."

최기동의 사업방식이다. 그렇게 돈을 벌었기 때문이다.

그때 주방에서 주방 보조가 큰 냄비를 두 손으로 들고 이쪽으로 다가왔다.

한 손에 국자도 들고 있어서 음식을 가져오는 것 같다.

사내는 그대로 최기동의 옆쪽을 지나더니 갑자기 냄비의 물을 덥석 얼굴에 쏟았다.

"으악!"

최기동이 두 손으로 얼굴을 감싸 안았다가 벌떡 일어서더니 펄펄 뛰었다.

"으아악!"

"앗, 뜨거!"

그때서야 최기동 옆자리에 앉은 보좌관 한성규가 두 손을 치켜들고 몸부림을 쳤다. 물이 조금 튀어서 얼굴과 손에 쏟아졌는데 그런다.

그때 주방 보조는 재빠르게 몸을 돌려 주방 옆으로 뛰었고 순식간에 뒷문을 열고 사라졌다.

"저놈 잡아라!"

원체 좁은 식당 안이다.

의자가 넘어지는 바람에 같이 앉았던 경호원이 발에 걸려서 엎어졌다.

"으아아악! 내 눈!"

그때 최기동이 다시 소리치면서 손바닥을 얼굴에서 떼었을 때 변석구가 숨을 들이켰다.

보라. 끓는 물에 익은 눈의 눈동자가 하얗게 변했다.

손바닥으로 얼굴을 쓸어내린 바람에 껍질이 짐승 가죽처럼 코 밑으로 절반쯤이나 벗겨졌다.

"으악!"

최기동의 비명이 식당을 울렸다.

한 시간 후.

도지유통 강남사업국 사장실 안.

강용규가 머리를 조금 기울인 자세로 앞에 선 사내를 쳐다보고 있다.

강용규 옆에는 장기수가 서 있고 사내 옆에는 오병한이 서 있다.

오병한의 옆에 선 사내가 광주내장탕 식당에서 주방보조 역할을 했던 조용필이다. 본명은 김두석이었는데 나이트클럽 웨이터 생활을 하면서 조용필로 바꾼 것이다. 호적은 그대로지만 이름은 조용필이다.

이윽고 강용규가 입을 열었다.

"야, 뜨거운 물 쏟아버린다는 생각은 언제 한 거야?"

"예, 주방에서 맨손으로 나가기가 더 이상하게 보일 것 같아서요."

조용필이 둥근 어깨를 좁히면서 말을 이었다.

"그래서 궁리하다가 냄비에서 물이 끓는 것을 보고."

"기가 막혀서."

"죄송합니다."

"뭐가?"

"냄비로 끓는 물을……."

"잘한 거야, 인마."

옆에서 듣고 있던 오병한이 마침내 입술을 비틀고 웃었다. 그러나 입을 벌리고 웃지는 못한다.

조용필은 오병한의 행동대 조장이다. 10명의 부하를 지휘하는 조장으로 이번에 임명되었는데 첫 임무를 수행한 셈이었다.

그때 고개를 든 강용규가 오병한에게 물었다.

"최기동은 어떻게 된 거냐?"

"예, 병원에 따라간 애들한테서 금방 연락을 받았는데, 중상입니다. 얼굴이 완전히 뭉개졌고 실명해서 정상적인 생활이 어렵답니다."

"으음."

"입도 코도 제 기능을 하지 못한다고 했습니다."

고개를 든 강용규가 다시 조용필을 보았다.

"너, 그거 어디서 배운 거냐?"

"예, 이태리 영화에서……."

"그런 게 있어?"

"예, 정식 영화가 아니라……."

"알았다."

어깨를 늘어뜨린 강용규가 조용필과 오병한을 번갈아 보았다.

"잘했어. 용필이를 수석조장 시키면 되겠다."

오병한과 조용필이 방을 나갔을 때 강용규가 길게 숨을 뱉었다.

"최기동이는 간단히 끝냈군."

"예, 칼빵 맞는 것이 차라리 나았을 겁니다."

장기수가 쓴웃음을 짓고 말했다.

"조용필이는 주방과 식당 앞뒤에 셋씩 배치시켜놓았는데 딴 놈들은 조용필이 바람잡이 노릇만 했답니다."

"참, 내. 최기동이가 끔찍하게 끝난 건 죗값을 받은 거다."

입맛을 다신 강용규가 전화기를 집었다.

일단 관리사장 김덕무에게 이야기를 해줘야 한다.

오랜만에 진성이 정수연과 함께 차를 타고 가는 중이다.

오후 6시 반.

7시에 시청 앞 백제호텔의 특실에서 바이어와 저녁 약속이 있다.

운전석에는 박충식의 부하인 윤정복이 앉았고 뒤쪽의 왜건에는 박충식이 최광수와 김기백을 데리고 따라오는 중이다.

전에는 이러지 않았지만 도지유통을 설립한 후부터 경호 왜건이 따르는 것이다.

그때 정수연이 고개를 돌려 진성을 보았다.

"어젯밤에 윤상화가 저한테 전화를 했어요."

진성은 쳐다만 보았고 정수연의 얼굴에 쓴웃음이 번졌다.

"잘 지내냐고, 요즘 도지무역 잘나가는 것 같아서 좋더라고 하더군요."

"……."

"윤상화 씨는 표정 하나 바꾸지 않고 거짓말을 하는 성격이라 자연스럽게 들을 수 있었어요."

"……."

"그런데 술을 마신 것 같더군요."

"……."

"요즘 한동상사 세무조사 중인데 죽겠다고도 했어요."

그때 정수연이 눈을 가늘게 뜨고 물었다.

"윤상화가 저한테 만나자고 해서 시간 봐서 연락하겠다고 했어요. 그 여자가 왜 저한테 만나자고 하죠?"

"글쎄."

진성의 얼굴에 쓴웃음이 번졌다.

"외롭고 불안한 모양이다. 만나서 술이나 한잔 사줘라."

"제가 사장님께 윤상화 이야기를 한 이유를 아시죠?"

"그럼. 그 여자하고는 잤지만 너하고는 안 잤어. 그게 너를 이렇게 당당하게 만든 것이지."

순간 숨을 들이켠 정수연이 숨을 두 번 쉬고 나서 진성을 흘겨보았다.

"윤상화에 대해서 분명하게 결론을 내셨어야죠."

이번에는 말문이 막힌 진성이 숨만 쉬었고 정수연이 말을 이었다.

"윤상화가 미련을 갖게 하시면 안 돼요, 사장님."

"그렇구나, 내가 그 여자한테 그런 분위기를 보인 것 같다."

진성이 커다랗게 고개를 끄덕였다.

"나도 모르고 있었는데 네가 끄집어내었구나."

바이어 이름은 모하메드 칼리프.

중간에 미들네임이 3개나 있었지만 칼리프라고 불러주기를 부탁했다.

백제호텔 최상층인 23층은 프레지던트 룸이다.

대통령 급 인사를 위한 특실로 방이 9개, 회의실, 대기실, 응접실이 2개, 수영장과 헬스장까지 구비되었고 옆쪽에는 헬기 착륙장까지 있다.

하루 투숙비가 1억 원짜리 방에 투숙한 것이다.

칼리프는 사우디 건설장관.

한국의 근대그룹이 젯다에서 제2항만공사를 하고 있기 때문에 일본에 들렀다가 귀국하는 길에 한국에 들렀다. 2박 3일 일정.

일을 마치고 내일 귀국할 예정인데 오늘 저녁 약속을 진성이 잡은 것이다.

이곳은 프레지던트 룸의 식당.

원탁에 넷이 둘러앉았다.

칼리프가 제 방에서 밥을 먹자고 했기 때문이다. 그래서 호텔 요리사들이 아랍식 요리를 만들어 식탁 위에 올려놓고 있다.

칼리프는 45세. 미국에서 대학을 마친 엘리트다. 짙은 턱수염만 기른 말쑥한 용모.

수행원 25명을 이끌고 동남아를 순방 중이다.

칼리프가 고개를 들고 진성을 보았다.

"무스타파 씨한테서 이야기 들었습니다."

진성은 웃기만 했다.

무스타파가 누구인가?

지금 리비아에서 IS의 지도자 핫산과 전쟁 중인 반군 지도자다. 진성은 그 무스타파에게 군수품을 공급했던 것이다.

IS는 이슬람 과격주의 테러단으로 리비아에서 세력을 키우고 있다. 그 IS의 핫산에게 반발하여 뛰쳐나온 무스타파를 서방 국가가 지원하고 있는 것이다.

진성은 벵가지에 있는 무스타파에게 부탁해서 칼리프의 면담을 성사시켰다.

그때 칼리프가 말을 이었다.

"도지무역이 중동지역에 수출을 많이 했더군요."

"그렇습니다. 특히 리비아에 군수품, 생필품 오더를 많이 했습니다."

칼리프가 천천히 고개를 끄덕였다. 검은 눈동자가 번들거리고 있다.

칼리프가 누구인가?

사우디 왕 칼리프의 11번째 아들이다. 정확히 말하면 칼리프 왕의 3번째 아내 하니타의 3번째 아들이다.

현재 칼리프 왕은 5명의 아내로부터 21남 17녀를 생산했다. 4번째, 5번째 아내가 젊으니까 앞으로 더 생산할 것이다.

"당신의 능력이 뛰어나다고 들었소."

"과찬이십니다, 장관님."

"이렇게 무스타파를 이용해서 나하고 만나는 것이 그 능력 아니오?"

칼리프가 웃지도 않고 말했지만 버릇인 것 같다.

진성이 고개를 끄덕였다.

"가능한 인맥을 동원해야지요."

양고기를 손으로 뜯어 입에 넣은 칼리프가 진성을 보았다.

"본론으로 들어갑시다. 나한테 이야기할 것이 있습니까?"

"저를 사업 대리인으로 만들어 주시지요."

칼리프가 쳐다만 보았고 포크를 내려놓은 진성이 말을 이었다.

"지금처럼 자금을 외국 주식에 투자하면 증권회사 배만 불리게 만드는 겁니다. 직접 사업에 투자하시면 그 몇 배의 이득과 함께 기반이 닦이게 될 겁니다."

칼리프도 포크를 내려놓고 지그시 진성을 보았다.

정수연은 아예 숨을 죽이고 있다.

진성이 이런 이야기를 꺼낼 줄은 예상하지 못했기 때문이다. 그저 인사하러 가는 줄만 알고 준비도 안 했다. 진성도 갑자기 가자고만 했던 것이다.

그때 칼리프가 말했다.

"내가 그런 제의를 한두 번 들어본 것 같습니까?"

칼리프의 얼굴에 웃음이 떠올랐다.

"각국의 기업가, 심지어는 미국 재벌이 대통령의 추천장까지 들고 나한테 와서 그런 제의를 한 적도 있어요."

"……"

"다 거절했습니다. 속이 뻔히 들여다보이는 데다 내 주변에도 그런 인재가 수두룩하거든."

칼리프의 시선이 옆에 앉은 사내를 훑고 지나갔다.

보좌관이다. 아마 박사학위를 여러 개 갖고 있을 것이다.

그때 진성이 입을 열었다.

"하지만 대통령을 목표로 삼은 기업가로부터 제의는 받지 않으셨겠지요?"

'뭐야' 하는 표정이 된 칼리프를 향해 진성이 웃어보였다.

"지금 내 사업 형태가 어떻게 되어 있는지 아십니까? 도지무역, 도지유통 2개 부분입니다."

진성이 말을 잇는다.

"도지무역은 기존의 기업 형식이고 도지유통은 밤의 세계를 평정하면서 기업화시키고 있는 중이지요. 따라서 두 개 사업부분이 연합하면 엄청난 시너지 효과를 낼 겁니다."

"……."

"나는 그것을 바탕으로 한국의 대통령이 될 것이고 이어서 중국을 잠식하고 일본에 침투할 겁니다."

고개를 든 진성이 칼리프를 보았다.

"왕자께선 엄청난 자금을 유통시킬 능력이 있으십니다. 그것을 바탕으로 저하고 함께 뛰시면 어느 사이에 노하우가 생기지 않을까요?"

진성의 목소리가 낮고 굵어졌다.

"사우디 왕이 되시는 노하우 말씀입니다."

"잠깐."

칼리프가 손을 들어 진성의 말을 막았다.

어느새 얼굴이 벽돌처럼 굳어졌고 눈빛이 더 강해졌다.

"거기까지만 합시다."

"저는 대통령이 될 겁니다."

진성이 지지 않는다는 표정을 짓고 말하자 칼리프가 이제 손을 저었다.

"그만 합시다."

"상부상조하는 것이지 난 누구를 이용할 생각 없습니다."

거기까지 말한 진성이 입을 딱 다물었다.

그때서야 정수연이 막혔던 숨을 길게 내뿜고는 눈의 초점을 잡았다.

"대통령이셨어요?"

돌아가는 차 안에서 정수연이 불쑥 물었기 때문에 진성이 고개를 돌렸다.

정수연이 말을 이었다.

"민 차장이 그러던데 사장님은 아직 목표를 세우지 않으셨다고 하던데요."

"……."

"제가 처음 듣는 셈이군요."

"……."

"오늘 감동했어요."

정수연이 한숨까지 '푹' 쉬었다.

"저도 목표를 다시 세웠어요. 한국 상공부장관요."

"……."

"한국 최초의 여자 상공부장관이 되겠어요."

그때 진성이 의자에 등을 붙이면서 운전을 하는 윤정복을 바라보며 말했다.

"앞에는 교통부장관 후보자가 있군."

이렇게 농담처럼 넘겨질라나?

6장
대연합

오태곤이 전격 체포된 후에 인천세관의 조옥동 경감과 이철수 경사는 아연실색, 대경실색, 기절초풍의 단계까지 갔었다.

오태곤이 불기만 하면 둘은 교도소만 가는 것이 아니다. 교도소에서 10년, 20년 사는 것은 둘째고 가족이 얼굴을 들고 살지 못할 것이었다.

특히 공교롭게도 둘이 각각 딸만 둘씩 있는 데다 모두 19세 미만 13세까지여서 사춘기다. 단체 자살을 할 수도 있다.

언론이 매일같이 대서특필을 하면 당해낼 장사가 없는데 사춘기 소녀들이 오죽하겠는가?

그런데 오태곤이 '타도'된 다음 날 조옥동이 전화를 받았다. 상대는 조병욱.

같은 종씨라고 둘은 한 번 만나서 술을 먹은 적도 있다. 물론 오태곤파의 룸살롱에서.

덜덜 떨면서 전화기를 귀에 붙인 조옥동에게 조병욱이 말했다.

"형님, 걱정하지 마셔."

"동생, 괜찮겠어?"

다급하게 조옥동이 물었을 때 조병욱이 큭큭 웃었다.

"내가 새 회사에서 그 일을 이어받기로 했거든."

"오 사장이 안 불까?"

"불기는? 불면 지금까지 들어온 헤로인이 다 들통나게?"

"그렇지."

"형님은 나만 믿고 기다리쇼."

"알았어. 동생만 믿지."

그렇게 끝났던 것이다.

그리고 오늘.

조병욱과 조옥동이 가든클럽의 방에 마주 앉아 있다.

가든클럽? 가든클럽은 이제 도지유통의 강남사업국 소속으로 강용규 사장이 관리한다.

아가씨들을 잠깐 나가게 해놓고 조병욱이 말했다.

"형님, 5일 후에 10킬로가 들어와요."

"히? 10킬로?"

숨 들이키는 소리가 '히'다.

놀란 조옥동을 향해 조병욱이 혀를 찼다.

"형님, 별일 없다니까 그러네. 이번에는 수당 2천 드릴 테니까. 이 경사한 테도 천 보낼 테니까 그날 통과시켜요."

"지난주부터 마약견을 두 마리나 들여왔어. 개새끼한테 돈 먹일 수도 없고……"

"독약을 먹이든지."

"옳지. 그날 평택항으로 보내면 되겠다. 거기서도 마약견 시범을 보여 달라고 했으니까."

"2천은 내일 보내드릴게. 이 경사한테도 1천 간다고 연락해주세요."

"누가 어디다 담고 오는지 자세히 알려줘야 해, 최소한 이틀 전에."

"알겠습니다."

"지난번에 가져온 여자 진짜 끝내주던데. 중국 여자더만."

"형님, 이제 여자 부르지요."

"응, 이집도 괜찮은데? 리츠보다 나은 것 같아."

조병욱이 벨을 눌렀다.

이렇게 세관 수배는 되었다.

도지유통 사장실 안.

도지유통 건물의 10층에 사장실이 4개 있다.

맨 안쪽이 유통의 사장실, 그다음 방이 관리사장실, 그 옆이 강남사업국 사장실, 그다음이 강북사업국 사장실이다.

그래서 어느 호텔의 벨 보이 출신인 행동대원 하나가 10층을 '휘시즌실'로 덜렁 불렀다가 영어가 깡통인 대다수의 유통사원들이 '휘' 자만 보고 따랐고 이제는 간부들까지 그렇게 부르는 실정이다.

그래서 뒤늦게 영어를 아는 간부들이 '휘시즌'은 외국 호텔 이름이다, 그러니 그렇게 부르지 말라고 잔소리를 했지만 오히려 쫙 퍼져버렸다.

어쩔 수 없다.

그 휘시즌실의 1호실 주인이 진성이다.

진성이 세 사장을 앞에 앉혀놓고 회의를 하고 있다. 진성 옆에는 비서실장 격인 박충식이 앉아 있다.

진성이 입을 열었다.

"마약부에서 나온 자료를 보면 한국으로 수입되는 마약은 월간 15킬로 정도였어요. 오태곤은 전체량의 3분의 1 정도만 소화하고 있었던 거요."

진성이 경찰 마약부 자료를 말하고 있는 것이다.

긴장한 셋에게 진성이 말을 이었다.

"나머지 몇백 그램씩 태국이나 중국의 다른 소스, 또는 인도나 동남아 지역에서 넘어오는 것인데 한 달에 세관에서 단속되는 양만 5킬로요."

진성이 셋을 둘러보았다.

"자료에 나오지 않는 양까지 합치면 매월 30킬로가 넘는다는 거요."

쓴웃음을 지은 진성이 말을 이었다.

"나는 이번 기회에 마약사업도 통합시킬 거요. CIA, 경찰 마약부와 연합해서 밀수를 단속하는 그 반대로 그들을 이용해서 마약사업도 확실하게 키워놓을 겁니다."

진성의 두 눈이 번들거렸다.

그 시선을 받은 셋의 표정이 각각 다르다.

김덕무는 눈썹을 모은 것이 궁리하는 표정이고 강용규는 어깨를 부풀리면서 눈을 깜빡였다. 감(感)을 잡은 것 같다.

고정만은 초점이 먼 눈동자에 입이 조금 벌어진 것을 보니 어지러운 모양이다.

어쨌든 진성은 유통의 세 사장에게 마약사업에 대한 실행 지시를 한 셈이다.

돌아오는 차 안에서 박충식이 말했다.

"사장님, 도매상을 그대로 운용시킬 예정이십니까?"

진성의 시선을 받은 박충식이 헛기침부터 했다.

"제 생각입니다만 도매상 놈들은 우리가 준 헤로인의 3배, 또는 5배까지 희석시켜 소매상에게 넘깁니다. 앉아서 가장 편하게 장사를 하는 셈이지요."

"……."

"우리는 세관을 피하려고 온갖 작전을 다 짜내고 생명의 위험도 감수하지 않습니까? 소매상은 소매상대로 경찰 단속에, 구역 싸움으로 죽는 놈들도 많거든요."

박충식이 정색하고 진성을 보았다.

"지금 남는 도매상 넷은 다 재벌급 갑부입니다. 부산의 차명균이는 도병만 이상 가는 놈으로 16억짜리 짜가즈니를 타고 다닙니다. 그놈들을 제거하고 우리가 직접 도매를 하지요."

"……."

"이왕 발을 딛었는데 도매는 딴 놈들한테 맡긴다는 것도 우스운 것 같습니다."

"위선이지."

어깨를 올렸다가 내린 진성의 얼굴에 쓴웃음이 번졌다.

"네 말이 맞다."

"인정해주셔서 감사합니다."

"아니, 잘 지적했다."

고개를 끄덕인 진성이 박충식을 보았다.

"도매상을 제거하면 소매상 라인을 그대로 유지할 수 있을까?"

"소매상은 도매상이 누군지 상관하지 않습니다. 그저 품질과 가격만 보지요."

"그렇다면 네가 마약사업부를 통괄해라."

마침내 진성이 결정했다.

"내가 사장들에게 너한테 협조하라고 지시하겠다."

"조병욱이를 데려가겠습니다."

"마약부 인원도 네가 골라가."

"만일의 경우에 대비해서 자금 관리 전문가가 필요합니다."

"내가 주 이사한테 이야기를 하지."

박충식이 마약 도매업에까지 손을 댄다면 한 번에 수백억의 순이익금이 발생한다.

지금까지 이익보다 세 배, 네 배까지 될 것이다.

다음 날 오전.

서울청장 오정호가 진성에게 전화를 했다.

청장실에서 사장실로 전화를 한 것이라 공식적이다. 이제는 숨길 것도 없다는 표시 같다.

"말씀드릴 것이 있는데 오후 3시에 내 사무실로 오실 수 있습니까?"

이러니 어떤 대답을 하겠는가?

오후 3시 정각.

서울청장실에서 오정호와 진성이 마주 보고 앉았다.

단 둘이서 독대를 하는 것이다.

오정호는 지그시 진성을 보았다.

"진 사장님, 마이클 정의 헤로인 루트를 알아내었습니다."

그렇게 말하더니 입술 끝을 비틀고 웃었다.

"참, 뭐라고 표현하기가 어렵네요. 헤로인 루트라니. 누가 들으면 마약업자 이야기를 하는 것 같겠네요."

"실제로 그렇지 않습니까?"

쓴웃음을 지은 진성이 물었다.

"저도 마찬가지고요."

"저도 가담한 것이나 마찬가진데 일단은 같은 공기를 마셔야지요."

숨을 고른 오정호가 말을 이었다.

"마이클은 태국에서도 이곳으로 헤로인을 가져왔습니다. 지금까지 공군 기지를 통해 운반하다가 군의 감시가 강화되자 외교 행낭을 통해 반입했는데 그것도 위험해서 중단시켰더군요."

"……."

"이건 마이클과 함께 일하는 직원을 매수해서 얻어낸 정보입니다."

오정호의 얼굴에 웃음이 떠올랐다.

"3억을 주었더니 다 털어놓더군요."

그 3억은 진성이 제공한 자금일 것이다.

오정호가 말을 이었다.

"마이클과 CIA 마약 업무를 5년간 함께 해온 흑인 요원입니다. 서울에서 한국인 여자를 만나 동거하고 있는데 돈이 필요했겠지요. 그래서 한국인 여자를 통해 매수를 한 겁니다."

"……."

"지금까지 마이클은 한국에서 모은 마약을 미국 서부의 마약업자에게 공급했습니다. 미국 동부와 달라서 서부는 아직 단속이 심하지 않다고 합니다."

"그 판매 자금은?"

"마이클이 직접 관리했는데 한 번 거래를 할 때마다 수천만 불씩 되었다고 합니다."

"CIA 자금이 되겠군요."

"그런데 머핀은 마이클이 상당한 금액을 횡령했다는군요."

머핀이 마이클의 부하 이름이다.

오정호가 말을 이었다.

"이번에 10킬로가 들어왔을 때 6킬로를 가져가면 미국으로 넘기는 건 확실합니다."

이제 마이클 정의 헤로인 경로를 알았다.

세상은 돌고 도는 것이다.

그런 의미에서 한쪽만 강자일 수는 없다. 오정호는 그 궤도에 함께 올라타는 계기를 잡았다.

그때 진성이 말했다.

"말씀드릴 일이 있습니다."

오정호의 시선을 받은 진성이 말을 이었다.

"제가 이번부터 헤로인 도매업까지 맡을 계획입니다."

"……"

"지난번 주신 자료대로라면 우리가 받는 헤로인은 전체의 5분의 1 정도입니다. 그것은 한국에 헤로인 도매상이 수십 명이나 된다는 말이나 같지 않습니까?"

"그렇죠."

오정호가 고개를 끄덕였다.

"마약으로 수십억씩 챙기는 놈들이죠."

"그놈들을 정리하면서 한국 내의 마약을 통제, 관리하겠습니다."

"마약부와 손발을 맞출 필요가 있습니다."

오정호가 말을 이었다.

"불법과 법의 연합이라 믿음과 조화가 필요합니다. 우선 마약부장을 만나보시죠."

그렇다.

불법과 합법의 연합이다.

민성희가 사장실로 들어왔을 때는 오후 5시경.

진성이 오정호를 만나고 돌아온 지 얼마 되지 않았다.

"칼리프 장관 보좌관입니다."

민성희가 말하더니 전화기를 들고 버튼을 누른 다음 진성에게 내밀었다.

칼리프는 출발 일정을 이틀이나 늦추고 대통령까지 면담했다. 그래서 뉴스에서도 모습을 볼 수가 있었던 것이다.

진성이 전화에다 응답했을 때 보좌관이 말했다.

"잠깐 기다리시지요. 바꿔드리겠습니다."

잠시 후에 칼리프가 나왔다.

"미스터 진, 오늘 저녁에 시간 있습니까?"

대뜸 물은 칼리프가 말을 이었다.

"같이 저녁 식사나 하십시다."

"좋습니다."

진성이 바로 승낙했다.

"언제, 어디서 뵐까요?"

"7시에 지난번처럼 내 방에서 뵙시다."

진성은 소리 죽여 숨을 뱉었다.

오후 7시.

지난번과 같은 식당, 같은 메뉴로 저녁 식사가 진행되고 있다.

메뉴도 같다. 양고기, 채소, 쌀밥, 양념장, 통닭 튀김은 바깥쪽에 놓여서 액세서리 같다.

오늘 진성은 비서실장 민성희를 동석시켰다. 칼리프는 보좌관 후산을 오늘도 옆에 두고 있다.

식사를 하면서 대통령을 만난 이야기를 늘어놓던 칼리프가 말을 그치더니 진성을 보았다.

"진 사장, 내가 이틀 동안 더 머문 건 대통령을 면담하려는 건 아니었소."

진성의 시선을 받은 칼리프가 말을 이었다.

"이틀 동안 진 사장에 대해서 알아보았습니다. 여러 경로를 통해서 말이오."

고개만 끄덕인 진성에게 칼리프가 웃어보였다.

"지난번의 제의에 대한 대답을 드리지요. 앞으로 같이 일합시다."

"감사합니다, 장관님."

"내가 많이 도움을 받겠습니다, 진 사장."

"아닙니다. 제가 먼저 보여드려야지요."

"언제 사우디에 오시겠소?"

"가능한 한 빠른 시일 내에 가겠습니다."

"그동안 나도 준비를 하지요."

고개를 끄덕인 칼리프가 부드러운 시선으로 진성을 보았다.

"내가 진사장의 말을 듣고 나서 내 눈앞에 있던 안개가 걷히는 느낌을 받았습니다."

진성은 숨만 쉬었고 칼리프가 말을 이었다.

"이것은 욕심에 관한 사안이 아니오. 지도자의 꿈에 대한 계획이오. 그 꿈을 우리 둘이 연합해서 이루는 것이오."

"그렇습니다."

진성이 고개를 끄덕였다.

그렇다. 대연합이다.

꿈같은 일이겠지만 피가 끓는 대연합이다.

이런 꿈을 향해서 전진하는 것만으로도 생의 보람을 느끼지 않겠는가?

그 계기를 진성이 제시한 것이다.

칼리프와 인사를 마치고 돌아가는 차 안이다.

운전석에는 윤정복이 앉았고 뒷자리에 진성과 민성희가 나란히 앉아 있다.

밤 10시가 넘었다.

차가 신호등에 걸려 멈춰 섰을 때 민성희가 고개를 돌려 진성을 보았다.

"제가 어떻게 준비할까요?"

"사우디에 대규모 유통회사를 세우는 거다. 사막에는 사막에 맞는 유통 시설을, 바닷가에는 바닷가에 어울리는 시설을 세우는 거야. 사우디를 중동 지역의 유통, 유흥의 중심으로 개조하는 거다."

진성의 목소리에 열기가 띠어졌다.

"그래서 그 인적, 물질적 기반으로 사우디를 장악하는 거다."

너무 엄청나고 황당한 설계였기 때문인지 민성희가 입을 반절이나 벌린 채 진성을 보았다.

그런 모습을 처음 본 진성도 마주 쳐다보았다.

그때 벌렸던 입을 먼저 다물었던 진성이 길게 숨을 뱉었다.

"대연합이다."

"네?"

"역사에 남을 대연합이야."

정수연이 출장가지 않고 같이 있었다면 민성희처럼 덤벙대지는 않을 것이다. 민성희한테는 칼리프에게 대형 프로젝트를 제안했다고만 하고 데려왔으니까.

그리고 민성희한테만 대통령이 꿈이라고 말해주었지 않은가?

그런데 정수연한테 아직 목표를 세우지 않았다고 말했다면서?

그래서 대통령 이야기는 다시 안 해준 것이지.

어쨌든 진성의 분위기는 대단히 밝다.

대연합이다.

서울경찰청 3층 마약부 사무실 안.

오전 10시 40분.

안쪽 회의실에 마약 부장 곽상돈과 과장 박만규, 반장 윤대수, 부반장 김성호까지 서열별로 주르르 앉아 있다. 김성호는 맨 끝이다.

그중 계장이 빠졌는데 다른 작전을 맡고 있어서 이 라인이 이번 작전의 골격이다.

그리고 장방형의 테이블 앞쪽. 그러니까 곽상돈 앞에 사내 하나가 혼자 앉아 있다.

마약 부장 이하 모두가 사내를 바라보고 있는 꼴이다.

그 사내가 바로 조병욱이다.

조병욱이 어깨를 부풀리고 말을 이었다.

"도매상 전번과 매달 가져간 헤로인양입니다. 저하고 직접 만났기 때문에 이름과 얼굴도 다 압니다."

조병욱이 나눠준 종이가 곽상돈 앞에 놓여 있다. 도매상 리스트다.

조병욱이 지금까지 거래해 온 도매상의 인적사항이 적혀 있는 것이다.

고개를 끄덕인 곽상돈이 조병욱을 보았다.

"이놈들하고 얼마 동안 거래했지요?"

"3년쯤 되었습니다."

놀란 과장 이하 김성호까지 서로를 돌아보았을 때 곽상돈이 다시 물었다.

"그전에는?"

"오태곤이 직접 챙겼기 때문에 잘 모르겠습니다."

"그전의 공급자도 삼합회였나?"

"아닙니다."

조병욱이 고개를 저었다.

"여럿이었는데 아마 삼합회가 제거한 것 같습니다. 통일시키고 나서 제가 오태곤의 지시를 받고 삼합회와 접촉했으니까요."

"그놈들이 제거되었는지 아니면 다른 공급처를 찾았는지 알고 있소?"

"그건 자세히 모르겠습니다."

한국에 유입되는 마약이 삼합회뿐만이 아니었기 때문이다.

곽상돈이 고개를 끄덕였다.

"어쨌든 고맙군. 이것으로 삼합회분 마약 도매상은 싹 정리가 되는 셈이군."

옆에 앉은 박만규가 따라서 고개를 끄덕였다.

박만규는 총경으로 곽상돈과 함께 지휘부에 든다. 큰 사건에는 현장에 나가지만 대개 다 끝났을 때다.

현장에서 뛰는 대원은 지금 눈썹을 모으고 앉아 있는 반장 윤대수와 부반장 김성호다.

둘은 지난번 인천 세관에서 유자양을 놓친 장본인이기도 하다.

그때 곽상돈의 시선이 윤대수에게로 옮겨졌다.

"윤 반장."

"예, 부장님."

"넌, 왜 똥 싸고 뒤 안 닦은 얼굴이야?"

"아닙니다."

"뭐가 아냐?"

"뒤 닦았습니다."

"그럼 뭐냐?"

"도매상을 몽땅 때려잡으면 난리가 날 것 같아서 그렇습니다."

"그렇지."

고개를 끄덕인 곽상돈이 말을 이었다.

"그건 나한테 맡기고 일단 도매상들을 잡아. 알겠나?"

"예, 부장님."

"구체적인 것은 윤 반장이 여기 있는 조 차장하고 상의를 하고."

그러고는 곽상돈이 자리에서 일어섰다.

"윤 반장, 이번에 네가 공을 세우는 거야. 청장 표창장을 받게 될 거다. 너희들 반이 말이지."

곽상돈이 박만규를 데리고 방을 나갔기 때문에 셋이 남았다.

실무자인 윤대수, 김성호와 조병욱이다.

그때 윤대수가 부널거렸다.

"지미럴. 이제는 조폭하고 연합해서 마약 도매상을 잡게 되었군."

"그러게 말입니다."

조병욱이 한숨까지 쉬면서 말을 이었다.

"세상이 거꾸로 돌아가는 것 같습니다."

"이봐, 장난해?"

"내가 장난치려고 서울 경찰청 마약부까지 찾아온 것 같습니까?"

"너, 지난번 인천 세관에 나갔었지?"

"하도 여러 번 댕겨서 그런데, 언제를 말하는 겁니까?"

"이런 씨."

"지금 내가 여기 체포되어 온 겁니까?"

조병욱이 지그시 윤대수를 째려보았다.

"겁주려고 하신다면 잘못 생각하신 건데."

"뭐?"

"내가 여기서 같이 일 못 하겠다고 일어서면 어떻게 될 것 같습니까?"

"뭐라고?"

"당신이 잘리게 돼. 해볼까?"

"아니, 이……."

그때 김성호가 윤대수의 팔을 눌러 말렸다.

"이제 기 싸움 그만 합시다. 조 차장, 진정합시다."

김성호가 앞에 앉은 조병욱에게도 손을 흔들었을 때 조병욱이 자리에서 일어섰다.

"당신하고 일 못 해."

20분 후. 이곳은 경찰청 옆 커피숍 안.

다시 셋이 모여 앉았다.

경찰청을 뛰쳐나간 조병욱을 김성호가 붙잡고 달래어서 윤대수를 이쪽으로 불러낸 상황이다. 그래서 분위기가 싹 바뀌었다.

윤대수가 말하고 있다.

"내가 자네 잡으러 댕기느라고 진이 빠졌기 때문에 약이 올라서 그래."

"그럼 나는 도망 댕기느라고 진이 빠져서 약이 오른 건 마찬가지요."

조병욱이 말을 받았더니 김성호가 끼어들었다.

"자, 자, 말싸움 그만 하고 우리 도매상 놈들 잡을 계획이나 세우지."

김성호가 달래듯이 밀했을 때 조병욱이 고개를 들었다.

"잡는 건 경찰 몫이지요. 우리는 적극적으로 협조해드릴 뿐입니다."

"그런데."

다시 윤대수가 입을 열었다.

"내가 알기로는 우리가, 그래. 도지유통과 우리 마약부가 이번 도매상 소탕 작전으로 끝나는 것이 아닌 것 같은데 말야. 어디까지 가는 거야?"

윤대수의 시선을 받은 조병욱이 천천히 고개를 끄덕였다.

"역시 전문가는 다르시군."

"알고 있어?"

"거기 부장님은 알고 계실 겁니다."

"말해봐."

"우리 사장님하고 청장님 사이에는 이야기가 된 것 같은데요."

"난 못 들었어."

"그 이야기를 왜 나한테 듣습니까?"

말문이 막힌 윤대수가 숨만 쉬었을 때 다시 김성호가 나섰다.

이번에는 윤대수에게.

"반장님, 그 이야기는 나중에 하고 조 차장하고 작전 협의나 합시다."

주소하고 전번을 안다고 무조건 쳐들어갔다가는 당하는 수가 있다.

안면이 많은 조병욱을 내세워서 끌어내야만 하는 것이다.

윤대수가 어깨를 늘어뜨렸다. 조폭과의 연합이라니. 더구나 지금까지 마약 사업을 해온 조폭과 말이다.

윤대수에게 도지유통이 새로운 조폭 회사나 다를 것이 없는 것이다.

"이번에는 둘이 5킬로씩 가져오기로 했습니다."

천동민이 보고했다.

장충동의 저택 안, 오후 3시.

앞에는 유자양이, 옆쪽엔 황천이 앉아있다.

"사흘 후에 도착하는 산동호를 타고 옵니다."

"연락을 해."

유자양이 지시했다.

"이번에는 도지유통의 조병욱이한테 하는 것이군."

"예, 오태곤 대신 박충식으로 수취인이 바뀌었을 뿐입니다."

그때 황천이 유자양을 보았다.

"도지유통이 체계적으로 움직입니다. 박충식이 유통과 별개로 마약 부분만 따로 독립된 것 같습니다."

"그건 오히려 잘된 일 아녜요?"

유자양이 고개를 기울였다.

"물량이 늘어나고 관리를 하려면 오태곤처럼 혼자서 주물거리는 방식은 한계가 있죠. 난 이번 도지유통의 관리방식이 우리들의 사업 확장에 도움이 되리라고 봐요."

240

"그건 그렇습니다만."

황천이 눈썹을 모으고 유자양을 보았다.

"도지유통의 실제 주인은 진성입니다."

"……."

"진성은 뒤에서 조종만 하고 전면에 강용규, 고정만, 김덕무, 박충식까지 포진하고 있습니다."

유자양이 눈만 깜박였다.

황천은 삼합회 5개 방(方)의 하나인 작전방 방장이다. 28세인 유자양보다 경륜은 물론이고 몇 수 앞을 내다보는 작전통이다.

황천이 말을 이었다.

"우리는 일차적으로 한 쪽에 헤로인을 풀면서 자금을 축적하고 나아가 친중(親中) 조선족을 활용하여 한국의 기반을 구축하는 것이 목표였습니다. 그런데……."

고개를 든 황천이 쓴웃음을 띤 얼굴로 유자양을 보았다.

"오태곤을 이용할 때는 조금씩 진전이 있었는데 갑자기 도지무역이 등장하면서 분위기가 바뀌었습니다."

"……."

"헤로인 물량은 늘어났는데 빈틈이 보이지가 않습니다. 도지무역의 조종대로 움직이는 것 같습니다."

그때 유자양이 말했다.

"한꺼번에 다 만족할 수는 없죠."

"그렇습니다, 대표님."

황천이 바로 대답은 했어도 건성인 것이 표정으로 드러났다.

유자양의 직책은 삼합회장 고문 역으로 한국에 왔지만 지금은 대국 사업의 대표다.

5인방의 작전방장 황천은 대표의 고문이 되어있다.

응접실을 나온 황천이 복도에서 기다리던 심복 동광에게 말했다.

"김갑준이한테 연락해, 만나자고."

"예, 방장님. 어디로 오라고 할까요?"

"대림동에서 만나지, 8시에."

"알겠습니다."

몸을 돌리려는 동광에게 황천이 말을 이었다.

"조장 세 명은 모두 데려오라고 해."

동광이 서둘러 정원을 가로질러 갔다.

연락을 하려는 것이다.

호아천이 이곳에 온 주 임무 중 하나가 조선족으로 구성된 삼합회 조직 강화다. 이미 한국에는 한중 수교 이후로 조선족이 60만 가깝게 쏟아져 들어온 것이다. 그중에는 삼합회원도 끼어 있었지만 현지인 한국에서 가입시킨 숫자가 더 많았다.

현재 한국내의 삼합회원은 422명, 한국에서 가입시킨 회원이 260명이다. 422명 중에서 한국으로 귀화한 조선족이 120명, 나머지는 중국 국적을 보유하고 있다.

그러나 한국 국적이건 중국 국적의 삼합회원이건 공통점이 있다.

422명 모두 중국을 모국으로 생각하고 중국에 대한 애국심이 투철하다는 것이다.

귀화한 것은 오직 편의 때문이다. 돈을 벌고 혜택을 받는 데 이롭다는 편의 때문에 한국으로 국적을 바꿨을 뿐이다.

지금 동광은 그 422명 조직의 지대장(支隊長) 김갑준과 조장 셋을 모두 소집시킨 것이다.

오후 5시가 되었을 때 진성은 직통전화를 받았다.

이 직통전화 번호를 아는 사람은 20명도 안 된다.

"안녕하세요, 사장님."

전화기를 들었더니 맑은 목소리가 울렸다.

잔잔하지만 밝은 목소리, 이서영이다. 남원옥 대표 유정순의 대리인.

20내 같기도 하고 30대로도 보이고 능숙한 저신을 보면 40대로도 느껴지기도 하는 여자.

이서영은 내무위원장 장석환에게 뇌물을 먹여 진성의 팬으로 바꿔놓았다.

"아, 이서영 씨, 반갑군."

진성의 이서영에 대한 말투도 왔다 갔다 했다. 아직 개인적으로 친한 사이가 아니어서 어색했기 때문이다.

그때 이서영이 말했다.

"대표님께서 전해 드리라는 말씀이 있어서요. 오늘 시간 있으세요?"

"만나야지."

진성이 바로 대답했다.

"몇 시에 어디가 좋을까?"

"7시에 가게 근처의 삼흥빌딩 1층에 은하카페가 있어요. 거기서 기다릴게요."

"그러지."

전화기를 내려놓은 진성이 자리에서 일어섰다.

이제는 유정순의 충고가 힘이 되고 있다. 앞길을 보여주는 불빛 같다.

7시, 진성이 카페 방으로 들어서자 이서영이 자리에서 일어섰다.

이서영은 분홍색 투피스 차림이었는데 진성을 보더니 웃음 띤 얼굴로 말했다.

"대표님이 직접 말씀드리고 싶었는데 자주 눈에 띄면 불편해질 것 같다고 하셔서요."

"난 이서영 씨 만나는 게 더 좋은데."

"그러세요?"

마주 보고 앉았을 때 이서영이 웃음 띤 얼굴로 말을 이었다.

"지금이 난세라고 하셨어요."

"그래서 대표님이 나 같은 인간도 찾아내신 것 같아."

"동쪽보다 서쪽에 집중하라고 하시는데 뭐, 짐작 가시는 일 있어요?"

그 순간 숨을 들이켠 진성이 고개를 끄덕였다.

한국의 동쪽은 미국이고 서쪽은 중국이다.

그때 이서영이 말을 이었다.

"대표님께선 서쪽 일이 우선이라고 하시네요."

"서쪽에 두 개의 일이 있는데."

"그 말씀도 하셨어요. 여자가 나서 있는 일."

아, 유자양이다. 베트남에서 실종되어 있는 전경문은 남자지.

이제는 정색한 진성이 이서영을 보았다.

"다른 말씀은?"

"앞으로 시련이 오겠다고 하셨어요. 그때 저하고 같이 극복하라고 하셨습니다."

"나하고 이서영 씨 사이는 언급하지 않으시던가?"

"하셨어요."

"뭐라고?"

"그건 말씀드릴 수가 없고요."

"웃지도 않고 말하니까 서운해지는데."

"지금도 인연이 강한데 뭘 더 바라세요?"

"더 기대해도 될까?"

"순리에 맡겨야죠."

"난 지금 순리에 따라가고 있는데 그쪽은 자꾸 벗어나려는 것 같군."

"서쪽 여자를 만나세요."

불쑥 이서영이 말하더니 눈만 구부려 웃었다.

그 웃음을 본 순간 진성이 숨을 들이켰다.

고혹적인 웃음이다. 이렇게 눈만 조금 움직였는데도 전신에 전류가 흐르는 느낌이 오다니.

그때 이서영이 말을 이었다.

"그 여자를 만나시면 물꼬가 트인다고 말씀하셨어요."

"물꼬가 트인다고?"

눈썹을 모은 진성이 이서영을 보았다.

그러나 신통하다. 어떻게 서쪽의 여자를 짚어낼 수가 있단 말인가?

이서영이 주문해 놓은 맥주병을 쥐고 진성이 병째로 한 모금을 마셨다.

이곳은 손님이 별로 없어서 조용하다. 바깥쪽 홀에는 진성의 수행비서인 최광수가 경호원 둘과 함께 대기하고 있을 것이다.

"네, 그렇게 말씀하셨어요."

이서영이 확인하듯 말했다.

"물꼬가 트이면 사장님 말씀대로 물 흐르는 것처럼 일이 풀린다는 말씀이겠죠."

물은 높은 데서 낮은 곳으로 흐르는 것이 순리이긴 하다.

다시 한 모금 맥주를 삼킨 진성이 이서영을 보았다.

"지금 베트남에 도지무역의 부장 하나가 납치된 상태야. 그래서 경찰 출신 특공대를 파견했는데."

이서영은 시선만 주었고 진성이 말을 이었다.

"중국에서 들여온 물건을 내가 독점하려고 작전 중이지. 이건 이서영 씨한테 내막을 말하기 거북하구먼."

한 모금 맥주를 삼킨 진성의 말이 이어졌다.

"그런데 중국에서 온 여자보다도 수십 배 큰 프로젝트가 있는데 대표께서는 모르시는 모양이네."

사우디 건설장관 칼리프다. 사우디 국왕 압둘라 칼리프의 11번째 아들과의 프로젝트가 남아 있는 것이다.

정색한 진성이 이서영을 보았다.

"나는 무엇보다도 이 프로젝트가 중요하다고 생각해."

이것이 대연합의 완결편인 것이다.

오후 8시.

대림동의 북경반점 방 안에는 5명의 사내가 둘러앉았다.

황천과 동광, 그리고 삼합회 지대장 김갑준과 조장 셋이다.

원탁에는 중국요리와 맥주가 놓여 있지만 모두 황천을 쳐다보고 있다. 젓가락을 들지도 않는다.

황천이 둥근 얼굴을 펴고 웃었다.

"타향에서 고생들이 많군. 고국이 그립지 않나?"

"당연히 그립지요."

먼저 대답한 사내는 지대장 김갑준. 지린성 옌지 출신의 조선족. 40세. 중학교 교사였다가 한국으로 건너와 벽돌공 교습을 받고 나서 벽돌공으로 7년째 일하는 중.

그러나 뼛속까지 중국인이 되어 있는 데다 삼합회에 가입, 중국 본부의 신임을 받아 지대장으로 승급했다.

마른 체격이나 어깨가 넓은 김갑준이 큰 눈으로 황천을 보았다.

"제가 조선족으로 조선말을 쓰고 있지만 한국에서 한국인들을 겪어 보면 구역질이 납니다."

김갑준이 고개까지 흔들었다.

"빨리 우리가 먹어야 됩니다. 이 종족들이 5천년 동안 중국의 속국이 되어온 것처럼 말입니다."

"그래야지."

만족한 황천이 고개를 끄덕였다.

"한국 놈들은 가만 놔두면 돼. 그럼 서로 싸우다가 늘어지는 민족이야."

"그렇습니다. 제 힘으로 밖으로 나간 적이 한 번도 없는 민족입니다."

김갑준의 두 눈이 번들거렸다.

"수천 년간 우리 중국의 속국이었다가 일본 놈들한테까지 나라를 빼앗기더니, 어디, 제 힘으로 나라를 찾았습니까? 2차 세계대전 때 일본이 패전하는 바람에 겨우 두 동강이가 된 채로 이렇게 되었지요."

"북쪽은 중국의 북한성처럼 되었으니까 남쪽을 우리 삼합회가 회수하는 거야."

황천이 고개를 끄덕이면서 김갑준을 보았다.

"김 형은 교육을 잘 받았어."

"제가 여기선 벽돌공으로 무시를 받지만 고국에서는 중학 역사 선생이었습니다."

"그렇지, 참."

"우리 고국에 있는 조선족 동포들 대부분은 그렇게 역사 교육을 받습니다."

"공부 안 한 놈들이나 모르지."

황천의 말에 모두 웃었다.

분위기가 부드러워지면서 제각기 젓가락을 들었다. 술을 한 잔씩 마셨을 때 황천이 본론을 꺼내었다.

"지금까지 우리가 조심을 했지만 이제는 기반이 굳어진 것 같아."

지대장과 조장들을 둘러본 황천이 말을 이었다.

"세를 늘려야겠어. 올해 안에는 최소한 3배의 회원을 확보해서 조직을 재정비하라는 본부의 지시야."

황천의 말에 열기가 띠어졌다.

"이것은 우리 회 자체만의 결정이 아냐. 중앙정부가 적극적으로 우리를 후원하고 있다는 것을 당신들 간부 요원들은 알고 있으라고."

그 순간 김갑준과 조장들이 일제히 고개를 끄덕였다.

중앙정부라니. 그렇다면 거칠 것이 없는 것이다.

회의실에 둘러앉은 인원은 넷.

진성과 비서실장 민성희, 그리고 기획담당 과장 윤석, 수출1부장 정수연이다.

오전 10시 반.

칼리프가 떠난 후에 진성은 사우디 프로젝트의 틀을 짰고 오늘 셋을 부른 것이다.

민성희는 이제 도지무역의 비서실장 겸 기획조정실장으로 2개 과 14명을 관리하는 부장급이 되어있다.

윤석은 31세. 대기업인 한양그룹 기조실에서 근무했는데 지난달에 채용되었다.

한양그룹은 창립 7년 만에 한국의 20대 재벌그룹이 된 신화적인 기업이다. 그런데 한양그룹은 7년 만에 부도를 내고 망했다. 그것이 작년 말이었고 한양그룹의 임직원 8만여 명이 실업자가 된 국제적인 사건이었다.

진성이 카피한 서류를 셋 앞에 1부씩 나눠주면서 말했다.

"사우디 프로젝트의 틀을 짰다. 이것을 다듬어서 기획안을 만들도록."

진성이 말을 이었다.

"안을 만들기 전에 머릿속에 사우디를 이 프로젝트로 번영시킨다는 사고를 박아 넣도록 해."

고개를 돌린 진성이 윤석을 보았다.

"자네가 일하던 한양은 웅대한 프로젝트를 구상했지만 편법과 사기를 수단으로 삼다가 망했어. 하지만 이 프로젝트는 자본금이 충분해. 운용만 잘하면 된다."

진성의 시선이 민성희와 정수연에게로 옮겨졌다.

"칼리프는 현재 78세인 칼리프 왕의 뒤를 이어서 사우디 왕이 되어야 해."

진성은 유정순이 말한 서쪽 사업을 가장 먼 곳에 있는 사우디로 바꿨다.

서쪽 사업에서 여자를 만난다는 이야기도 중국과 유자양이 아니라 사우디와 민성희, 정수연으로 바꿔도 말이 되지 않겠는가?

그쯤 바꿀 수 있어야 주인공이지.

대연합을 결정한 사우디가 우선이다.

조병욱이 돌아왔을 때는 마약부와 출동한 지 사흘 후다.

어깨를 펴고 도지유통의 사무실로 들어선 조병욱이 박충식에게 보고했다.

"일 끝내고 왔습니다."

"나도 TV에서 봤다."

박충식이 웃음 띤 얼굴로 앞쪽에 앉는 조병욱을 보았다.

"너, 어깨가 좀 높아졌다."

"제가 부반장 대우를 받았습니다."

"무슨 말야?"

"마약부 부반장 말입니다."

"계급이 뭔데?"

"경위."

"야, 출세했다."

"경찰하고 합동작전을 하는 터라 할 수 없이 저를 부반장으로 소개하더군요."

"그래야겠지."

"도매상 네 놈을 잡는 동안 가장 불안한 것이 언론보도였어요. 한꺼번에 몽땅 잡을 수가 없었기 때문에 어차피 대여섯 시간씩 시차가 있어서 말입니다."

"그렇지."

"대구에서 김명수를 잡을 때 중앙방송에서 수원의 박준홍이 잡은 것을 막 보도했단 말입니다. 김명수가 다행히 그 보도를 못 듣고 약속 장소에 나온 겁니다."

조병욱의 무용담이 이어지면서 입 끝에 게거품이 일어났다. 참을성 있게 조병욱의 말을 들으면서 박충식이 연신 고개를 끄덕였다.

조병욱은 서울청 소속 마약반과 함께 전국에 흩어진 마약 도매상 넷을 체포하고 돌아온 것이다. 몇 시간 전부터 언론이 떠들고 있었기 때문에 박충식은 조병욱보다 더 잘 알고 있었다.

이윽고 조병욱이 말을 그쳤을 때 박충식이 입을 열었다.

"오늘부터 네가 마약 총 도매상을 해야겠다. 할 사람이 너밖에 없어."

오후 3시 반.

이곳은 도지유통의 사장실 안.

'휘시즌' 층의 맨 안쪽. 진짜 사장실 안이다.

이것도 언놈이 지어냈는지 알 수가 없다. 관리사장, 강남사장, 강북사장은 제대로 불렀는데 진성의 방을 '진짜' 사장이라고 작명한 놈 말이다.

하긴 방에 아무 팻말도 붙이지 않았기 때문에 저희들끼리 구분하려고 그랬겠지.

방 안에 넷이 모였다. 휘시즌의 주인공 넷이다.

진성이 앞에 앉은 김덕무, 강용규, 고정만을 번갈아 보았다.

오늘은 월말 결산일이다. 모두 긴장한 표정.

그때 김덕무가 먼저 입을 열었다.

"저는 인력관리 위주로 일 해왔기 때문에 매출도 없고 이익도 발생하지 않았습니다. 관리자금 사용 내역을 보고 드리겠습니다."

김덕무가 자료를 진성 앞에 내려놓았다.

고개를 끄덕인 진성이 자료를 받았을 때 이번에는 강용규가 서류를 내밀었다.

"강남 사업국은 지난달에 순이익 155억을 냈습니다."

그때 고정만도 바로 서류를 내놓았다.

"강북 사업국은 128억입니다."

모두 유흥과 임대사업에서 얻은 수익이다. 정식으로 사업을 개시한 지 두 달밖에 되지 않은 상태에서 나온 소득이다.

서류를 잠깐 들여다본 진성이 셋을 번갈아 보았다.

"순이익은 각 사업장에서 관리하도록. 각 사업장 사장이 처리하고 나서 나중에 결산보고만 하면 돼."

셋이 숨을 죽였고 진성이 말을 이었다.

"당신들, 바지 사장이 아냐. 번 돈으로 직원들 복지에 신경 쓰고 월급도 올려줘 봐. 그럼 돈 가치를 알게 될 테니까."

"……."

"우선 경리 담당자부터 잘 선정해야 될 거야."

"사장님."

먼저 고정만이 입을 열었다.

"우리가 의정부나 고양시 쪽으로 사업장을 넓혀도 되겠습니까?"

정색한 진성이 고정만을 보았다.

"그것은 김 사장과 함께 상의해서 결정하도록."

회의를 마치고 방을 나갔던 셋 중에서 김덕무가 다시 들어왔다.

"말씀드릴 것이 있어서요."

진성이 다시 자리를 권했을 때 김덕무가 웃음 띤 얼굴로 말했다.

"강북 사업국은 이미 경동클럽의 이 대표가 지난달부터 월급 인상과 복지 개선, 능력별 수당 지급 체제를 만들어서 다른 클럽과 함께 시행하고 있습니다."

경동클럽의 이 대표는 바로 이현이다.

김덕무가 말을 이었다.

"그래서 다른 사업장의 엄청난 호응을 받고 있지요. 고 사장은 자신감을 얻은 겁니다."

"김 사장이 관리를 철저히 해야 돼요."

진성이 말을 이었다.

"유통 사업은 김 사장하고 시작했으니까."

김덕무가 다시 방을 나갔을 때 진성은 전화기를 들었다. 버튼을 누르자 신호음이 울리더니 곧 응답 소리가 났다. 이현이다.

"나야."

진성이 말했을 때 이현은 3초쯤 가만있다가 물었다.

"바쁘지 않으신가 봐요?"

"한가하세요? 하고 물을 뻔했지?"

진성이 되물었더니 이현의 목소리에 웃음기가 섞여졌다.

"놀랐거든요."

"방금 사장 회의에서 네가 일 잘한다는 이야기를 들었다."

"어머, 사장 회의에서요?"

"고 사장이 네 덕분에 주가가 올라갔어. 김 사장이 널 칭찬하더구나."

"보람이 있어요."

"뭐 필요한 거 없어?"

"있어요."

"말해."

"남자요."

"곧 생기게 될 거다."

"언제 오실 건데요?"

말을 그렇게 받는 바람에 진성이 숨을 들이켰다. 안 간 지 오래되었다.

"조만간 갈게."

요즘 여자 만날 시간도 없었다. 사우디에 가기 전에 봐야겠구나.

"김 사장, 나도 사업을 확장해야겠어."

강용규가 말했을 때는 오후 6시 반, 아직 퇴근도 하지 않고 김덕무의 사무실로 찾아온 것이다.

김덕무의 시선을 받은 강용규가 말을 이었다.

"성남하고 수원에서 애들이 찾아오는데 아예 사업장을 그쪽으로 확장하는 것이 낫겠어."

어깨를 부풀렸다가 내린 강용규가 김덕무를 보았다.

"지난달 순이익이 155억이야. 그중 반만 투자해도 사업장 10개는 늘릴 수 있다고."

"무조건 늘리는 게 좋은 건 아냐."

정색한 김덕무가 말했다.

"조금 전에 고 사장한테도 계획서 가져오라고 했으니까 너도 가져와."

"알았어."

선선히 고개를 끄덕인 강용규가 웃음 띤 얼굴로 말했다.

"내가 예산을 다 쓰게 되니까 진짜 돈 아까운 줄 알게 되는군."

"다 그런 거야."

김덕무가 따라 웃었다.

"우리는 지금 조폭 보스가 아니라 기업체 사장이 되어 가는 중이라고."

"다 사장님 덕분이지."

그때 김덕무가 고개를 기울였다.

"사장님한테 회장이 되시라고 할까? 부르는 데 헷갈리지 말도록 말이야."

오후 8시 10분, 남원옥의 방에서 기다리던 진성이 방으로 들어서는 장석환을 맞는다.

"어이구, 기다리셨습니까?"

장석환이 활짝 웃는 얼굴로 손을 내밀었다. 약속 시간에 10분 늦었다.

"아닙니다."

악수를 나눈 둘이 시중드는 아가씨에게 재킷을 벗어 맡겼다.

이곳은 온돌방이다.

진성이 방에서 기다리는 동안 유정순이 잠깐 들어왔다가 나갔다. 장석환과의 자리에는 참석하지 않겠다는 말을 하려고 온 것이다.

이번 만남은 장석환이 초대한 것이다. '인사'를 하겠다면서 이곳에 예약을 한 것이다.

자리에 앉았을 때 장석환이 말했다. 장석환도 자연스럽게 상석인 아랫목에 앉아 있다.

"이곳이 유명한 곳입니다. 들으셨어요?"

"아니, 처음이라 잘 모릅니다."

진성이 정색하고 대답했다.

장석환이 방 안을 둘러보면서 말을 이었다.

"여긴 아무나 못 옵니다. 재벌 회장도 예약했다가 거설낭하는 곳입니다.

우리 의원 중에도 방 없다고 못 들어온 사람이 있다니까요."

"아, 그렇습니까?"

"여기 대표가 대단한 사람입니다. 나하고는 절친인데, 대통령을 여럿 만든 분이시죠."

옆에 앉은 여자들이 인사를 할 틈도 주지 않는다.

그때 방문이 열리더니 종업원 둘이 술상을 양쪽에서 들고 들어섰다.

뒤를 마담이 따르는데 바로 이서영이다.

이서영이 힐끗 시선을 주었는데 눈이 마주친 순간에 웃지도 않는다. 유 대표한테서 미리 이야기를 들은 터라 진성도 모른 척했다.

"어, 이 마담이 왔군."

장석환이 이서영을 보더니 반색을 했다.

"안녕하셨어요?"

"어, 그래. 앉아."

옆쪽에 이서영을 앉힌 장석환이 먼저 진성을 소개했다.

"이분이 요즘 급성장을 하는 도지무역 진 사장이셔. 앞으로 잘 모시라고."

"이서영입니다. 잘 부탁드립니다."

"아니, 오히려 내가……."

인사를 한 진성에게 장석환이 이서영을 소개했다.

"이 마담이 여기 대표님의 수양딸입니다. 영국에서 박사학위를 받은 재원이지요. 이 남원옥의 후계자지요."

"아, 그렇습니까?"

처음 듣는 소리다.

이서영을 여러 번 만났지만 영국 박사인 줄도 몰랐다.

이서영이 웃기만 하더니 장석환의 잔에 술을 따랐다. 장석환은 이서영을 보고는 들떠서 말이 많아졌다. 말이 많으면 실언이 많아지는 법이다. 과장도 들어간다.

장석환이 한국 정치계를 주름잡고 있는 것 같은 과장이 이어지면서 진성과 이서영의 시선이 자주 마주쳤다.

위스키를 한 병쯤 마셨을 때 진성이 자리에서 일어섰다. 화장실에 다녀오려는 것이다.

화장실에서 나온 진성은 예상했던 대로 앞쪽에 서 있는 이서영을 보았다.

이서영이 젖은 수건을 건네주면서 웃었다.

화장실까지 따라온 파트너는 보이지 않는다. 이서영이 보낸 모양이다.

"장 의원이 곧 사람들을 내보내고 후원회 이야기를 할 겁니다."

이서영이 웃음 띤 얼굴로 말을 이었다.

"지난번에 2백만 불을 선뜻 건네니까 호구로 아는 것이지요. 이번에 주면 무슨 약점이나 잡힌 줄 알고 틈만 나면 손을 벌릴 것입니다."

"주고받는 것 아냐?"

"이젠 그쪽에서 받을 게 별로 없거든요."

낮게 말한 이서영이 목소리를 낮췄다.

"김찬태 대표 후원회에 들어갔다고 말하세요. 그럼 장석환이 두말하지 못할 테니까요."

"김찬태라면 여당 원내대표 아냐?"

"장석환이 고개도 못 드는 상대지요."

"그렇게 말해도 돼?"

"제가 내일 김 대표를 만날 테니까요."

"얼마 줄까?"

"3억만 주세요."

"넉넉하게 10억 보낼 테니까 알아서 써."

그때 이서영이 눈을 흘겼다. 요염하다.

이서영은 진성의 로비스트 역할인 것이다.

이서영이 몸을 돌리면서 말했다.

"장석환은 내년에 공천 못 받아요. 그럼 끝나는 거죠."

꿩 잡는 게 매란 말이 있다. 다 임자가 있다는 말이다.

다시 방에 들어온 진성에게 이서영의 말대로 장석환이 중요한 이야기가 있다면서 여자들을 내보내더니 말했다.

"진 사장, 다음 달에 대통령이 미국 순방을 가시는데 경제사절단에 포함시켜드리지요."

"경제사절단에 말입니까?"

"예, 대통령하고 같은 비행기에 타시는 겁니다."

진성의 시선을 받은 장석환이 빙그레 웃었다.

"그렇게 되면 어떤 효과가 나오는 건지 잘 아실 겁니다. 경제사절단에 끼려고 경쟁률이 얼마나 되는지 아십니까? 1백 대 1이 넘어요."

"감사합니다만 제가 다음 달에 스케줄이……."

"어허."

장석환이 이맛살을 찌푸렸다.

"내가 진 사장 끼워 넣으려고 얼마나 애 쓴지 아십니까? 청와대 수석을 세 번이나 만났단 말입니다."

"이런."

"3박 4일이니까 비행기 안에서 대통령과 이야기나 하세요. 다녀오고 나

258

면 진 사장님 격이 달라져 있을 겁니다."

"아이구, 이런."

"그런데……."

술잔을 든 장석환이 정색하고 진성을 보았다.

"진 사장님, 내일 내 보좌관이 찾아뵐 겁니다."

"예, 무슨 일로……."

"뭐, 간단합니다. 내 후원회원으로 가입하시는 것이지요."

"……."

"그럼 여러 가지 이점이 있을 겁니다. 세무관계나 법적인 문세까지……."

"그런데요, 의원님."

정색한 진성이 장석환을 보았다.

"제가 김찬태 원내대표의 후원회원인데요, 양쪽에 가입해도 되겠습니까?"

"예?"

장석환의 얼굴이 대번에 누렇게 굳어졌다.

그러더니 3초쯤 흐려진 눈으로 진성을 보는 것이었다. 입이 저절로 절반쯤 벌어져 있는 것도 모르는 것 같다.

마침내 진성이 외면하고 말았다.

그때 장석환의 억양 없는 목소리가 들렸다.

"그, 그건 안 되지요."

밤 11시 반.

장충동 저택 안이다.

남원옥에서 장석환과 헤어진 진성이 곧장 저택으로 돌아온 것이다.

씻고 가운 차림으로 소파에 앉아 있던 진성이 전화를 받는다. 베트남에 간 윤기백이다.

호치민 시간은 두 시간 늦은 9시 반이다.

"사장님, 전 부장이 아시아상사의 직원들한테 납치되었다는 증거를 잡았습니다."

윤기백이 차분한 목소리로 보고했다.

"15일 전입니다. 셋이 전 부장과 함께 차를 타고 갔다는 증인을 확보했습니다. 그 셋이 아시아상사 직원입니다."

"공안에 신고했나?"

"했지만 그 셋은 공안의 조사를 받고 한 시간도 안 되어서 풀려났습니다. 알리바이가 있다는 겁니다."

"윤 차장, 전 부장은 살아 있을까?"

불쑥 진성이 물었더니 윤기백은 3초쯤 침묵하다가 대답했다.

"그럴 가능성이 적습니다."

"대사관에선 뭐라고 하나?"

"찾아 보자고만 합니다."

답답했는지 윤기백의 목소리가 높아졌다.

"대사관에서도 공안에 의뢰한 상황이니까요. 할 일이 많지 않습니다."

"좋아."

심호흡을 한 진성이 말을 이었다.

"마지막 방법을 써야겠어. 고 부장 이하 전 주재원을 철수시킬 테니까 윤 차장이 철수를 도와주도록 해. 오늘 밤 당장."

"예, 사장님."

윤기백이 말을 이었다.

"그럼 주재원 철수를 마친 후에 작전을 시작하겠습니다."

진성이 전화기를 내려놓았다.

1975년 4월 30일. 미국은 베트남에서 철수했지만 이번에는 도지무역의 철수다.

그러나 미국과는 다를 것이다, 낙오자는 끝까지 찾고 나올 테니까.

다음 날 오전.

소피아가 전무실에서 전화를 받는다.

이곳은 아시아상사의 전무실.

소피아는 아시아상사로 돌아와 전무이사로 진급했다.

"네, 소피아입니다."

"전무님, 도지무역 놈들이 모두 철수했습니다. 사무실이 텅 비었고 현지인 직원만 남아있습니다."

보고한 사내는 아시아상사를 감시하는 역할인 카람이다. 카람은 아시아상사 직원으로 채용되어 있는 것이다.

카람이 말을 이었다.

"어젯밤에 다 퇴근했을 때 작업한 것 같습니다. 사무실 숙직은 한국 놈 직원이 했거든요."

"……"

"서류, 중요한 장비는 싹 가져갔고 한국 놈들 사원 숙소에 연락을 해봤더니 거기도 마찬가지라는 겁니다."

"좋아. 내가 공안에 연락할 테니까 지금 당장 출국금지를 시킬 수 있어."

소피아가 잇새로 말했다.

"임금 떼어먹고 도망치는 악덕 기업가로 신고를 하면 못 나가."

그러고는 소피아가 서둘러 전화기를 내려놓았다.

고경준을 포함해서 한국인 사원 인적사항을 다 알고 있는 것이다. 공안에 제출하면 바로 출국금지가 된다.

20분 후인 오전 9시 10분.

소피아가 안면이 있는 호치민 공안부 경제국장에게 전화 신고를 했다.

'악덕 기업가가 베트남 근로자 임금을 떼어먹고 야간도주를 했으니 출국금지를 시켜 달라'는 전화 신고. 그리고 팩스로 한국인 명단을 보냈다.

이것으로 도지무역 한국인 사원들은 베트남에 인질로 잡히게 될 것이다.

증거? 만들면 된다.

보내놓고 소피아는 사장 후앙과 상의해서 도지무역에 채용되었던 현지인 사원 11명의 이름으로 고소장을 작성, 피해액을 미화 180만 불로 정했다.

그리고 직원을 도지무역 사무실로 급파, 내용을 알려주고 손발을 맞추도록 지시했다. 물론 고소장 내용을 보여주고 그렇게 작성하도록 했고.

일사불란한 움직임이다.

공안의 경제국장 토르만한테서 연락이 왔을 때는 다시 20분 후인 오전 9시 반.

토르만이 말했다.

"명단에 적힌 한국인 7명은 오늘 오전 9시에 이륙한 한국항공에 탑승해서 이미 베트남을 떠났어요."

"……"

"늦었습니다."

"서울에서 잡을 수 없을까요?"

"이보세요, 소피아 씨."

수화기에서 혀 차는 소리가 났다.

"살인범이 탔더라도 불가능합니다. 혹시 테러범이라면 몰라. 인터폴의 협조를 얻어 회항시킬 수도 있겠지요."

"……."

"소피아 씨가 늦었습니다."

토르만이 소피아 씨라는 말을 분명하게 발음했다. 제 잘못은 아니라는 표시다.

당 경제위원 마이둥에게 보고를 해야 되었기 때문에 사무실을 나온 소피아가 회사 건물 옆 주차장 입구로 들어선 순간이다.

승합차 한 대가 다가와 앞을 가로막았기 때문에 소피아가 눈을 치켜떴다.

그때 승합차 문이 열리더니 사내 모습이 보였다. 사내와 시선이 마주쳤을 때다.

갑자기 뒤에서 누가 소피아의 몸을 번쩍 들어서 승합차 안으로 던졌다. 안에 있던 사내가 소피아를 받더니 뭉개듯이 손을 뒤로 꺾고 다리를 접는다. 엄청난 힘.

그리고 놀라서 소피아는 소리를 지르지도 못했다.

그때 사내들이 차 안으로 들어오더니 문이 닫히고 출발했다.

3초 정도밖에 걸리지 않아서 누가 본 사람도 없다.

그때 사내 하나가 말했는데 한국말이다.

"여기가 즈그 땅이라고 경호원도 데리고 다니지 않는군."

2시간 후.

한국 시간으로는 오후 2시다.

사무실에 앉아 있던 진성이 윤기백의 전화를 받는다.

"소피아가 자백했습니다. 전 부장을 후앙의 별장에 감금시켜 놓았다는 겁니다. 지금 미토의 별장으로 이명구를 파견했고 저도 뒤따라갈 예정입니다."

"수고했어. 구출하면 바로 철수해."

"알겠습니다."

윤기백은 다른 설명 없이 바로 통화를 끝냈다.

지사 철수 결정을 한 후부터 일은 빠르게 풀려가고 있다. 베트남에 미련을 버렸기 때문에 가능해진 일이다.

"풀어줘요."

소피아가 몸을 흔들며 말했다.

호치민시 동부시장 근처의 2층 저택 안. 대지가 넓고 시멘트 담장이 높은 오래된 건물이다.

지금 소피아는 지하실에 갇혀 있었는데 몸이 의자에 테이프로 묶여서 머리만 흔들 수 있다.

"이제 다 말했잖아요? 당신들에 대해서는 말 안 할 테니까 풀어줘요."

소피아는 지금 영어로 말하고 있다.

"우리도 미스터 전을 납치한 죄가 있으니까 신고도 못 해요. 그러니까 풀어줘요."

소피아 앞에 앉아 있는 사내는 김영철.

지하실에 있던 영어잡지를 뒤적이면서 고개도 들지 않는다.

소피아가 말을 이었다.

"내가 누군지 알죠? 난 당원인 데다 요직을 맡고 있다고요. 내가 없어지면 공안의 전 병력이 동원될 겁니다. 그럼 당신들은 잡혀요. 잡히면 사형이라고요!"

소피아의 목소리가 높아졌다.

"모두 사형을 당한단 말이에요!"

그때 지하실로 사내 하나가 들어섰다.

"마당에 땅을 반쯤 팠으니까 네가 나가서 나머지를 파. 1미터 깊이면 될 거야."

한국말이다.

김영철이 잡지를 내던지고 자리에서 일어서면서 물었다.

"때려죽이고 묻을 거야?"

"아니, 그냥 생매장시켜도 돼. 입에다 테이프 붙여서."

"그래. 테이프부터 붙이고 묻어야지. 시끄러워 죽을 뻔했어."

김영철이 방을 나가고 교대자가 의자에 앉았을 때다. 숨도 죽인 채 둘의 말을 듣던 소피아가 말했다.

"돈 모아둔 것이 있어요. 그거 다 드릴게요."

목소리가 떨렸다.

"사장 후앙의 금고에서 돈을 빼낼 수도 있어요. 5만 불쯤 돼요."

"과연 시끄럽군."

사내가 자리에서 일어나더니 테이프를 찾아들고 다가왔다.

"잠깐만요!"

그때 소피아의 입에서 한국어가 터졌다.

"살려주면 다 줄게요! 돈이 더 있어요!"

사내가 테이프를 소피아의 입에 붙이더니 앞쪽 자리에 털썩 앉았다.

"배은망덕이란 말 아냐? 한국 사람들이 가장 싫어하는 말이야."

"알아냈습니다."

서울청장 오정호가 웃음 띤 얼굴로 진성에게 말했다.

오후 7시, 둘은 인사동의 허름한 한정식당 방 안에서 한정식 상을 받고 막걸리를 마시고 있다.

"마이클 정은 미국 서부지역 마약 컨트롤러입니다. 서부지역으로 공급되는 마약을 관리하는 최고책임자로 한국에서 지휘하고 있는 것입니다."

"그것 참."

기가 막힌 진성이 막걸리 잔을 내려놓았다.

"왜 하필 서울입니까? 일본이 더 가까우니까 도쿄에 있을 것이지."

"한국계니까 고향에서 일하고 싶었나 보지요."

오정호가 말을 이었다.

"한국이 중국과 밀접하게 연결되어 있기 때문일 겁니다."

"마이클의 거래는 미국 정부의 승인을 받았겠지요?"

"비공식이죠. 마이클은 CIA뿐만 아니라 미국 마약국, FBI까지 연결되어 있습니다."

"대단하군요."

"마이클이 한 달에 공급하는 헤로인이 50킬로 가깝게 됩니다."

그러고는 오정호가 입술 끝을 비틀고 웃었다.

"그러니 손에 때가 묻지 않을 수가 없죠. 마이클의 부하 머핀이 돈에 넘어간 이유가 있어요. 마이클한테서 타락한 냄새를 맡았기 때문이죠."

한 모금 막걸리를 삼킨 오정호가 말을 이었다.

"마이클은 오사카에 사는 애인이 있습니다. 일본 여자인데 한 달에 한 번쯤 마이클을 만나고 돌아가지요."

"……"

"그 여자가 마이클의 금고더군요. 지금까지 파악한 바로는 약 3천만 불가량의 재산이 분산되어 있습니다. 아마 더 있을 겁니다."

"결국은……"

"그렇죠. 마이클 정은 미국 국회의 비밀청문회에도 증언한 미국인이지만 미국에 대한 애국심은 쥐뿔만큼도 없는 놈이었죠. 그렇다고 한국인도 아닙니다."

"중국계 조선족에도 그런 인간들이 많죠. 한국말을 쓰지만 한국은 물론 중국인도 아닌 놈들이 양쪽을 휘젓고 다니는 겁니다."

진성이 맞받아 말했다.

오늘 오정호는 그동안 조사한 마이클 정의 본색을 말해주고 있는 것이다.

그때 오정호가 입을 열었다.

"마이클은 서울이 자금 은닉을 하기에 가장 적당한 곳으로 생각한 것 같습니다. 하긴 CIA 입장에서 보면 한국의 정보력을 무시할 만하지요. CIA 나 FBI에 비교하면 수준이 낮으니까요."

오정호가 얼굴을 일그러뜨리고 웃었다.

"하지만 경찰청 정보국장 출신인 내가 전력을 다해 제 뒤를 캐리라고는 상상도 못 했을 겁니다."

"어떻게 하실 겁니까?"

진성이 묻자 오정호가 바로 대답했다.

"우리 과업의 앞잡이, 선봉대, 미끼로 써먹을 겁니다."

그 과업이란 무엇이겠는가? 그 '우리' 과업이란 것이?

그 시간에 이서영이 신진당 원내대표 김찬태와 마주 앉아 있다.

이곳은 종로의 지구당 위원장 사무실 안. 김찬태의 지역구가 종로다.

김찬태는 남원옥 단골 중의 하나라 이서영을 보더니 싱글벙글 했다.

물론 오전 9시에 뵙겠다고 했더니 바로 여기서 만나자고 시간 장소를 전해준 것이다. 이서영을 만나서 나쁜 일이 없기 때문이다.

"그래, 유 대표도 안녕하시고?"

"예, 안부 전하라고 하셨어요."

"내가 곧 갈게, 몇 사람 데리고."

"네, 기다리겠습니다. 그런데……"

이서영이 가방에서 봉투 하나를 꺼내 김찬태 앞에 놓았다.

김찬태가 봉투를 보았다가 고개를 들었다.

그때 이서영이 입을 열었다.

"후원회비요."

"누구?"

"도지무역 사장 진성 씨요."

"응. 들은 것 같기도 한데. 그런데 어떻게?"

"대표님이 주선해주셨어요."

"저런."

김찬태의 얼굴이 환해졌다.

"그렇게까지 신경을 써주시나?"

"유망한 기업가를 유망한 정치인에게 연결시켜 주신다고 하셨습니다."

"고맙다고 전해드려."

김찬태가 손을 뻗어 봉투를 집더니 내용물을 꺼냈다.

"아니."

놀란 김찬태가 숨을 들이켰다.

계좌번호, 은행 코드번호, 비밀번호만 적힌 쪽지다.

이서영이 말을 이었다.

"타운은행은 세계 어느 곳에든 있으니까요."

"그렇지."

"그 세 개 번호만 부르시면 인출이 가능해요."

"알고 있어."

"3억을 달러로 바꿔서 넣었어요."

"어이구."

놀란 김찬태가 다시 숨을 삼켰다.

1백만 원 정도로 예상했기 때문이다.

300배네.

다음 날 오후 1시 반.

김포공항을 이륙한 비행기가 서해상에 떠 있을 때 진성이 옆자리에 앉은 정수연에게 물었다.

"넌 결혼 언제 할 거냐?"

"생각 없는데요?"

정수연이 꼭 '밥 생각 없다'는 표정을 짓고 말했기 때문에 진성이 이맛살을 찌푸리고 말했다.

"사업 때문에 바빠서 결혼 못 한다는 사람은 없어. 얼마든지 사업하고 결혼생활 할 수가 있어."

"그건 제가 사장님한테 드릴 말씀이죠."

"넌 결혼하는 게 나을 것 같다. 그래야 내가 마음 놓고 일을 맡길 수 있겠어."

"지금은 믿기지 않으세요?"

"첫째 내가 불안해."

"뭐가요?"

"네가 내 방으로 들어오면 지난번처럼 가만둘 자신이 없어."

"약해지셨어요?"

"아니, 정치인처럼 지저분해져서."

"무슨 말씀이세요?"

"뻔뻔해졌단 말이야."

"이해가 안 가는데요?"

"너하고 밤에 벌거벗고 엉켜져 있다가 다음 날에 시치미를 딱 떼고 업무 지시를 내릴 수 있는 인간이 되어간단 말이다."

"그럼 어때서요?"

정수연이 똑바로 진성을 보았다.

"저는 지금이라도 그럴 수 있는데요?"

"너 만나는 의사 있지. 결혼해."

"땡기지 않아요."

이제는 정수연의 눈빛이 강해졌다.

"제가 부담되신다면 회사 그만둘게요."

"……."

"제가 한 가지만 충고해드릴게요. 사장님은 꼭 대가를 주시는 스타일이에요. 그래서 절대로 미투 사건 같은 건 안 일어나요. 미투 사건의 근본적 발생 이유는 권력이나 위세를 이용한 일방적 성 착취라고요."

"아니, 이 자식이 갑자기 무슨 미투야?"

놀란 진성이 주위를 둘러보았지만 비즈니스 좌석은 넓다. 민성희, 윤석, 최광수, 김기백 등 수행원들은 멀찍이 떨어져 있다.

그때 정수연이 말을 이었다.

"사장님은 전혀 다르시죠. 뭘 내놓고 시작을 하든가 받으면 그 이상을 주는 성격이기 때문에 그런 일은 절대로 일어나지 않습니다."

"갓 댐."

"우선 저하고 둘이 질펀하게 섹스를 하셨을 경우에도 마찬가지죠. 제가 원한 데다 사장님은 미안해서 뭔가를 내놓으셨을 것이기 때문에……"

"닥쳐."

"네."

말을 딱 그친 정수연이 시치미를 뗀 얼굴로 진성을 보았다.

비행기의 엔진 음이 그때서야 울리기 시작했다.

그러나 비행기는 그냥 떠 있는 것 같다.

"전국의 도매상을 도지유통이 장악하고 있습니다."

황천이 어이없다는 표정을 짓고 유자양을 보았다.

"이번에 가져온 10킬로를 하루 만에 다 소진시켰습니다."

헤로인 10킬로는 어제 오후에 인천부두를 통해 반입되었다.

이번에도 세관의 조옥동과 이철수가 헤로인을 가져온 두 사내를 내보내 주었는데 둘 다 10년이 넘는 경력이어서 '보았다' '나갔다' 하는 데 5분도 안 걸렸다.

가방 2개 밑바닥에 깔린 헤로인 10킬로는 바로 조병욱의 손에 옮겨진 후에 120킬로의 헤로인이 되어서 소매상에게 넘겨졌다.

조병욱의 헤로인 부(部)가 소매상 역할까지 했기 때문이다.

따라서 킬로당 3억 원가로 구입한 헤로인의 가격이 단계를 거칠 때마다 3배, 4배씩 뛰었다.

조병욱이 소매상으로부터 수금한 금액은 360억. 하루 만에 원가 30억을 뺀 330억의 순이익이 발생한 것이다.

그때 천동민이 입을 열었다.

"조병욱이가 다시 10킬로를 요구합니다. 가능하면 사흘 후에 받고 싶다는데요."

"갑자기 이번 달에는 10킬로군. 지난달에는 5킬로였는데 말야."

황천이 고개를 돌려 유자양을 보았다.

"진성이가 너무 욕심을 부리는 것 아닙니까? 도매상 역할까지 하고 말입니다."

"이젠 거칠 것이 없으니까요."

유자양이 초점이 흐린 눈으로 황천을 보았다.

"거기에다 경찰까지 내통하고 있으니까 절호의 기회가 온 셈이죠."

이미 도지유통은 강북, 강남은 물론 주변의 조직들도 숙청을 해나가는 중이다.

홍수에 쓸려가듯이 조폭 집단이 해체, 멸망, 흡수되어가고 있다.

그때 황천이 말했다.

"이제 우리도 루트를 알게 되었으니까 조금씩 소매업을 확장시키겠습니다. 일단 조선족 회원들 중 충성심이 강한 회원을 선발해서 소매상으로 운용하겠습니다."

이미 삼합회 회원은 확장 중이다.

첫째로 조선족 인력이 많은 데다 중국 정부의 암묵적 지원을 받고 있는 상황이다.

도지유통이 경찰과 손을 잡았다지만 부패한 무리와 비밀 결사를 맺었을 뿐이다.

삼합회에 한국 땅은 옛 영토나 마찬가지.

구토(舊土) 회복 전쟁이다.

마이클에게 박충식은 거북하다기보다 격이 맞지 않는 상대다.

지금까지 마이클은 도지무역, 유통의 총대표인 진성과 대좌했기 때문이다.

그런데 이번 헤로인 문제를 도지유통 측에 문의했더니 앞으로는 사업부 대표 박충식과 의논해 보라는 것이다.

그래서 오후 6시.

마이클 정은 역삼동의 아마존호텔 라운지 밀실에서 박충식과 만나고 있다.

박충식이 먼저 입을 열었다.

"아시다시피 삼합회를 통해서 받는데 이번에 우리가 좀 더 필요해서 못 드렸습니다. 그래서 저쪽에다 다시 주문을 했지요."

박충식이 웃음 띤 얼굴로 마이클을 보았다.

"지난번 6킬로 주문하셨는데 조금 더 물량을 늘려도 될 것 같습니다."

"그럼 10킬로로 하십시다."

"매월 10킬로씩 계속 드릴까요? 그쪽도 월간 계속되는 오더를 좋아하는 것 같아서 그럽니다."

"그렇게 해주시든지."

"알겠습니다."

고개를 끄덕인 박충식이 마이클을 보았다.

"가격은 우리 매입가와 같게 해드리지요."

이로써 고정 오더가 결정되었고 박충식과 마이클의 관계가 시작되었다.

모든 일은 시작이 있는 법이고 시작이 중요한 것이다.

리야드 공항에는 칼리프의 보좌관이 나와 있었는데 진성 일행은 외교관 통로를 이용해서 세관 검사도 받지 않고 입국했다.

귀빈용 출구 앞에 대기시킨 리무진을 타고 그들은 바로 공항을 떠났다.

오전 10시 반.

비행기는 밤을 새워 날아온 것이다.

"12시 반에 장관 각하고 점심 식사를 하시게 됩니다."

보좌관 후산이 스케줄을 알려주었다.

"두 분이 만나시는 것입니다."

진성이 고개를 끄덕였고 후산의 말이 이어졌다.

"압둘라 칼리프 국왕께서 극비리에 췌장암 수술을 받으셨지만 위중하십니다. 그래서 칼리프 장관께선 사장님과 공개 회동을 하실 분위기가 아닙니다."

"……."

"이번 방문도 건설장비 구입 관계라고 외부에 말해놓았습니다. 왕자들의 견제가 심해서요."

고개를 끄덕인 진성이 물었다.

"왕 전하께선 얼마나 견디실 것 같습니까?"

그러자 후산이 칸막이가 되어 있는데도 앞쪽을 힐끗 보고 나서 말했다.

"길어야 반년입니다."

"반년 후에 새 왕께서 즉위하시겠군요."

"경쟁자가 다섯입니다. 장관께선 서열로는 7위. 해외에서는 인정받지만 국내 기반이 약하십니다."

"재산은?"

"세 번째. 그러나 운용에 따라서 올라갈 수도 있지요."

후산이 옆에 놓인 가죽가방을 진성에게 내밀었다.

"가방 안에 자료가 있습니다. 드리려고 준비해놓은 것입니다."

진성이 받았을 때 후산이 목소리를 더 낮췄다.

"우리는 사장님이 한국에서 밤의 조직, 그리고 CIA와도 밀접한 관계를 유지하고 있다는 것을 압니다. 그리고 IS의 반군 지도자 무스타파하고도 친분이 있다는 것도 말입니다."

"……."

"그런데도 사장님은 알려지지 않은 인사입니다. 그래서 장관께선 사장님을 앞세워 모험을 하시려는 것입니다."

"하긴 왕위 서열이 빠르다면 날 선택하셨을 리는 없지요."

진성이 이를 드러내고 웃었다.

"하지만 시간이 갑자기 촉박하게 되었군요. 난 먼저 사우디 시장과 지원 세력의 기반을 굳히기 위한 3년 계획을 세워왔는데요."

"6개월입니다."

후산이 번들거리는 눈으로 진성을 보았다.

"6개월 후에 왕권을 가져와야 합니다."

다시 목소리를 낮춘 후산이 말을 이었다.

"이미 왕자들의 전쟁이 시작된 겁니다. 모두 외부 지원 세력을 활용하고 있는데 우리 왕자께선 유일하게 한국인 사업가를 끌어들이신 겁니다."

7장
왕가(王家)의 전쟁

리야드 교외의 아사드 궁(宮).

이곳을 후산이 그렇게 불렀지만 사우디 국민들에게는 익숙하지 않은 곳이다. 리야드에서 2백 킬로나 떨어진 사막 복판에 세워진 외딴 성(城)이기 때문이다.

그래서 진성은 이곳으로 칼리프 전용 헬리콥터를 타고 왔는데 하늘에서 내려다본 왕궁이 그림 같았다. 왕궁 주위는 광활한 사막이었고 솟아오른 탑들을 보면 중세기로 날아온 느낌이 들 정도다.

"어서 오십시오."

헬기장에서 내려 건물 안으로 들어섰을 때 제복 차림의 사내가 진성을 보았다.

"전하께서 기다리고 계십니다."

황금빛 기둥, 바닥은 붉은색 양탄자에 덮인 거대한 홀을 지나 이층 계단을 올라가자 유리로 둘러싸인 홀이 나왔다.

거기에서 엘리베이터를 타고 7층으로 올라갔더니 문 앞에 서 있던 사내가 진성을 맞는다.

그곳까지 따라온 후산이 사라지고 진성은 사내의 안내를 받아 안으로 들어갔다.

식당이다. 유리벽에 싸인 식당의 창가에 테이블이 놓였고 그곳에 칼리프가 앉아 있다.

"어서 오시오."

자리에서 일어선 칼리프가 진성을 맞았다.

흰 숍 차림에 머리에는 터번을 쓴 칼리프는 웃음 띤 얼굴로 다가와 진성을 안는다. 뺨을 세 번 부딪친 칼리프가 진성에게 의자를 권하고는 자리에 앉았다. 그러자 하인들이 소리 없이 다가와 식탁에 요리를 내려놓는다.

큰 쟁반에 담긴 어린 양고기, 쟁반 주위에는 흰 쌀밥이 쌓였고 각자의 앞에는 소스와 채소, 손 씻는 그릇이 놓였다.

둘만의 식사다.

식사를 시작한 지 10분쯤 지났을 때 칼리프가 물었다.

"자료 보셨소?"

어제 후산이 준 현 상황에 대한 자료를 말한다.

"예, 각하."

고개를 든 진성이 물그릇에 손을 씻으면서 말했다.

"그 자료를 이번에 데려온 팀원들에게도 보여줬습니다."

"소감을 말해보시오."

"정상적인 방법으로는 왕위를 차지하기 힘들 것 같습니다."

칼리프의 얼굴에 웃음이 떠올랐다.

"직설적이시군요, 진 사장."

웃음 띤 얼굴로 칼리프가 말을 잇는다.

"서열 1위인 국무총리 압바스 왕자, 2위인 국방장관 쿠르드 왕자, 4위인 경제장관 요나산 왕자, 5위 정보국장 하무라비 왕자를 눌러야 합니다."

"3위인 마크다 전하는 어떻습니까?"

"숙부는 다른 왕자의 견제를 받아서 경쟁에 나설 것 같지 않아요. 나이도 있고."

마크다는 73세. 현 칼리프 왕의 배다른 동생이다.

경쟁자들의 족보가 복잡한데 1위와 2위는 제1 부인 야나크로 왕비 소생이고 4위는 제2 왕비 소니아 왕비 출생, 5위는 제3 왕비 하니타의 장남이고 칼리프는 3번째 아들이다. 5위 하무라비와 칼리프는 동복형제인 것이다.

그때 진성이 고개를 들고 칼리프를 보았다.

"제가 어젯밤에 한국에 연락을 해서 작전팀을 보내라고 했습니다."

진성이 주머니에서 종이를 꺼내 칼리프 앞에 놓았다.

"서울경찰청장이 준비를 해줄 것입니다. 여기 1차로 경찰청장이 선발한 인원의 명단입니다."

종이를 집어 본 칼리프가 고개를 끄덕였다.

1차로 선발한 인원이 8명이었다.

"좋습니다. 내가 바로 입국비자를 발급하도록 하지요."

"이번 작전을 위해 현지 사무실을 만들겠습니다."

"그러는 게 낫겠지요."

"수단 방법을 가리지 않을 것입니다."

"맡기겠습니다."

칼리프가 물그릇에 손을 씻더니 쑴의 주머니에서 쪽지를 꺼내 진성의 앞에 놓았다.

"작전비로 먼저 1억 불을 드리지요."

쪽지를 집어 본 진성이 인터내셔널 은행의 코드번호, 계좌번호, 비밀번호가 적혀 있는 것을 보았다.

칼리프가 말을 이었다.

"시내의 5층짜리 건물이 있는데 내 보좌관이 안내해줄 거요. 그곳을 사무실로 쓰도록."

"알겠습니다."

"보좌관 후산을 진 사장에게 보낼 테니까 측근에 두고 상의하시오."

이렇게 '작전참모본부'가 조성되었다.

돌아올 때는 차를 이용했는데 사막에 뚫린 고속도로를 시속 150킬로로 달리는 차 안이다.

뒷좌석에 나란히 앉은 후산에게 진성이 물었다.

"하무라비 왕자와 칼리프 왕자 사이는 어때요?"

둘은 하니타 왕비의 동복형제다. 하무라비는 첫째 아들, 칼리프는 셋째다.

후산이 고개를 저었다.

"동복인데도 사이가 나쁩니다. 하무라비 님이 너무 욕심이 많고 차가운 성격이지요."

"칼리프 왕자와 가까운 분은?"

"서열 3위인 숙부 마크다 전하하고 친하십니다."

"서열 1위인 압바스 왕자가 자연스럽게 왕위를 이어받지 않고 경쟁에 들어간 이유는 뭐요?"

외부에는 노출되지 않은 비밀이지만 각국의 정보기관은 다 알 것이다.

그때 후산이 말했다.

"압바스 왕자는 55세인데 정신병이 있습니다. 이건 극비사항인데 그동안 3번이나 왕궁 안의 병동에 유폐되어 있었지요. 그러나 본인의 왕위 욕망이 대단한 것이 문제입니다. 이대로 가면 왕 전하가 돌아가시면 압바스가 왕위를 물려받습니다."

"……."

"압바스 추종 세력이 도처에 깔려 있거든요. 압바스에게 충성하는 것이 아니라 모두 제 기득권을 지키려는 것이지요."

"2위인 쿠르드 세력이 가장 강한 것 같은데, 그대로 시간이 지나면 압바스가 왕이 되는 것 아닙니까?"

그때 후산이 쓴웃음을 지었다.

"군(軍)과 왕궁 경호군, 수도방위군에다 경찰력까지 장악하고 있으니까요. 하지만 결정적인 약점이 있지요."

"……."

"결단력이 부족하고 마음이 약하다는 것입니다. 그것이 왕 전하의 용인술이지요."

"……."

"서열 5위의 하무라비 왕자가 그 위치에 있었다면 이미 쿠데타를 일으켰을 테니까요."

후산이 정색하고 진성을 보았다.

"국가의 미래에 대한 비전, 결단력, 거기에다 분석력과 포용력까지 겸비한 군주는 칼리프 왕자이십니다."

진성이 심호흡부터 하고 고개를 끄덕여 보였다. 다른 왕자들의 측근도 그런 식으로 이야기하지 않을까?

서울과 통화. 상대방은 서울청장 오정호.

진성이 말했다.

"오늘 저녁 비행기로 기조실 과장 윤석이 서울로 떠납니다. 바로 만나 뵙고 말씀드릴 테니까 시급한 조처를 바랍니다."

"예, 알겠습니다."

오정호가 대답했다.

사우디로 출발하기 전에 프로젝트 내용을 말해주기는 했다. 그러나 윤석의 보고를 들으면 몸이 떨릴 것이다.

이것은 쿠데타 계획이나 같지 않을까? '사우디 왕위 쟁탈 쿠데타'다.

그것을 한국 상사가 주도하는 것이다.

오정호의 분위기는 적극 받아들이는 것 같다.

후산이 안내해준 5층 건물에 도지무역 현지법인 사무실을 세우고 일단 수출입 담당 조직을 갖추는 임무는 민성희가 맡았다.

그동안 진성은 이곳에서 서울 본사까지 경영했는데 도지유통의 관리 사장 김덕무를 불러들였다. 김덕무와 함께 관리담당 간부들이 함께 온 것이다.

"이곳에 유통업을 세울 거야."

사무실에 둘러앉은 김덕무와 간부들을 둘러보면서 진성이 말을 이었다.

"자금은 얼마든지 있어. 그리고 시간도 충분하니까 시장조사를 해."

진성이 기조실 팀이 작성한 '유통사업 계획서'를 그들 앞에 밀어놓았다.

이번에 가져온 계획서다.

칼리프하고는 다른 프로젝트지만.

"시장조사부터 차근차근 시작해 봐."

진성의 시선이 김덕무에게 옮겨졌다.

"김 사장이 미개척지에서 사업을 일으키는 거야. 사우디에서 시작한 유통 사업이 중동 전역으로 옮겨갈 테니까."

김덕무를 중심으로 본래의 '사우디프로젝트'가 시작되도록 하는 것이다.

그리고 이번 '왕위 프로젝트'는 그 속에 끼어서 진행시킬 계획이다.

그날 밤.

진성이 전화를 받는다.

발신지가 태국의 방콕이다. 방콕에서 리야드로 연락이 온 것이다.

"접니다. 지금 전 부장하고 같이 있습니다!"

소리치듯 보고한 사내는 윤기백이다. 윤기백이 말을 이었다.

"전 부장을 구출해서 3일 만에 방콕에 도착했습니다!"

"모두 이상 없나?"

진성도 소리쳐 물었다.

"예, 이상 없습니다!"

윤기백이 말을 이었다.

"소피아한테는 자백서와 자백 녹음까지 받아놓고 풀어줬습니다."

진성의 얼굴에 쓴웃음이 번졌다.

소피아의 생사는 윤기백에게 맡겼지만 계산은 간단하다.

쥐새끼 한 마리 죽이고 돼지 값을 요구받을지도 모르는 것이다. 그쪽 지역을 보면 그럴 만한 성품들 같다.

"바꿔 드리겠습니다!"

윤기백이 말하더니 곧 전경문의 목소리가 울렸다.

"사장님, 전경문입니다."

"전 부장 목소리 들으니까 반갑다."

"감사합니다, 사장님."

"뭐가 감사하단 말야? 그런 소리 마."

"절 포기하지 않으셔서 고맙습니다."

"방콕에서 며칠 쉬어. 휴가를 보내란 말야."

진성이 말을 이었다.

"내가 가족을 보내줄 테니까. 어때?"

전경문의 가족은 아직도 전경문이 베트남 출장 중인 줄 아는 것이다. 19일 간의 장기 출장이 되어 있다.

"그렇게까지 안 해주셔도……."

"내가 본사에 연락할 테니까. 윤 차장을 바꿔."

윤기백이 전화를 받았다.

"예, 사장님."

"곧 전 부장 가족이 방콕으로 가서 가족들과 휴가를 보낼 거야."

"예, 알겠습니다."

"구출대원도 같이 휴가를 보내도록 해."

"예, 사장님."

"내가 포상금과 휴가비를 보낼 테니까 대원들에게 지급하도록."

목표를 달성했으니 포상은 당연하다. 그래야 성취감을 느끼게 되는 것이다.

"사장은 외국에 나가있습니다."

천동민이 말했다.

"언제 귀국할지는 알 수 없다는데요."

유자양이 고개만 끄덕였다.

오늘 오후에 헤로인 10킬로가 다시 들어온 것이다.

이번에도 인천 세관을 통했는데 가방 하나에 담았다. 대담한 시도였지만 세관의 조옥동과 이철수가 검사하는 시늉만 하고 내보냈다.

세관 건물 앞에서 기다리던 조병욱이 이번에는 대림동의 안가로 데려가 확인 후에 대금을 지급했다.

걸린 시간은 입국 후부터 계산해서 2시간.

유자양은 물론이고 황천도 움직이지 않고 대금 입금만 확인했다.

"하긴, 마약사업은 도지유통의 마약부에다 넘긴 상황이라 진성은 손에 물을 묻히지 않으려는 겁니다."

황천이 말을 이었다.

"도지유통 마약부는 이제 도매상까지 겸하고 있어서 전국에 유통망을 뻗치고 있습니다. 그리고 무엇보다 중요한 것은……."

황천의 얼굴에 일그러진 웃음이 떠올랐다.

"진성이 경찰과 결탁하고 있다는 것입니다."

유자양이 고개를 끄덕였다.

오태곤의 하수인이었던 세관의 조옥동, 이철수가 이제는 도지유통의 일을 하고 있는 것이 그 증거다. 오태곤의 조직과 사업장을 다 흡수하면서 인맥까지 가져간 것이다.

그때 황천이 말을 이었다.

"이제 조선족의 회원 가입이 한 달 사이에 2배로 늘었습니다. 다음 달까지는 1천 명이 될 겁니다."

유자양이 고개만 끄덕였고 황천이 말을 이었다.

"한국 조직 세력은 말할 것도 없고 정보기관, 경찰도 아직 우리 조직에 대해서는 관심이 없는 사이에 이만큼 성장한 겁니다.”

“……”

“60만 중에서 최소한 3만을 조직원으로 만들면 한국을 석권하게 될 겁니다.”

유자양이 고개를 끄덕였다.

이것은 거의 황천의 공(功)이다. 황천의 프로젝트인 것이다.

그때 황천이 말했다.

“회장께서 곧 연락을 해 오실 겁니다.”

삼합회장을 말한다.

유자양의 시선을 받은 황천이 어깨를 폈다.

“화 원로께서 저한테 연락을 하셨습니다.”

화 원로란 화영산.

5원로 중 회장 유소기의 비서실장 역할을 맡은 원로다.

유자양이 이맛살을 찌푸렸다.

왜 한국 대표인 자신에게 연락을 않고 보좌 역인 황천에게 연락을 했단 말인가?

세상은 넓다. 후산과 함께 젯다로 날아가는 비행기 안에서 문득 진성의 머릿속에 떠오른 생각이다.

오후 4시 무렵. 칼리프의 전용기인 20인승 제트기에 진성과 후산, 그리고 뒤쪽에 민성희와 정수연이 타고 있다.

비행기는 지금 사막 위를 날아가는 중이었는데 끝이 보이지 않는다.

올망졸망한 지형에서 살아온 진성이라 이런 경우에는 ‘땅이 아깝다’는 생각이 든다.

이 광대한 땅이 단지 모래뿐인 사막으로 되어 있다니. 논이 되었다면 수천만 톤의 쌀을 생산했을 것이고 옥수수 밭이었다면…….

좁은 땅에서 복작거리고 살았기 때문인가?

그때 후산이 말했다.

"젯다 시장이 왕족이긴 한데 중립 성향입니다. 지금 누가 왕위에 오를지 모르는 상황이라 섣불리 줄을 설 상황이 아니죠."

후산의 얼굴에 쓴웃음이 떠올랐다.

"만일 줄을 잘못 섰다가는 치명상을 입거든요. 지난번에 전하 즉위식이 끝나고 4개 가문이 멸문했습니다."

지금 진성은 시장조사차 젯다에 가는 것이다.

젯다의 레드씨 팰리스 호텔의 특실.

오후 10시.

방으로 들어선 사내는 흰 쑵에 터번을 걸친 40대다. 검은 피부, 짙은 턱수염을 기른 장신의 장장한 체격.

진성을 보더니 잠자코 뺨을 좌우로 번갈아 세 번 부딪치고는 손바닥을 가슴에 붙여 경의를 표했다.

진성이 손으로 소파를 가리켰다.

"앉으시오."

"예스, 써."

정중하게 대답한 사내가 자리에 앉는다.

넓은 특실에는 둘뿐이다.

늦은 시간이어서 진성의 수행원들도 모두 휴식 중이다.

진성이 입을 열었다.

"지금 직책이 뭡니까?"

"특공대대장입니다, 선생님."

고개를 끄덕인 진성이 다시 물었다.

"사우디의 특공부대 규모는 어떻게 됩니까?"

"1개 특공연대뿐입니다. 하지만 사우디군 최정예지요."

사내가 똑바로 진성을 보았다. 검은 눈동자가 번들거리고 있다.

"4개 대대 중에 2개 대대와 연대본부는 리야드에 있고 1개 대대는 젯다, 1개 대대는 쥬베일에 주둔하고 있습니다."

"무스타파 사령관한테서 이야기 들었지요?"

"예, 들었습니다."

"협력할 겁니까?"

"목숨을 바치겠습니다."

"군인이 혁명을 하는 겁니다. 그러려면 대의(大義)가 있어야 된다고 생각합니다."

"물론이지요."

어깨를 편 사내가 똑바로 진성을 보았다.

"무스타파 사령관한테서 이야기를 듣고 이제야말로 국가와 민족을 위해 목숨을 바칠 때가 되었다고 생각했습니다."

진성이 심호흡을 했다.

앞에 앉은 사내는 사우디 특공연대 제3대대장인 모하메드 하자드 중령이다.

하자드는 미국 육사를 졸업하고 레인저에서 대위까지 근무한 다음 사우디로 돌아왔으니 엘리트 중 엘리트다.

그러나 왕족의 위세에 밀려 군사교육도 제대로 받지 않은 장교들보다 진급이 늦어서 44세인 지금도 중령이다.

특공연대장인 우다트 준장은 37세로 국방장관 쿠르드 왕자의 보좌관 출신인데 이집트에서 정보교육을 받은 정보장교였던 것이다. 다른 대대장 3명도 모두 40세 미만으로 쿠르드 추천이 둘, 하무라비 왕자 추천이 하나다.

하자드만 연줄도 없이 특공연대에만 6년째 중령으로 근무하고 있다.

그래서 특공연대 사병들에게는 특공연대의 신(神)으로 불리지만 윗사람들에게는 견제의 대상일 뿐이다.

하자드가 IS의 반군 지도자 무스타파와 연락을 주고받게 된 것은 3년쯤 전이다.

무스타파와 하자드는 10여 년 전에 베이루트에서 연합조 소속이 되어서 같이 내전에 참가한 적이 있다. 당시에 하자드는 미국 레인저 대위, 무스타파는 레바논군 중령이었던 것이다.

5개월 동안의 전투를 거치면서 둘의 우정이 쌓였지만 곧 하자드는 사우디로 귀국했고 무스타파는 레바논을 떠나 전장을 떠돌았다. 그러다 마침내 IS에 가담했다가 리비아에서 IS 지도자 핫산에게 반기를 든 반군 지도자가 되었던 것이다.

그때 진성이 입을 열었다.

"중령, 당신은 믿을 수 있는 사람이라고 무스타파 사령관이 보증을 했소."

"저도 사령관께 맹세를 했습니다."

하자드가 정색하고 진성을 보았다.

쿠데타 음모다.

칼리프는 이 방법을 택한 것이다.

무스타파의 추천으로 칼리프 왕자에게 접근했을 때부터 이 계획은 시작되었다고 볼 수가 있다. 칼리프의 흉중에 그것이 자리 잡고 있었던 것이다.

칼리프와 무스타파는 그 메신저 역할로 진성을 선택했고 프로젝트의 바닥에는 쿠데타가 깔려 있었다.

"좋습니다. 그럼 시작합시다."

진성이 하자드의 시선을 맞받았다.

"먼저 부하들을 포섭해야 됩니다. 결정적인 순간에 목숨을 걸고 따를 수 있도록 해야 할 거요."

주머니에서 쪽지를 꺼낸 진성이 하자드에게 내밀었다.

"2천만 불이 입금된 계좌요. 이것으로 부하들의 불안감을 해소시켜주시오."

하자드가 잠자코 쪽지를 받았다.

자금은 어떤 일에도 중요하다. 특히 쿠데타처럼 목숨이 걸린 일에 부하들의 의리와 충성심만 믿다가는 낭패를 보기 쉽다.

부하들이 딸린 가족들 때문에 흔들릴 가능성이 많기 때문이다. 그래서 사후자금, 또는 도피자금이 필요한 것이다.

"곧 이곳에 내 보좌관이 올 거요."

진성이 말을 이었다.

"그 보좌관하고 수시로 상의하시도록."

시장조사 업무를 정수연에게 맡긴 진성은 민성희와 함께 다음 날 리야드로 돌아왔다.

물론 후산이 동행하고 있다.

외부에서는 현재 도지무역이 사우디에 진출하려고 건설부장관 칼리프 측의 안내를 받고 있는 모양새가 될 것이다.

돌아오는 비행기 안에서 진성이 옆에 앉은 민성희에게 말했다. 비행기가 사막을 횡단하고 있을 때다.

"오늘 밤에 윤석이 작전팀과 함께 돌아올 거야."

"작전팀이라고 하셨어요?"

"그래."

프로젝트 팀이라고 해야 맞지만 민성희는 윤석이 무슨 일로 갔는지 자세한 내용은 모른다.

윤석은 대기업인 한양상사 기조실 출신인데 이번 사우디 프로젝트에 진성이 직접 선발했다.

그리고 이번 사우디 출장도 의문투성이다.

리야드에서 칼리프를 만나더니 갑자기 6개월짜리 단기 프로젝트를 받아왔고 젯다 출장을 가서 정수연만 떼어놓고 돌아왔다.

민성희의 시선을 받은 진성이 말을 이었다.

"경찰청장이 쿠데타 작전팀을 데려온다."

"예? 쿠데타요?"

놀란 민성희가 목소리를 낮추고는 먼저 앞쪽을 보았다. 앞쪽 자리에 앉은 후산이 의자에 몸을 붙이고는 누워 있다.

진성의 얼굴에 웃음이 떠올랐다.

"그래. 지금 사우디 왕 압둘라 칼리프가 6개월 시한부야. 그래서 왕자들 사이에 왕위 쟁탈전이 일어나고 있어."

민성희가 숨을 죽였고 진성이 말을 이었다.

"칼리프 장관은 왕위 계승 서열이 현재 6위야. 7위에서 한 계단 올라갔어."

"……."

"1위인 국무총리 압바스 왕자가 정신 병력이 있기 때문에 왕자들 사이에 비밀리에 내전이 일어난 거지."

"……"

"칼리프는 리비아에 있는 무스타파와 인연이 있어. 칼리프가 이번 왕위 쟁탈작전에 나를 기용한 것도 무스타파 덕분이야."

"……"

"처음에는 사업제휴인 줄로 알았는데 이제 알고 보니까 쿠데타 지휘부로 날 이용하려는 것이었어. 하지만 난 바로 승낙했지."

민성희가 바짝 붙어 앉았는데 곧 옅은 향내가 맡아졌다.

"위험하지 않아요? 만일 이 계획이 누설된다면 말이죠."

"사형당할 수도 있지."

순간 민성희가 숨을 들이켰다.

그때 진성이 민성희의 눈을 들여다보았다.

"넌, 내일 비행기로 돌아가."

"……"

"가기 전에 이 상황을 말해준 거야. 정수연도 내일 귀국시킬 거야."

"……"

"너희들은 위장용이었어, 도지무역의 사우디 시장 진출을 위한 조사단으로."

"……"

"여긴 윤석하고 작전팀, 그리고 도지유통의 관리팀이 남게 될 거다. 관리팀은 내 수족이 되는 것이지."

"저도 남을게요."

마침내 민성희가 어깨를 펴더니 정색한 얼굴로 진성을 보았다.

"이제 내막을 알았으니까 됐어요. 함께 있겠어요. 그래요, 위장용으로요."

진성이 웃음 띤 얼굴로 고개를 저었다.

"고맙다. 하지만 넌 한국에서 내 대신 처리할 일이 많아. 그게 나한테 더 도움이 돼."

윤석과 함께 리야드에 도착한 인원은 12명.

모두 서울청장 오정호가 선발한 인원인데 정보, 작전 전문이었고 지휘자는 조남진이다.

조남진은 48세. 놀랍게도 예비역 대령. 나머지 11명도 군 출신이다.

이곳은 리야드의 칼튼호텔.

오후 6시 반.

진성과 조남진이 마주 보고 앉아 있다. 진성의 방 안이다.

조남진이 굳은 얼굴로 진성을 보았다.

"전 안기부 소속입니다. 서울청장님이 안기부에 요청을 하셨고 안기부 요원들이 파견된 것입니다."

진성이 숨을 들이켰다.

안기부는 전에 정보부로 불렸던 정보기관이다.

오정호가 공식으로 요청했단 말인가?

이것은 칼리프와 진성 간의 연합이다.

칼리프가 진성의 인맥과 기업 관리 능력을 '왕좌의 게임'에 이용하려고 시작한 것이 한국 안전기획부까지 연결 되었는가?

그러나 자세히 말하면 경찰청에서 안기부까지 넓혀진 셈이다.

그때 조남진이 말을 이었다.

"물론 이 작전도 비밀, 비공식 작전입니다. 오 청장님이 안기부장님께 도움을 요청하셨고 우리가 바로 선발되었으니까요."

"그럼 안기부까지 동원했다면 대통령 허락까지 받았단 말입니까?"

"아닙니다."

조남진이 고개를 저었다.

"그럴 필요까지는 없습니다. 우리는 도지무역의 직원이 될 테니까요."

진성의 시선을 받은 조남진이 쓴웃음을 지었다.

"이것은 CIA가 배후에서 무스타파를 움직여 칼리프와 연합한 작전이지요. 칼리프는 무스타파의 배후에 CIA가 있다는 것도 알고 있습니다."

"……."

"결국 CIA 작전의 실무 역할을 진 사장님께 맡긴 셈이 되겠지요."

"이건 까도까도 속이 안 나오는 양파작전이군."

"이젠 다 나왔지요."

조남진이 얼굴을 펴고 웃었다.

"그래서 우리가 마음 놓고 나선 것입니다. 이번 작전이 성공하면 도지무역은 물론 한국에도 대단한 이익이 될 테니까요."

그러나 만일의 경우에 대비해서 대통령에게는 보고하지 않는 것이 나은 것이다, 비밀리에 비공식으로 보고를 했을지도 모르지만. 진성이 회사 내부에서도 은밀하게 처리하는 것처럼.

진성의 얼굴에도 쓴웃음이 번졌다.

칼리프가 모험을 하는 것이 아니다. CIA가 배후에 있기 때문에 자신 있게 나서고 있는 것이다.

민성희에게는 그 이야기를 해주지 않았다. 정수연은 말할 것도 없고.

그래서 그날 밤 비행기로 귀국하면서 민성희는 눈물을 흘렸고 정수연의 눈도 붉어졌다.

"나는 CIA 자금으로 무스타파에게 군수품을 공급할 예정이다."

둘이 떠났을 때 방 안에서 진성이 앞에 앉은 윤석과 김덕무를 보면서 말했다.

둘에게는 조남진과의 이야기 내용을 다 말해준 것이다.

"그것이 결국 칼리프의 왕위 쟁탈 작전에 참가하게 된 계기가 되었어."

"CIA는 칼리프가 미국 국익에 가장 적합하다고 판단했겠지요."

윤석이 말했을 때 김덕무가 거들었다.

"마찬가지입니다, 사장님. 우리도 칼리프를 이용해서 이익을 내면 됩니다. 하지만 룸살롱이나 카페는 어렵겠는데요."

진성의 얼굴에 웃음이 떠올랐기 때문에 방 안 분위기가 밝아졌다.

김덕무는 관리팀과 함께 며칠간 바빴다. 사무실 전기를 설치하는 데도 꼬박 밤을 세우고 있는 중이다.

국방장관 쿠르드가 고개를 돌려 칼리프를 보았다.

리야드 왕궁 안의 정부청사 건물 복도다.

회의를 마친 그들은 회의실을 나와 복도를 걷는 중이다.

"이봐, 장관."

"예, 장관님."

둘은 이복형제 사이지만 공식석상은 물론이고 사석에서도 형님, 동생 하지 않는다.

멈춰 선 둘 옆으로 장관들이 스치고 지나갔다.

이윽고 둘만 섰을 때 쿠르드가 물었다.

"오늘 저녁에 시간 있나?"

"있습니다."

"그럼 8시에 내 궁으로 와. 저녁이나 같이 먹자고."

"알겠습니다."

"보좌관 한 명만 데려와. 비밀로 오라는 말이야."

"알겠습니다."

그러자 쿠르드의 눈빛이 부드러워졌다.

"물론 자네 동복형 하무라비한테도 말하지 말게."

"물론입니다, 장관 각하."

칼리프의 얼굴에 쓴웃음이 번졌다.

"잘 알고 계시지 않습니까?"

동복형 하무라비하고는 거의 만나지도 않는 사이인 것이다.

서울, 밤 10시.

남원옥의 밀실에서 유정순이 이서영에게 말했다.

"내가 진 사장 사주를 봤더니 서쪽에서 태양을 안고 나오는 운수야. 그것이 중국 같았는데 더 먼 곳이었어."

"지금 사우디에 가 계세요."

이서영이 웃음 띤 얼굴로 유정순을 보았다.

"사우디는 훨씬 서쪽이고요."

"오 청장한테 물어봐라. 거기서 뭘 하고 있는지, 오 청장은 알 테니까."

"네, 어머님."

"모든 게 다 인연이 얽혀서 되는 거다. 내 철학은 예언이 아니라 운(運)을 측정하는 거야. 역대 대통령이 능력, 인맥, 인기가 많아서 된 것 같으냐? 운(運)이 맞아서 된 거다."

유정순의 목소리에 열기가 띠어졌다.

"나는 그 운을 진성이한테서 보았어. 내 능력은 운을 보는 것일 뿐이다."

이것이 유정순에게 사람이 꼬이는 이유다.

쿠르드의 궁(宮)은 리야드 북서쪽 사막에 세워졌는데 칼리프의 성보다 2배는 컸다.

이곳은 옆에 오아시스를 끼고 있어서 마을도 형성되어 있기 때문에 더 볼만했다. 리야드에서 30킬로 정도밖에 되지 않는다.

칼리프가 보좌관 후산하고 둘이 궁의 접견실로 들어서자 쿠르드의 부관인 마하브가 맞았다.

마하브는 현역 준장이다.

"곧 나오십니다. 잠깐만 기다리시지요. 두 분의 식사준비가 되었습니다."

자리에 앉은 칼리프가 접견실을 둘러보았다.

금박을 입힌 기둥이 3개 세워져 있는데 접견실이 배구 코트만 했다.

곧 쿠르드가 쏩 차림으로 들어서더니 칼리프를 두 팔을 벌리며 맞는다.

"잘 왔어."

웃음 띤 얼굴로 칼리프의 볼에 세 번 볼을 붙인 쿠르드가 소매를 끌었다.

"자, 우리 둘이 밀담을 해야겠어."

칼리프를 따라온 후산에게는 고개만 까닥여 보였을 뿐이다.

물론 칼리프도 쿠르드의 보좌관 마하브에게 눈인사만 했다.

식당 안.

양탄자가 깔린 식당 바닥에 둘이 마주 앉아 커다란 금 쟁반에 놓인 새끼 양고기를 먹는다. 새끼 양을 통째로 삶아 갖은 양념장에 찍어먹는 것이다.

각자의 앞에는 양념장 그릇과 야채, 손 씻는 물그릇이 놓였고 둘은 손으로 쟁반 주위에 쌓아놓은 쌀밥과 고기를 손으로 뜯어먹는 것이다. 물론 오른손으로.

아랍에서는 왼손잡이라 하더라도 밥은 오른손으로 먹는다.

그때 쿠르드가 말했다.

"칼리프, 자네 나이가 몇이지?"

"예, 45살입니다."

씹던 것을 삼킨 칼리프가 말을 이었다.

"어느새 나이가 이렇게 되었습니다."

"난 55살이야, 칼리프."

"압니다, 각하."

"자네보다 10년 연상이야."

쿠르드가 정색하고 칼리프를 보았다.

"칼리프, 내가 왕이 되면 자네를 왕세자로 임명하겠네."

순간 숨을 들이켠 칼리프가 쿠르드를 보았다.

왕이 되면 왕세자를 책봉해야만 한다. 그래야 왕의 유고시에 바로 후계자가 왕위를 이어받게 되는 것이다.

지금 상황은 왕세자이며 왕위 계승 서열 1위인 압바스 왕자의 정신병 때문에 이렇게 된 것이다. 압둘라 칼리프 왕은 죽기 전에 후계자를 확정해야 한다.

칼리프가 고개를 들고 쿠르드를 보았다.

"각하, 요나산 왕자와 하무라비 왕자가 저보다 서열이 빠릅니다."

3위인 마크다 숙부는 제외시켰다.

그때 쿠르드가 물그릇에 손을 씻으며 말했다.

"그건 걱정할 것 없어. 내가 왕세자 지명만 받으면 다 해결이 돼."

"……."

"곧 원로회의가 열릴 거야. 왕실의 원로 25명으로 결정되었는데 이권이 걸린 왕족들이 제각기 줄을 설 거야."

쿠르드의 얼굴에 웃음이 떠올랐다.

"요나산과 하무라비가 지금 적극적으로 왕세자 책봉을 받으려고 날뛰고 있어. 왕 전하께서 원로회의를 개최하지 않고 바로 왕세자를 임명하면 그만 이지만 압바스가 정신이 멀쩡할 때도 있기 때문에 난처하신 거야."

그래서 원로회의를 거쳐 새 왕세자를 뽑으려는 것이다.

칼리프로서는 원로회의가 열린다는 사실을 이곳에서 쿠르드한테 듣게 되었다.

"요나산 왕자와 하무라비 왕자는 원로회의가 열린다는 것을 압니까?"

"그놈들도 궁 안에 정보원이 있으니까 곧 알게 되겠지."

"……."

"원로회의 명단은 구할 수 있을까요?"

"아마 소집 직전에 왕께서 선발하게 되겠지만 유력한 왕족이 되겠지."

쿠르드가 다시 정색하고 칼리프를 보았다.

"칼리프, 어때? 내 제의를 받아들이겠나?"

"예, 각하."

칼리프가 똑바로 쿠르드를 보았다.

"충성을 맹세합니다, 각하."

다음 날 오전 10시.

장관실로 진성을 부른 칼리프가 어젯밤 쿠르드와의 밀담 내용을 이야기

해주고 말했다.

"일이 급하게 진행되는데 쿠르드 왕자가 손을 내밀지는 예상하지 못했어."

"각하, 잘 하셨습니다."

진성이 말을 이었다.

"이 기회에 하자드 중령을 리야드로 전출시키도록 하지요."

"그렇군."

칼리프가 고개를 끄덕였다.

"쿠르드 왕자의 보좌관 마하브를 이용하는 게 낫겠어."

"마하브가 뇌물을 받습니까?"

"안 받는 놈이 없어. 마하브 이놈은 그리스에 별장과 요트를 갖고 있어."

"그럼 한국으로 보내시지요."

"그렇지."

눈을 가늘게 떴던 칼리프가 곧 진성을 보았다.

"마하브한테 한국 출장을 가라고 해야겠군. 한국과 군사 교류를 하고 있어서 출장 명분은 만들 수 있을 거야."

안기부의 작전팀 조남진은 그동안 팀원들과 열심히 시장조사(?)를 했다.

조남진의 목적은 분명했다. 쿠데타에 의한 정권탈취다.

이미 입국 전부터 진성으로부터 쿠데타' 작전임을 듣고 있었기 때문이다.

진성은 칼리프가 겉으로는 은유법을 써서 부드럽게 상황을 묘사했지만 방법은 쿠데타뿐이라고 믿는 것을 알고 있었던 것이다.

그래서 무스타파와 손발을 맞춘 진성을 메신저로 택한 것이 아니겠는가?

사무실 안이다. 오후 1시.

진성과 조남진의 대화는 직선적이다.

"칼리프 왕자를 만나서 젯다의 하자드 중령을 이곳 대대장으로 전출시키자고 했더니 국방장관 쿠르드의 보좌관한테 뇌물을 써야겠다는군."

진성이 말을 이었다.

"1차로 하자드의 리야드 주재 대대장 전출을 성사시킵시다."

"하자드가 이곳 대대장이 되면 쿠데타가 절반은 성공한 겁니다."

조남진이 검게 탄 얼굴을 들고 말했다.

"그 대대 병력을 중심으로 무장 세력이 뭉칠 테니까요."

"쿠르드가 칼리프 왕자에게 비밀 동맹을 제의했어요. 자신을 왕으로 밀어주면 왕세자로 책봉하겠다는군. 원로회의에서 결정이 날 경우에 대비하려는 거요."

"제가 며칠 모은 정보에 의하면 4위 요나산, 5위 하무라비 왕자의 세력도 만만치가 않습니다."

조남진이 말을 이었다.

"요나산은 엄청난 재력을 기반으로 요인들을 매수하고 하무라비는 정보국장으로 군(軍)과 경찰 요직을 장악하고 있습니다. 칼리프 왕자의 이점은 국민들의 신망뿐입니다."

조남진의 정보는 CIA에서 제공한 것이다.

CIA는 이번 사우디 왕가의 암투에 표면상 드러나지 않으려는 것이다. 전면에 한국의 기업체를 내세운 셈이다.

그때 진성이 물었다.

"쿠르드는 원로회의까지 갈 작정인데 우린 그럴 생각 없어요. 당분간 쿠르드 등에 업혀 가다가 준비가 되면 거사요. 그러니까 서두르시도록."

"예, 사장님."

조남진이 번들거리는 눈으로 진성을 보았다. 얼굴에는 웃음이 떠올라 있다.

"사장님이 이번 왕자의 난의 주역 같습니다."

"마하브 보좌관님."

다가선 후산이 부르자 마하브가 고개를 들었다.

정부청사의 대회의실 복도는 오가는 사람이 많다. 지금 국무총리 주재의 각료회의가 열리고 있기 때문이다.

오늘은 국무총리 압바스 왕자가 참석하는 날이어서 각료 대부분이 참석하고 있다.

오후 3시 40분.

지금은 경제장관 요나산 왕자가 하반기 예산 설명을 하는 시간이어서 마하브는 복도에 나와 잠깐 쉬고 있던 참이다.

"웬일이야?"

연상인 데다 고참이기도 한 마하브가 부드러운 시선으로 다가선 후산을 보았다.

이틀 전 쿠르드와 칼리프의 단독 회견은 마하브와 후산의 관계를 돈독하게 만든 계기가 될 것이다. 이제 동맹 관계인 것이다.

"한국에 출장 한번 다녀오시지요."

후산이 낮게 말했다.

"한국에서 무기 수입도 하지 않았습니까? 잠깐 다녀오시지요."

"한국에?"

"예, 핑계 거리는 얼마든지 만들 수 있지 않습니까?"

"내가?"

"지금 보좌관께만 말씀드리는 겁니다."

그러고는 후산이 이를 드러내고 웃었다.

"보좌관끼리 말입니다."

그러고는 마하브의 옆을 스치고 지나갔다.

아주 자연스러운 태도다.

진성이 카이로에 도착했을 때는 오후 6시다.

진성은 조남진과 윤석을 대동하고 있었는데 곧장 나일강변의 힐튼호텔에 투숙했다.

리야드의 사무실에는 김덕무가 도지유통 사우디 법인장 자격으로 지키고 있다. 사우디에 거대한 유통시설을 준비하고 있는 것이다.

오후 8시가 되었을 때 호텔 2층의 양식당 밀실로 들어선 진성 일행을 안에서 기다리던 두 사내가 맞는다.

"어서 오시오."

두 팔을 벌리면서 먼저 진성을 안는 사내는 무스타파다.

무스타파가 리비아에서 이집트로 건너온 것이다. IS의 반군 지도자 무스타파는 이제 IS의 지도자 핫산을 시리아로 몰아내고 리비아 동쪽과 이집트 서쪽 지역을 장악한 무장 세력이 되었다.

단체의 명칭은 '자유아랍연맹'이었는데 보유한 군사력은 5개 사단 규모로 늘어났다.

그러나 자유아랍연맹의 배후가 미국의 CIA라는 것은 모두가 안다.

조남진, 윤석과도 인사를 마친 무스타파가 자리에 앉으면서 말했다.

"이제 진 사장도 사업가에서 정치 무대로 등장하셨군요."

"아닙니다. 제 본업은 사업가입니다."

진성이 웃으면서 말했다.

"정치는 어쩔 수 없이 따라붙은 부업이나 같습니다."

"그러다가 본업과 부업이 바뀔 거요."

무스타파가 따라 웃었다.

금년 49세인 무스타파는 핫산의 측근이었지만 이념만의 투쟁에 반발하고 핫산의 적이 된 현실주의자다.

핫산은 시리아로 쫓겨나 겨우 살아남았다.

그때 진성이 말했다.

"이번에 1개 대대 병력이 필요합니다."

"3개 대대라도 가능해요, 진 사장."

무스타파가 바로 말했다.

"병력은 얼마든지 있습니다."

고개를 끄덕인 진성이 옆에 앉은 조남진을 눈으로 가리켰다.

"여기 있는 조 대령이 그 1개 대대를 지휘하도록 해주시지요."

"아, 한국군 대령이신가?"

무스타파가 조남진에게 물었다.

옆에 앉은 보좌관도 긴장하고 있다.

"예, 예비역 대령입니다. 특전사 출신으로 특전사 연대장을 지냈습니다."

조남진이 대답하자 무스타파가 고개를 끄덕였다.

"한국군은 강군이지. 자격은 충분하군."

"조 대령이 각하 부대에서 당분간 선발된 대대 병력을 훈련시킨 다음에 리야드로 데려갈 계획입니다."

"대령 혼자 가는 겁니까?"

"아닙니다. 제가 한국에서 데려온 장교 출신 부하들과 함께 가겠습니다."

"좋아. 그럼 나하고 같이 리비아 사막으로 갑시다."

"감사합니다. 그럼 부하들을 이곳으로 부르겠습니다."

조남진이 자리에서 일어서더니 서둘러 방을 나갔다. 리야드에서 대기하고 있는 일행을 부르려는 것이다.

그때 진성이 주머니에서 쪽지를 꺼내 내밀었다.

무스타파가 잠자코 쪽지를 받더니 가슴 주머니에 넣는다. 이른바 칼리프가 제공하는 군자금이다. 진성이 그 전달자로 5천만 불이 입금된 계좌를 건네준 것이다.

다 주고 받는 것이다. 인간사도, 국제 관계도, 쿠데타는 말할 것도 없다.

그날 밤 진성과 무스타파는 힐튼호텔 지하 1층 클럽에서 단둘이 술을 마셨다.

조남진과 윤석은 준비로 부산했고 무스타파의 보좌관이 동석할 분위기도 아니다.

클럽은 조용한 편이다. 홀의 좌석은 삼분의 일쯤 찼고 플로어에는 느린 음악에 맞춰 대여섯 쌍이 블루스를 추는 중이다.

어두운 분위기. 웨이트리스가 소리 없이 오가고 있다.

손님 대부분이 서양인인 것은 요금이 비쌌기 때문이다. 특급 호텔의 클럽은 가격으로 손님들을 걸러내는 것이다.

그때 위스키를 한 모금 삼킨 무스타파가 진성에게 말했다.

"내가 칼리프에게 쿠데타용 용병대 사용료를 받았지만 그것만으로는 부족해."

둘이 있는 터라 무스타파가 격의 없이 말했다.

"CIA한테서 받아야 돼. 이건 미국의 작전이나 같아. 칼리프는 꼭두각시라고."

맞는 말이다. 그래서 진성도 주저하지 않고 나섰던 것이다.

무스타파도 마찬가지였을 것이다.

그때 진성이 물었다.

"미국에서는 얼마를 받아내실 겁니까?"

"칼리프한테서 5천만 불 받았으니까 CIA한테서는 1억 불은 받아야겠어."

"이야기는 하지요."

"부탁하네, 진 사장."

"CIA도 이건 대통령의 구두 승인이나 받았을 겁니다. 의회 승인은 엄두도 못 내었을 테니 아마 비자금으로 준비할 것 같은데요."

"그럼 진 사장을 통해서 돈이 나갈 건가?"

"그럴 가능성이 많지요."

그때 무스타파가 쓴웃음을 지었다.

"쿠데타 브로커는 도대체 얼마나 챙기게 될까?"

"글쎄요."

술잔을 든 진성이 따라 웃었다.

"목숨을 건 사업이라 대가도 크지 않겠습니까?"

"진 사장이 군수품 오더를 하려고 왔을 때 내가 생각을 했지."

무스타파가 눈을 가늘게 뜨고 진성을 보았다.

"돈 벌려고 열심히 뛰어드는 이 친구가 내 전사들이나 비슷하다고 말야. 그것을 내가 지금 실감하는군."

진성이 쓴웃음을 지었다.

난 무스타파, 당신과 비슷한 사령관이다. 전사가 아냐.

"형님, 거기서 뭘 하쇼?"

박충식이 묻자 김덕무가 어깨를 부풀렸다.

"너, 내가 하는 사업을 보면 기절을 할 거다."

"기절을 해요?"

"스케일을 보면 기절을 하고도 남지."

지금 김덕무는 리야드의 사무실에서 전화를 받고 있다.

리야드 도지무역 현지법인의 법인장실 안이다. 김덕무가 법인장인 것이다.

벽 한쪽에는 어느새 대형 지도가 붙어 있었는데 리야드, 다란, 젯다 등 주요 도시와 바닷가, 사막에 온갖 유흥시설, 소비시설이 그림으로 그려져 있다.

누가 보면 사우디가 유흥, 유통의 종가로 오해할 만큼, 호텔, 백화점, 체험 구역, 관광 단지 등이 실물처럼 그려져 있는 것이다.

김덕무가 말을 이었다.

"이태리와 영국의 환경, 도시 설계사에게 프로젝트를 줘서 3개월 후에는 사우디 정부의 허가를 받고 1차로 5백억 불 규모의 바닷가 도시를 건설한다. 3개 소도시인데 관광객을 연간 1백만 명씩 유치한다는 계획이야. 그리고 또……"

"아이구, 어지러워."

박충식이 김덕무의 말을 잘랐다.

"5백만 불도 실감이 안 나는데 5백억 불이라니. 그만 둡시다, 형님."

"그럴 줄 알았다니까."

"여기 관리사장은 오래 비워놔도 괜찮겠어요?"

"관리 인원이 여기서도 몽땅 필요해."

김덕무가 말을 이었다.

"한국은 기반이 잡혔으니까 이젠 사장님하고 당분간 여기서 뛸 거다."

"부럽습니다."

마침내 박충식이 말했다. 오늘은 박충식의 안부 전화다.

김덕무가 연락도 없기에 해 보았더니 새 세상에서 살고 있다.

"진성이 동향은 어때?"

삼합회 회장 유소기가 물었다.

오후 5시, 유소기는 지금 베이징에서 전화를 한다.

황천이 대답했다.

"예, 지금 사우디에 가 있습니다."

"사우디에?"

"예, 회장님."

"무역 일 때문에 간 건가?"

"그렇습니다. 사우디 건설부장관 초청으로 갔다고 합니다."

"바쁘군."

건성으로 대답한 유소기가 다시 물었다.

"이번 달부터 우리도 시장을 먹는 거야. 네 역할이 크다."

"알고 있습니다. 회장님."

"관리는 너한테 맡긴다."

"예, 회장님."

통화가 끊겼을 때 황천이 어깨를 부풀렸다가 내리면서 긴 숨을 뱉었다.

이제 황천은 한국주재 삼합회 부지부장이 되었다.

물론 지부장은 유자양이지만 얼굴마담이다. 그 얼굴과 몸매로 삼합회장 유소기의 정부가 되었지만.

"들었어?"

정수연이 묻자 민성희가 눈썹을 모았다.

도지무역 비서실 안.

소파에 수출1부장 정수연이 비서실장 민성희하고 마주 앉아 있다.

오후 6시. 퇴근시간이 다 되었지만 아직 퇴근할 기색은 없다.

"뭘 말야?"

"윤상화 이야기."

"내가 어떻게 알아?"

되묻고 난 민성희가 눈을 흘겼다.

"바빠 죽겠는데 내가 그런데 신경 쓸 여유가 있겠냐?"

"써야지."

"왜?"

"곧 네가 그 여자 숨소리를 듣게 될지도 모르니까."

"뭔 소리야? 징그럽게?"

"그 여자가 회사 그만뒀어."

민성희는 입을 다물었고 정수연이 말을 이었다.

"드디어 한동그룹의 차남 박윤태하고 헤어진 거지."

"……."

"다 예정된 수순이지만 속고 속이는 과정에서 계산기 두드리는 소리만
요란하게 울리고 끝난 거야."

"돈 좀 받았나?"

민성희가 묻자 정수연이 웃었다.

"모르지."

"그 여자 왜 그러는 거야?"

"왜라니? 당연한 과정인데. 아마 윤상화도 이런 결말을 예상하고 있었을 걸?"

"그렇다면 미친년이지."

"천만에."

정수연이 고개를 저었다.

"너, 참 순진하다. 윤상화가 박윤태하고 결혼할 줄 믿었어?"

"결혼보다도 좀 오래 갈 줄 알았지. 우리 사장님에 대한 보복심리가 작용해서."

"그래서 순진하다는 거야."

정수연이 길게 숨을 뱉었다.

"내가 장담하는데."

고개를 든 정수연이 민성희를 보았다.

"윤상화가 우리 앞에 다시 등장할 거야."

"미쳤어?"

"그 여자가 미쳤거든."

눈을 가늘게 뜬 정수연이 말을 이었다.

"미친년 눈에는 정상인이 미친 연놈으로 보이는 법이니까."

"응, 진 사장한테서 무슨 연락이 있어?"

눈을 둥그렇게 뜬 오정호가 앞에 앉은 박충식에게 물었다.

이곳은 그 유명한 가든호텔의 가든클럽 안.

특실에 와 있던 오정호가 잠깐 방을 나와 박충식을 만난 것이다.

물론 오정호가 가든클럽에 술 마시러 온 것도 박충식이 초대했기 때문이다. 세상에 룸살롱에서 미인 시중을 받으면서 술 마시고 놀기를 싫어하는 남자는 드물다.

그래서 오늘 오정호는 서울청의 심복 간부들 다섯 명을 데리고 이곳에 온 것이다.

오후 10시 10분.

한참 술을 마시다가 나온 오정호의 얼굴이 붉다.

그때 박충식이 고개를 끄덕였다.

"예, 뭘 드리라고 하셔서요."

"뭔데?"

그때 박충식이 주머니에서 쪽지를 꺼내 내밀었다.

오정호가 잠깐 쪽지에 시선을 주었다가 받아서 주머니에 넣는다.

"그럼 저는 이만 가보겠습니다."

자리에서 일어선 박충식이 허리를 꺾어 절을 하고 방을 나갔다.

그때 심호흡을 한 오정호도 자리에서 일어섰다. 진성이 준 로비 자금이다.

작전을 위한 다방면의 로비 자금으로 100억이 4개의 외국계 은행에 입금되어 있는 것이다. 칼리프의 비자금이 이렇게 오정호에게까지 전달되고 있다. 결국은 칼리프의 왕권 탈취를 위한 것이지만.

"마하브 장군이시오?"

수화구에서 사내가 물었을 때 마하브는 벽시계를 보았다.

오전 10시 반, 호텔방 안이다.

어젯밤에 도착한 마하브는 오늘 오후 3시에 국방부를 방문해서 군수품

지원단장인 소장과 면담이 있다.

"예, 그런데요."

"반갑습니다. 전 후산 보좌관의 연락을 받고 기다리고 있었던 윤석이라고 합니다."

"아, 그래요?"

기다리고 있었기 때문에 마하브가 반갑게 말했다. 윤석이라면 한국인이다.

그때 사내가 말을 이었다.

"제가 지금 방으로 방문해도 되겠습니까? 지금 로비에서 전화드리는 겁니다."

"아, 그래요? 알았습니다. 기다리지요."

전화기를 내려놓은 마하브가 잠깐 기다렸더니 5분쯤 후에 문에서 노크 소리가 울렸다.

방문을 연 마하브는 문 앞에 선 사내를 보았다. 30대쯤의 젊은 사내가 웃음 띤 얼굴로 고개를 숙였다.

"방금 전화드렸던 윤석입니다."

"어서 오시오."

마하브는 악수를 나누고는 방으로 안내했다.

같은 호텔에 일행이 머물고 있었기 때문에 문을 닫으면서 힐끗 복도를 둘러보았다.

소파에 마주 보고 앉았을 때 윤석이 명함을 내밀었다.

"제가 칼리프 왕자님의 대리인 역할을 맡고 있는 도지무역 진성 사장의 보좌관입니다."

"아, 그렇군요."

마하브가 고개를 끄덕였다.

마하브가 모시는 쿠르드 왕자와 칼리프는 이제 동맹 관계다. 쿠르드가 왕이 되면 칼리프는 왕세자로 옹립되기로 약속이 되어있는 것이다.

그래서 이번 후산의 은근한 권유에 한국까지 온 것 아닌가?

그때 윤석이 주머니에서 쪽지를 꺼내 마하브에게 내밀었다.

"저희 사장님이 마하브 보좌관께서 가장 중책을 수행하고 계시다면서 우선 이것을 드리라고 했습니다."

아주 기분 좋은 표현이었지만 '우선'이라는 말이 걸렸다.

그것은 '조금'이라는 표현과 유사하다.

이런 경험이 많았기 때문에 마하브가 쪽지를 받으면서 물었다, 여기는 '이것'을 받으러 왔으니까.

"얼마죠?"

"2천만 불입니다."

그동안 마하브는 숨을 들이켰다가 참았다.

그래서 숨이 절반쯤만 들어가서 소리는 나지 않았다. 놔두었다면 헉 소리가 났을 것이다.

산유국이어서 매일 수억 불의 원유대금이 쏟아지고 국방장관 보좌관이라 수억 불의 무기 수입을 거의 매일 참관하는 마하브다.

하지만 지금까지 수백 번 로비 자금 일명 뇌물은 받았지만 가장 많이 받았을 때가 350만 불이다. 그런데 먼저 2천만 불을 내놓으면서 그 돈이 '우선' 드리는 것이란다.

그때 윤석이 말을 이었다.

"안전한 5개 은행에 예치시켜 놓았으니까 언제든지 출금하실 수가 있습니다."

"아아!"

"그리고 다음 달 초에 다시 한 번 이곳에 오시면 그때 3천만 불을 더 드리지요."

"오!"

이제는 숨을 제대로 삼킨 마하브가 고개를 끄덕였다.

그러면 모두 5천만 불이다.

그리스의 별장과 요트를 사는 데 모두 750만 불이 들었다. 그 6배를 단숨에 받다니.

동맹을 맺은 칼리프 왕자의 통이 이렇게 크구나.

칼리프 만세!

카이로.

진성이 힐튼 호텔방의 응접실에 앉아서 나일강을 내려다보고 있다.

진성의 옆에 앉은 사내는 무스파타다.

오후 3시.

하늘은 구름 한 점 없이 파랗고 날씨는 무더웠지만 방 안은 서늘하다.

무스타파가 입을 열었다.

"칼리프가 왕이 되고 나면 완전한 친미국가로 중동의 핵심이 되겠죠."

"그렇게 되겠지요."

진성이 무스타파를 보았다.

"현재의 압둘라 왕이나 쿠르드 왕자까지 중립 성향입니다. 사우디에서 미군 기지도 곧 철수시킬 예정이지요."

"미국이 배신감을 느낄 만하죠."

"사우디의 기지 3곳이 폐쇄되면 쿠웨이트, UAE, 바레인 등도 동요하겠지요."

"진 사장의 목표는 뭐요?"

불쑥 무스타파가 물었지만 진성이 빙그레 웃었다.

"한국 대통령입니다."

"흐음."

무스타파가 진성을 응시한 채 천천히 고개를 끄덕였다.

"대통령이 되려는 이유는?"

"물론 한국인을 세계에서 가장 잘 사는 민족으로 만들어주는 것이지요."

진성도 문득 외부인(外部人)인 무스타파에게 다 털어 놓고 싶은 충동이
일어났다.

"이윤이 목적인 기업을 확장시키다가 밤의 세계를 접수했고, 그랬더니
정치권, 권력층과 부딪히게 되더군요."

"그렇지."

"부정과 부패 세력이 밤의 세계 바로 옆에 있었던 겁니다. 그래서 그곳까
지 진출했지요."

"그렇죠."

"날 도와주는 고위층, 지인들이 있었고 자연스럽게 부패한 세상을 청소
하자는 결의가 세워졌지요. 그러기 위해서는 자금이 필요했는데 사우디에
인연이 닿았던 겁니다."

"나도 그 인연 중 하나였지 않소?"

"CIA의 도움도 있었지요."

"서로 주고받는 것이니까."

고개를 끄덕인 무스타파가 말을 이었다.

"난 북쪽으로 올라가서 '아랍연방국'을 세울 거요."

IS를 몰아내고 그 영토를 차지해야 될 것이다. 그래서 미국의 협조가 절대적인 상황이다.

무스타파에게도 이번 쿠데타 참가는 거래인 것이다. 지금 리비아 사막에서 1개 대대 병력 500명이 조남진과 8명의 장교와 함께 손발을 맞추고 있다. 그들이 거사 주력군이다.

그때 진성이 말했다.

"이번 거사가 성공하면 그것을 이룰 수 있을 겁니다."

이서영이 방으로 들어섰을 때는 오후 5시가 되어갈 무렵이다.

이서영이 카이로까지 날아온 이유는 진성이 카이로에 있는 동안 전할 말이 있다고 했다.

같은 호텔에 투숙한 이서영이 곧 옷을 갈아입고 진성의 방으로 찾아온 것이다. 이서영을 맞은 진성의 얼굴이 밝아졌다.

흰색 반팔 셔츠에 같은 색 반바지를 입은 이서영의 모습에 눈이 부신 듯이 눈을 가늘게 떴다.

"정신이 번쩍 드는구나."

"아유, 그렇게 보지 마세요."

이서영이 몸을 비틀면서 눈을 흘겼다.

교태다. 유혹하는 몸짓이 자연스럽게 나오는 것이다. 날씬한 몸매는 탄력이 넘쳤고 진성을 응시하는 두 눈이 반짝이고 있다.

둘이 마주 보고 앉았을 때 이서영이 두 손으로 무릎을 덮었다. 무릎을 가렸지만 오히려 시선이 모아진다.

그때 이서영이 상기된 얼굴로 말했다.

"대표님이 직접 전해 드리라고 해서요."

진성의 시선을 받은 이서영이 말을 이었다.

"9월 12일에 대운(大運)이 오는 날이라고 하셨어요."

"9월 12일."

"네, 그날로 날을 정하라고 하셨어요."

진성이 숨을 들이켰다.

앞으로 한 달 후다.

아직 거사일을 정하지 않았지만 9월 초순으로 예정하고 있었던 참이다. 갑자기 머리끝이 솟는 느낌이 들었기 때문에 진성이 숨을 들이켰다.

그때 이서영이 말을 이었다.

"그날 위기가 오겠지만 사장님이 강행하셔야 운을 쥔다고 하셨어요."

그래야 될 것이다. 진성이 고개를 끄덕였다.

그때 이서영이 무릎을 가린 손을 치웠다.

"어때? 너하고 내가 어떻게 될 것인가는 유 대표가 말씀 안 하시더냐?"

시선을 든 진성이 심각한 표정으로 묻자 이서영이 수줍게 웃더니 눈을 흘겼다.

"그것까지 말씀하시지는 않아요."

"너하고 가까워지면 부정을 탄다든지."

"내가 무당인가요?"

"그럼 나하고 저녁 먹고 내 방으로 옮기는 게 어때?"

"좋아요."

이서영이 붉어진 얼굴로 고개를 끄덕였다.

"하지만 짐은 방에 그대로 두겠어요."

진성이 고개를 끄덕였다.

"이번 거사가 성공하면 나는 사우디의 재력을 기반으로 한국의 권력을 줄 거다."

"대표님도 그것이 목표라고 하셨지요."

"그다음 단계도 있어."

이서영의 시선을 받은 진성이 얼굴을 펴고 웃었다.

"한국을 통일시키고 나서 중국 대륙으로 뻗어갈 거야."

"저도 도와드릴게요."

"옛날 칭기즈칸은 몽골 기마군을 앞세워 천하를 정복했지만 나는 다른 방식으로 대한민국을 정복국가로 만들 테다."

"대표님은 사장님이 위대한 정복자가 되실 거라고 하셨어요."

진성이 흐려진 눈으로 이서영을 보았다.

이서영이 복음을 전해주는 천사처럼 느껴졌지만 말로 내놓지는 않았다.

"문제가 있습니다."

칼리프가 낮게 말했을 때 쿠르드가 걸음을 멈췄다.

리야드의 정부청사 안.

회의를 마친 둘이 복도를 걷다가 멈춰 선 것이다.

주위를 장관들이 스치고 지났고 정보국장 하무라비도 옆을 지났다. 하무라비는 경제장관 요나산과 나란히 걷고 있다.

"무슨 문제야?"

쿠르드가 묻자 칼리프는 바짝 다가섰다.

"리야드 주둔 특공연대 1대대 장교들이 대대장 저택에서 술을 마시고 이집트에서 불러온 여자 10여 명하고 놀았다는 소문이 퍼지고 있습니다."

"……"

"정보국장이 증거를 갖고 있다는 겁니다. 제가 정보국에 인맥이 있거든요."

쿠르드는 국방장관이다.

만일 이 사건이 압둘라 왕한테 보고되면 당장 국방장관 직에서 해임될
수도 있다. 쿠르드가 복도 구석으로 붙어 섰고 칼리프도 옆에 다가섰다.

"사실이야?"

"사실입니다. 1대대장과 장교 8명, 대대의 장교 대부분이 음란한 파티에
참석했습니다."

"……."

"하무라비는 곧 왕께 보고를 할 것 같습니다."

"빌어먹을 놈들."

"확인해보시고 조치를 하시지요. 제가 적극 도와드리겠습니다."

"고마워."

쿠르드가 정색하고 고개를 끄덕였다.

두 시간 후.

쿠르드가 국방장관실에서 보좌관 마하브로부터 보고를 받는다.

"1대대 중대장 하나를 불러 심문을 했더니 자백했습니다."

마하브가 곤혹스러운 표정으로 말을 이었다.

"사실입니다, 각하."

"이, 이런 빌어먹을 놈들."

쿠르드가 눈을 치켜떴다.

사우디는 금주 국가다. 더구나 왕궁 경비를 맡고 있는 특공대대가 대대
장 이하 장교들이 모여서 음주, 여자까지 불러 음란한 파티를 했다니.

쿠르드가 눈동자의 초점을 모으고 마하브를 보았다.

"하무라비가 알고 있다고 했지?"

"그건 아직 자세히 조사하지 못했습니다."

"알고 있는 거야. 칼리프가 그랬어."

"……."

"큰일 났다."

쿠르드가 마하브를 보았다.

"무슨 방법이 없나? 시급하다."

"소문이 퍼지기 전에 대대장 이하 장교들을 제거하는 것입니다."

"어, 어떻게?"

그까짓 중령급 장교 하나와 위관급 7, 8명의 목숨쯤은 눈도 깜빡하지 않는다.

그런데 어떻게 없앤단 말인가?

그때 마하브가 말했다.

"절박한 상황입니다. 용병을 사겠습니다."

"구할 수 있겠나?"

"예, 폭발물 전문가를 사서 대대장이 작전회의를 할 때 터뜨리도록 하겠습니다."

"옳지."

"대대장 이하 장교들이 죽으면 정보국장은 타깃을 잃게 될 것입니다."

"당연하지."

"그때 간부들을 잃은 1대대를 젯다로 보내고 젯다의 3대대를 왕궁 수비대로 교체하는 것입니다. 그러면 빈틈없이 작전이 끝납니다."

쿠르드가 고개를 끄덕였다.

"용병은 얼마면 되겠나?"

"5백만 불은 되어야 할 것입니다."

"좋다. 내가 오늘 중 준비해주지."

쿠르드가 번들거리는 눈으로 마하브를 보았다.

"사흘 안에 끝내도록 해. 그리고 이 작업은 칼리프한테도 비밀이다."

칼리프가 비록 정보를 주었지만 약점을 잡히기는 싫은 것이다.

이틀 후 오후 3시 반.

리야드 남쪽 20킬로 지점에서 사막 적응 훈련을 하던 특공연대 소속의 1대대 병력이 사막에서 멈춰 섰다. 특공연대는 국방장관의 특명에 의해 사막 적응 훈련을 실시하고 있다.

오후에는 지뢰 탐지 훈련으로 텐트 안에는 사막형 지뢰가 수십 개나 전시되어 있었는데 대대장 이하 장교들이 먼저 교육을 받아야만 한다.

"모두 모였나?"

대대장 후레딘이 말하면서 텐트 안으로 들어섰다.

중대장과 소대장, 대대 참모들까지 다 모인 텐트 안은 장교들로 꽉 찼다. 20명이 넘게 모인 것이다.

탁자 위에는 사막형 지뢰 25개가 진열되어 있었는데 국방장관이 직접 보낸 것이다.

"교관이 지금 오는 중입니다."

대대의 작전참모 마호맛 대위가 보고했다. 교관 둘이 지뢰 교육을 시킬 예정이다.

지뢰로 다가간 후레딘이 감동했다.

"사막형 지뢰가 이렇게 많군."

"예, 신제품이 여러 종류입니다."

작전참모가 다가와 말했다. 테이블 주위에 둘러선 장교들의 눈이 호기심으로 반짝였다.

그 순간이다.

엄청난 폭음이 터졌다.

"꽈꽈꽈꽝!"

테이블에 놓인 지뢰가 일제히 폭발했다.

"꽈꽈꽈꽝!"

불기둥이 20여 미터나 치솟았고 곧 검은 연기가 주변을 메웠다.

놀란 근처의 병사들이 입을 쩍 벌렸고 한참 후에 검은 연기가 가셨을 때 현장이 드러났다.

텐트는 형체도 없이 사라졌는데 깊이가 3미터, 폭이 10여 미터나 원형으로 파인 구덩이에서는 아직도 화염이 솟아나고 있다.

텐트에 모인 20여 명의 장교들은 흔적도 없이 사라졌다.

이틀 후.

진성이 호텔에서 윤석으로부터 보고를 받는다.

"제3대대가 리야드에 도착해서 국방장관에게 신고식을 마쳤습니다."

진성이 고개만 끄덕였고 윤석이 말을 이었다.

"조 대령이 닷새 후면 훈련을 마친다고 연락이 왔습니다."

"네가 리비아로 가서 준비를 도와."

"예, 사장님."

윤석이 정색하고 진성을 보았다.

"오늘 출발하겠습니다."

조남진이 이끄는 1개 대대, 5백 명 가까운 병력은 거사 10일 전에는 도착해야 한다.

진성이 말을 이었다.

"9월 12일에는 내가 이곳에 있어야 돼."

오늘이 8월 23일, 작전 19일 전이다.

특공연대 1대대가 음주, 음란 파티를 했다는 건 거짓말이다.

칼리프가 쿠르드에게 거짓말을 한 것이다. 1대대는 파티를 한 적도 없다.

조사를 시킨 마하브는 이미 뇌물을 받고 칼리프 사람이 된 후여서 쿠르드에게 그것이 사실이라고 보고를 했다. 그리고 특공대를 사막 훈련에 보내 대대 장교들을 폭사시킨 것이다.

용병 대금 5백만 불은 마하브가 챙겼는데 텐트에 폭발물을 설치해서 폭사시킨 용역은 무스타파의 기술자들이 했다. 물론 용병을 가장하고 쿠르드의 보호하에 폭발장치를 해 놓은 것이다.

이렇게 하나씩 쿠데타 준비가 되어 간다.

"한국에 가서 할 일이 있으니까 준비해."

방으로 들어온 진성이 이서영에게 말했다.

이서영은 제 방은 놔두고 진성의 방에서 지내고 있다.

"뭔데요?"

진성의 뒤를 따라 침실로 간 이서영이 물었다.

"제가 꼭 가야 해요?"

그때 몸을 돌린 진성이 웃었다.

"네가 할 일이야."

다가선 진성이 이서영의 허리를 껴안고 바짝 당겼다.

이서영이 마주 안는다.

"내가 1억 불을 줄 테니까 그 돈을 유 대표하고 상의해서 정관계 로비 자금으로 뿌려."

"1억 불이나요?"

그러나 이서영도 그 1억 불이 칼리프의 비자금인 것을 안다. 이제는 칼리프가 자신의 비자금 관리를 진성에게 맡겼기 때문이다.

진성이 고개를 끄덕였다.

한국의 총선이 2달 앞으로 다가온 것이다.

"대선이 2년 후니까 내년쯤이면 내가 등장해야 되겠지."

이서영의 이마에 입술을 붙였다 뗀 진성이 말을 이었다.

"유 대표가 알아서 해주실 거야."

"알겠어요."

"내일 떠나."

"혼자 쓸쓸하시지 않겠어요?"

"이런."

진성이 고개를 숙여 이서영의 입을 맞췄다. 이서영이 두 팔로 진성의 목을 껴안고 입을 열었다.

일주일 후.

리야드 공항에 착륙한 카이로발 '이집트에어' 여객기에서 조남진이 내렸다. 조남진은 쑵에 터번을 썼고 여행자용 가방을 들었다.

입국장을 무난하게 빠져나온 조남진은 일행들과 함께 버스에 올라 리야드 시내로 진입했다.

그날 오후에 진성이 조남진과 호텔방에서 마주 앉았다.

조남진이 말했다.

"518명이 모두 무사히 도착했고 내일부터는 팀별로 현장 조사를 시작합니다."

방 안에는 넷이 둘러앉았는데 진성과 조남진, 제1대대장 하자드와 칼리프의 보좌관 후산이다.

"사막에서 모형을 놓고 수없이 연습을 했지만 이번에는 실물을 둘러보려는 것입니다."

그때 후산이 말했다.

"거사일은 9월 11일이 적당하다고 장관께서 말씀하셨습니다."

그때 진성이 고개를 저었다.

"9월 12일로 합시다. 그렇게 전해요."

"아니, 무슨 일 있습니까?"

후산이 묻자 진성이 대답했다.

"그날 상황이 적당합니다."

진성이 단호하게 말했기 때문에 후산은 입을 다물었다. 쿠데타의 주력군은 진성이 뒤를 받치는 용병인 것이다.

압둘라 왕이 각료회의를 소집한 것이 9월 12일이었다.

9월 11일에 갑자기 소집시켰기 때문에 소동이 일어났다. 해외에 나가 있던 장관들이 서둘러 날아왔고 국내에서는 온갖 소문이 난무했다.

그러나 사실은 압둘라 왕은 이미 빈사상태로 산소호흡기만 떼면 사망하는 상태였고 국무총리 압바스 왕자가 왕의 이름으로 각료회의를 소집한 것이었다.

압바스는 정신 이상이 확실했지만 정신이 멀쩡할 때는 머리가 비상한 사내였고 왕자들의 왕위 쟁탈 음모도 어느 정도 파악한 상태였다.

"압바스가 소집된 각료들을 구금하고 왕위에 오르려는 거야."

11일 밤, 쿠르드가 칼리프에게 말했다.

"난 각료회의에 불참하겠어."

"각하, 그럼 위험합니다."

칼리프가 만류하자 쿠르드가 목소리를 낮췄다.

지금 둘은 정부청사의 국방장관실에서 마주 보고 앉아 있다.

"내일 특공연대를 출동시키겠어."

"……."

"2대대를 주축으로 3대대를 따르게 하면 돼."

"……."

"3대대장에게 내 부관들을 보내 감시시키면 문제될 것 없어."

"알겠습니다."

칼리프가 고개를 끄덕였다.

"각하 말씀대로 하지요."

9월 12일 오전 5시 반.

특공연대 2대대장 바이샤 중령은 대대본부 숙소에서 눈을 떴다.

안에서 인기척을 느꼈기 때문이다. 당번병인 줄 알고 바이샤가 어둠 속에서 물었다.

"아무드냐?"

그 순간 발사음이 울렸다.

"퍽, 퍽, 퍽."

그리고는 문 닫히는 소리만 났다.

오전 8시.

오늘은 일찍 일어난 국방장관 쿠르드가 거실로 나왔을 때 보좌관 마하브가 자리에서 일어섰다. 그런데 마하브 옆에 사내 둘이 서 있다. 특공대 군복 차림으로 둘 다 대위 계급장을 붙이고 있다.

쿠르드가 눈을 가늘게 떴다.

"누구냐?"

그 순간 대위 둘이 일제히 허리에 찬 권총을 꺼내 들었다.

"탕탕탕탕."

요란한 총성이 네 발이나 울렸고 머리와 몸통에 네 발을 다 맞은 쿠르드가 잠옷 차림으로 사살되었다.

오전 10시.

리야드의 국영방송에서 압둘라 국왕의 서거와 왕의 유언에 따라 건설장관 칼리프가 왕위를 이었다는 발표가 나왔다.

그 발표는 계속해서 이어지고 있다.

리야드 주요 시설과 군부대 사령부, 왕자들의 저택은 특공연대의 2개 대대가 장악하고 있다.

제3대대와 조남진이 이끈 제5특공대대다.

이 부대는 모두 무스타파의 정예군이 특공대대로 위장한 것이다.

그러나 그 정체를 아는 군 간부는 없다.

오후 3시.

사우디 국영방송에 왕이 된 칼리프가 나왔다.

칼리프는 엄숙한 얼굴로 왕자의 난이 일어나 쿠르드 왕자가 왕세자 압바스와 왕자 요나산, 왕자 하무라비 등을 죽이고 자택에서 자결했다고 발표했다.

칼리프는 사망한 왕자들에게 애도를 표하면서 앞으로 3일간 애도의 기간을 갖는다고 선포했다.

"민심은 평온합니다. 보통 때와 다르지 않습니다."

후산이 진성에게 찾아와 보고했다.

"왕자의 난이니까요. 민심은 누가 왕이 되건 상관하지 않습니다."

진성이 고개를 끄덕였다.

그것이 현명한 국민인지도 모른다, 괜히 어느 쪽에 붙었다가 죽는 수가 있으니까.

그때 후산이 말을 이었다.

"왕 전하께서는 이제 새로운 왕국을 건설해보자고 하셨습니다."

진성의 얼굴에 웃음이 떠올랐다.

이 새로운 왕국이 앞으로 기반이 될 것이다.

<끝>